那些忧伤的年轻人

许知远

contents

born in the

1970s

五年之后

在发表那些散漫篇章之后的五年中，我是“匆忙”的俘虏。只有偶尔的夜晚，歌德所说的“静谧的激情”才会从心头泛起。那往往是悲观之时，我对自己创造力的深刻沮丧，暂时遮蔽了截稿时间、对高尚荣誉或浅薄名声的贪婪。

五年前，我相信写作是为生活而存在，它是通往、享受、占有那个丰富世界的途径，是实现光荣与梦想的手段。而现在，我越来越愿意为那一个美妙的段落，而放弃整个秋日的下午，明知阳光与微风有多么撩人。一些时候，我非常担心，这笔交易必将为通货膨胀所累，如果才华不再可以横溢而出，我是否心甘继续这种浮士德式的交易。

我没有重读这些作品，再版时它们完全保持了原貌，曾经的热情、生硬与虚妄都流露其中。我在序言中总是故作老成与超然，其实内心仍徒劳地深深期待，这本书能卖得像周杰伦的唱片那么多，而丝毫不会有爱德蒙·威尔逊式的担心，这位我五年前就爱上的批评家曾经觉得他的书平装本销量太大——“大得足以使一个严肃的作家害臊”。

许知远

2006年9月5日

自序：46年之后

这本书的出版对我来说是件重要的事。

——豪尔赫·路易斯·博尔赫斯

1923年，敏感的阿根廷青年豪尔赫·路易斯·博尔赫斯出版了他的第一本诗集《布宜诺斯艾利斯的激情》，这一年他24岁。46年后，这位双目近乎失明的老人在再版序中这样写道："我发觉1923年写下这些东西的那位青年本质上已经就是今天或认可或修改这些东西的先生……对我来说，《布宜诺斯艾利斯的激情》包容了我后来所写的一切……"

在博尔赫斯的口吻中，我依稀看到了自己的未来。尽管比起1923年的博尔赫斯，除了年龄相同之外，我们似乎缺乏相似之处。我从来没有把生活搭建成一个由时间的轮回来控制的迷宫的欲望，更缺乏那个阿根廷人坚强而深邃的想象力。但是，我已经预感到，这本书的出版的确已经暗示了我即将踏上的道路。

美国文学批评家埃德蒙·威尔逊22岁时骄傲而自以为是地说："我应该干文学这一行。"能在年轻时就清晰地意识到未来，是一种莫大的幸福。而今天的我，正享有这种幸福。在这本不足20万字的书中，我已经强烈而执着地表现出了自己的倾向。尽管从1998年至今，我的文字轨迹已经发生了明显的变化，但是一条线索却愈发清晰起来，我希望利用文字来表明一种生活态度，来阐述某种道理，甚至有点粗暴地规定某种道路。更明确地讲，我是一位非文学类作家，是一位喜欢对于世界进行广泛发言的知识分子，在我前面遥遥站立着约翰·斯图亚特·密尔、伯兰特·罗素、埃德蒙·威尔逊、沃尔特·李普曼、让·保尔·萨特……

这可能是某种危险。就像保罗·约翰逊在那本风行一时的著作《知识分子》中近乎歇斯底里地强调过的。但保罗·约翰逊却混淆了精神世界与现实世界之间的界限，人文知识分子更多的是精神世界的立法者。尽管与立法者的距离遥远，我已经感到了某种危险。因为，每当我严肃地宣称自己是一位知识分子时，嘲笑与不信任就发生了。这时候，我就想起了海明威在巴黎的咖啡馆里一丝不苟地写作的场景。坚守严肃让人尊敬，同时也意味着你有被嘲弄的危险。

锐利的批评家苏珊·桑塔格都在上演着莎士比亚的戏剧。在这位批评家看来，最杰出的大众文化必须是古典思想与现实的结合，这种混杂产生的文化可以挽救我们日渐庸俗化的世界。

于是，当我毫不迟疑地宣称自己是知识分子的身份时，我也明确了自己的任务。我必须深入人类文明最精要的思想文化之中，探取它们的秘密；我必须与那些人类史上最杰出的大脑与最动人的灵魂相伴，争取那半点的光辉……然后，我渴望把这些秘密和光辉与周围的人群共同分享。有了这点解释，你就会明了为何在这本书中，充斥了各种伟大的名字与引语，因为我相信引用可能是通往伟大的最简捷途径。而当周围的人群，可能通过那些引用的只言片语而意识到世界远比他们生活的周遭环境辽阔与壮观得多时，我的任务就完成了。

我是一个通俗知识分子，是游走在思想的山峰与现实的平地之间的人，我试图在相互孤立的二者之间建立更密切的联系。这种联系有着至关重要的意义。

我的序言快要结束了。这里面充斥了让人痛恨的自以为是，与一个年轻人不知深浅的狂妄。但是，如果你抛弃掉这些表面的不适应，你应该可以看到，这里面充满了海明威初学写作时的认真与坚定。你也应该会依稀看到46年之后的我的样子，那时候我已经苍老，眼睛应该没有失明，可能也拄着拐杖，可能狂妄之气已经淡去，但是肯定依然严肃与认真，依然坚信伟大的思想与灵魂。那时候，我也会缓缓地讲道："其实我的样子，在2001年的《那些忧伤的年轻人》已经尽显出来，那是我的第一本书，那时候我是多么的年轻……"

最后，我想引用歌德的一句话：阅读是读者与作者间的一次合谋。书已经翻开，你已经边缘性地进入了这场阴谋，除了主动乃至假作愉快地参与，似乎别无选择……

一条人文主义狗

那些曾经年轻的人啊

一

李敖又露面了，甚至比30年前更风光。他在接受杨澜访问时，依旧毫不掩饰地说："我只看漂亮的女人。"他在指点台湾总统候选人时，依旧是嘴不留情，挖苦对手身上的每一个器官。他那么爽朗的笑声依旧存在着，他的脸似乎也还年轻。但是，这一切已经无法激起我任何感觉了。我惊恐地望着电视上的他和生活中的我自己，是他在衰老？还是我在衰老？是他已经丧失了魅力？还是我已经不可避免地滑入平庸？

我仍旧清晰地记得，16岁的我第一次读到《十三年和十三月》时的无法抑制的激动。这已经是90年代，距离李敖的文章写作日期是29年。在文章中，这是一个年轻得如此彻底的年轻人。他说喜欢那些激进作家的锋利，以及那股表现锋利的激情。他说苟能使整个国家年轻活泼到处是朝气，其中有一些青年发几句狂言，道几句壮语，做一点不知天高地厚的傻事，这又算得了什么。他说不管流弹和棒子怎么多，他还是要走上前去。他引用了一位印度青年诗人的诗句来自勉："你已经吞下不少苦药，请再勇敢地喝下这杯毒酒吧！"他接着把自己比喻成一个卖药游方的孤客，走到晦暗的十字街头，他打开背囊，当众吞下不少苦药。那些观众说："恐怕药太苦了。"他却回答："怕什么呢？我吃给你看！我还有一杯毒酒！"这一年李敖27岁，他上过了大学，当过了兵，他在日月潭边租的狭窄的“四席小屋”中过着贫困不堪的生活，但是他依旧笑着，怀抱着对于中国社会弊病深深的忧虑和对于个人未来生活的憧憬。他觉得，他还年轻，还是冲一冲吧，为了社会更为了自己。于是他开始给《文星》写稿。《老年人和棒子》、《十三年和十三月》……激情与才情已被压抑得太久的李傲凭借着年轻特有的锐气，痛快淋漓地释放了。读此时李敖的文字，你不是在那里与历史交流，也不是与那些庞杂的知识交流，你是在与一颗活生生的心灵交流，它坚强有力甚至肆无忌惮地跳动着。

1992年，李敖已经57岁的高龄，但我与他相逢时，是一颗还未遭遇激情的16岁的心灵与一颗正在年轻的27岁的心灵的相逢，李敖激起了我们最共同的感想。这是很多人读李敖的感受。李敖说《十三年和十三月》是他收到读者来信最多的一篇文章。“一位初中二年级的小朋友，穷得站在书摊旁边看完它；一位高一肄业的少年人，在金门战地里看完它；一位匿名的中学生，‘激动得连午饭都吃不下’，‘含着泪水，又看了一遍’；一位台大医学院四年级学生，看过后‘激动得整夜不能眠’……”真正感动人的，从来不是思想，而是年轻的勇气。李敖在这篇文章中，并没有表现出过人的思想，他只是以一个27岁的青年的身份在说话，他毫不掩饰他的感慨，他的愤怒，他的欲望，他的痛苦，和身处困境中却毫不动摇的勇敢……这一切正触动了所有年轻心灵的神经。

我在事隔30年之后，在几千公里外的北京和那些激动的中学生大学生一样颤抖着，我记得那一夜，我渴望大声地呼喊，渴望在我的小屋里又蹦又跳，渴望对着全班的同学大声地叫：“你们知道李敖吗？”……之后的几年间，我用各种方式寻找李敖的作品，了解李敖其人。李敖说他，说话比文章好，人比说话好。李敖的种种特立独行的故事加剧了我对他的心仪。他会在高三那年，因为厌恶考试机制，就休了学，放心地养浩然正气；他会在考上台大法律系之后，再退学；他会上课不抄笔记，还理直气壮地说，那是中学生才干的事；他会“李敖情书满天飞，是个女孩就想追”地追逐台大的女生；他会在父亲的葬礼，顶着全台中市的白眼……这些最琐碎的事情，却映衬出一个顽强地按照自己的方式生活与思考的年轻人的形象，同时他又是充满了人性的血肉，而不是一具只会思想的尸体。

李敖的大学札记是李敖最动人的文字之一，这个一心要成为巨人的年轻人在札记中不断叫嚣着，自勉着，痛苦却顽强地面对挫折。读这些札记，仿佛看到一个努力向上爬的年轻人，他满脸的坚毅，同时又带着浅浅的玩世不恭——这是他面对世俗世界的武器。我常常在上课时望着窗外，想像那个整天在校园里穿着长袍，一脸不吝的青年。有时，甚至会冒出两句李敖式的豪言壮语，在平庸的90年代的中学课堂上引起小小的骚乱。

李敖的文字越读越多，也越来越让我失望。尽管，他关于国民党，关于蒋介石，关于中国历史的研究有他的独到之处，也尽管我敬佩他面对牢狱之灾的勇气，以及复出后，在传统下的独白，或者在独白下的传统……但是，这一切都已经不能再打动我，离开了青春的勇气，李敖只是一个学者，一个历史学家，一个愤世嫉俗者，他不是作为一颗充满无限激情的心灵而存在。

1997年，李敖推出了《李敖回忆录》，风行台湾。台湾《商业周刊》评价说，“它激起了整整一代人对于李敖的美好回忆”。这句评价再明显不过了，李敖属于60年代的台湾，那是一个笼罩在白色恐怖下的年代，一个在高压的政治和窒息的传统文化笼罩下的台湾，那个叫李敖的二十几岁的年轻人一副玩世不恭的文化太保架式地说，“老年人该放下棒子了，该轮到我们登场了”，“文明即梅毒”……还有什么比这更能打动人心的了吗？他是黑暗中的短暂却刺眼的微光。

但是，今天呢？李敖依旧是“我还年轻”的模样，他的身体也可以保证他在57岁的时候再生个儿子。但是，他确实不再年轻了，脱离那个年纪的李敖的话不能激动人，反而让人觉得滑稽，在电视上看到谈笑风生的他，我觉得他只是一个愤世嫉俗的老年人，他已经60岁了。谁说只要保持心灵的年轻，人就可以不老？我不相信。我甚至宁愿相信，那不是李敖，真正的李敖还活在60年代，还活在我16岁的心里，那是一个如此年轻的李敖。

二

崔健在美国作巡回演出时，依旧对着台下的观众喊道，你们还年轻吗？可是一位观众却这样说：“他明显老了，眼袋明显大了，头发也稀疏了……”这么简单的一句话摧毁了崔健有关自己还年轻的一切辩解。他对着在美国随同采访的记者说，他觉得自己还年轻，年轻意味着速度和力量，他觉得这两样东西，他都还有。

尽管他在新专辑中，音乐的力量和强度都在加强，也尽管他可以说，他的听众在退化，已经不能再理解他，崔健还说，他的新作品更多地注入了社会批判意识……但这一切不过是他正在失去青春的一个标志，他应该知道，他曾经激动我们的不是那些批判意识，而是他音乐洋溢的青春精神。

一位走过80年代的中青年会这样回忆起崔健，“走在大街上，我突然被击倒了”。整整一代人被崔健的音乐所击倒，而其原由当然不是那些习惯形而上分析的人所说的深刻性，它只是激起了那一代人始终被压抑的青春的欲望。所谓治疗了一代人“失语症”，正是激发了青春所应该有的放肆叛逆劲。而崔健身上最有力的武器，正是其自身的一副“崔大爷”的撒野气质。在备受争议的赵健伟《崔健在一无所有中呐喊》书前的插页上，崔健四仰八叉地躺在那里，那一副“操你大爷”的表情或许正表现了他音乐的本质——肆无忌惮地表现力量。

而这一切肆无忌惮是必须以年轻作为基础的。这一点阿城说得极妙，“年轻气盛，年轻自然气盛，元气足。元气足，不免就狂。年轻的时候狂起来还算好看，25岁以后再狂，没人理了”。所以崔健在以36岁高龄说自己年轻时，这一切已经不再动人了。走过北大过去的学二食堂的旧址时，我总是在想，十几年前在这里演出的崔健该是怎样地元气十足。那时候，崔健似乎还没有得到足够认可。在油腻腻、乱轰轰的学二食堂，北大学生似乎没有对这个中国的“鲍勃·迪伦”表现出什么热情。据说，拌着鱼香肉丝或者大白菜的味道，观众在这里进进出出，掌声寥寥。一年后，崔健再次在大讲堂出现时，只能容纳1500人的空间挤进了3000人。这时候的崔健可能并不需要拼命地叫喊“你们还年轻吗？”因为，此时他不需要自我打气。他的年纪本身已经给了他通向那一颗颗热血、躁动的心灵的最短的路径。

如今这一切都变了。是当初那些热爱倾听的心灵变得沧桑了？还是为了保持以为的年轻，崔健给自己掺杂了过多的做作？或许两者都是。可能，对于一个漫长的生命来讲，灵魂可以激动的时期本就很短，这是整个暗淡生命中最明亮的时段，或许也是我们之所以存活在世间的主要缘由。不管是崔健还是李敖，他们准确无误而又精彩万分地在充当了这段时间中我们灵魂的导游人，他们是内心深处最热血沸腾的记忆。如今他们老了，我们也老了，像告别了蜜月期的情侣，我们相互指责对方的叛变，同时谁也无法忘记那些最美妙的时光。

一条人文主义狗

史努比是一条富有人文气息的狗，舒尔茨把本应从属于一位热爱幻想的少年的品质，注入了这条狗体内，于是这条狗获得了罕见的生命力。

当查尔斯·舒尔茨决定退休时，一位读者这样写信给《新闻周刊》表明自己的哀痛："当我的儿子还小时，他因为太喜欢史努比了，以至于决定让自己成为一只小狗。他吃完了所有的狗粮。而且，在好几年内，他坚持每天都学一会儿狗叫。我记得有一天，他被一个他认为是朋友的人伤害了，这是他第一次感到世界背叛了他。他看着我，眼里充满泪水。同时说：'我希望史努比是真的。'"

这个孩子的希望准确地道明了那只叫史努比的小狗让我们如痴如迷的关键——它代表着人类永恒的困境——梦想与现实的冲突。这只倔强富有个性的狗，如此坚决地拒绝承认自己作为狗的身份，当他的主人查理·布朗说，你看人家的狗，主人把树枝扔出去，狗就会跑过去把它叼回来。于是，史努比就叼来一个树枝，一下子扔到了远方，然后眼巴巴地看着查理·布朗。它常常专注地坐在小房子上，写作它的不朽的小说。尽管小说的开头从未改变过，尽管它从来只收到退稿信。他常常幻想自己是一位勇敢的飞行员，并在一次世界大战中成为了战斗英雄……舒尔茨把本应从属于一位热爱幻想的少年的品质，注入了一只狗体内，于是这只狗获得了罕见的生命力。

不管是在舒尔茨生前还是死后，总有批评者坚持认为，在《花生》漫画50年的历史里，除去最初的一段时间，舒尔茨是缺乏创造力的，他是个可耻的自我复制者。这种指责当然有其道理，但是它却低估了舒尔茨利用那条爱幻想的狗和那些不合时宜的孩子所表现出的人性光辉，有了人性这条主线，不管那些连载漫画多么雷同，它已经产生了一种渗透心灵的表现力。史努比是一条富有人文气息的狗，坚持尊严、不安现状、耽于幻想、英雄主义理想——这已经是几个世纪以来，文学作品描绘的主题，也是人文主义者所坚持的“人之所以为人”的要素之一。

20世纪是一个人文精神遭遇空前挑战的世纪，不断发展的技术与不断扩张的物质欲望把人类的心灵挤压得越发干瘪。就像卓别林在《摩登时代》里讥讽的一样，我们正可悲地成为机器流水线上的一部分。我们被迫越来越现实，一点点放弃尊严。

史努比诞生时，人类社会已经习惯了被分配到福特的流水装配线上，物质主义已经开始出现，人们也越来越习惯于被机器或者国家安置。史努比很可能进入20世纪卓越的人文主义者的名单。在这串名单中，茨威格怒斥着极端的民族主义，卓别林控诉着机器时代，乔治·奥威尔则说明了极权主义对于个人危害……这一切都是为了强调个人的自由与尊严是何等重要。史努比以其独特的形式表达了同样的观点。尽管这样类比有点荒谬……

舒尔茨在后来的回忆中说道，作为一个虔诚的基督徒，他希望把人类天性中最美好的成分加入漫画中。但文艺作品从来都是对于现实的反射。即使对于历史并不长的漫画亦是如此。20世纪初的《丁丁历险记》中的那个四处寻求冒险的丁丁，反映了欧洲社会处于扩张时期的雄心勃勃；而在70年代末出现的《加菲猫》中，物欲横流的肥猫则意味着处于消费时代的我们对于自我欲望的纵容。

所以舒尔茨的努力，可能无意中正契合了当时的时代精神。《沙龙》杂志认为，舒尔茨的漫画，象征了在美国战后一代少年中所出现的不安与焦虑感，他们普遍对于自己缺乏自信。这种分析正确却并不全面。对于美国读者来讲，查理·布朗可能是《花生》漫画中的主角，他正是这种分析的代表。但如果把眼光放得更长远宽阔，我们会发现，在非美国地区，史努比往往是漫画中的主角。在全球已发生了巨大变化的50年中，《花生》始终能赢得众多观众的关键因素，似乎也是因为这条与众不同的狗。发生在上海、北京的为获得玩具史努比而抢购麦当劳的事件正体现了这一点。

所以，舒尔茨对于我们生活的贡献可能正是，在这个技术与物质不断挤压我们的精神空间的时代里，创造了一条拒绝现实的小狗。这也是史努比可以在无数卡通人物中脱颖而出的最重要的原因，它代表了人类身上脆弱而敏感的一面，这些品质正在消失。于是，在日益现实与享乐的人群中，一条小狗耽于幻想，因为幻想而碰壁，于是它身上也因此而披上了一层永不消失的忧伤气质。幻想与忧伤，这两种气质在所谓的后工业社会是如此的稀罕与动人。作为一个中国读者，你可以在中国的90年代清晰地感受到这一点。当然，作为阅读者，我们无需把阅读史努比变成思想的负担。像一切漫画一样，史努比给我们带来了快乐，但我们也发现，史努比给我们带来笑声的同时，也带来了浅浅的忧伤。我们在回味史努比时，也常常会想到自己，我们是否也同样面临着这样尴尬而忧伤的境况。

在刚刚进入21世纪时，舒尔茨宣布中止50年的漫画连载。原因是舒尔茨的身体状况不佳，两个月后，舒尔茨离开了人世。在《新闻周刊》的悼念漫画上，查理·布朗与史努比相拥痛哭："我们的爸爸死了。"这正常的中断与死亡，似乎也含含糊糊地流露出这样的意思：“在更加物质化与技术化的21世纪，幻想与忧伤更将没有容身之地，所以不合时宜的史努比还是放弃这最后的挣扎吧。”这种推测当然会遭到无数的质疑与不屑，但是，我们可以做一个有趣而无聊的假设，如果把加菲猫与史努比放入同一漫画情节中，结果是什么？我个人的意见是，满身世俗之气的加菲猫将把人文气息的史努比压迫得无处藏身……

当然，我们都会怀念史努比，就像上个世纪的人怀念19世纪的单纯一样。但面对现实的残酷，我们所能做的可能仅仅是怀念。

没有颜色的青春

阿城在《遍地风流》的序言里说，中国没有青春文学，青春总是或多或少与政治掺在了一起。惟一值得一提的是王朔的《动物凶猛》，光名字就够吓人的。阿城主张的青春是嚣张的、更接近于生理本能的，这一点在《阳光灿烂的日子》里，有过精彩的表述。

尽管阿城在抱怨着，但是他还是写出了《彼时正年轻》，插队的那段日子里，在荒野山村中涌出的青春骚动时至今日愈发动人。当那些躯体与意识逐渐成熟的时候，欲望在成长过程中充满了迷惘，这时候，你还缺乏基本的判断，对于这个周围环境介乎于理解与不理解之间。本能告诉你，总该反抗些什么，可是面对真实又不知如何是好……这种奇妙的情感该是多么痛苦和美妙啊！

尽管知青的生活里充斥了太多的悲剧和丑恶，陈冲在《天浴》里已经讲述了这样的故事。但是，我对于这种特殊的境遇给青春带来的不寻常颜色还是抱有极大的兴趣。尽管，王小波与阿城一边在大骂那十年的缺乏“常识”，但另一方面还是在文字里频繁地出现了它，不管它是带有怎样地苦涩，但无疑都已经融入了他们的血脉之中。

有些时候，在疲软的夕阳下，我会猜测起这两个人年轻时的样子，在云南的雨林中，他们该是怎样的意气风发或无精打采……我渐渐了解，对于那种苦难的向往，是对我们目前生活的一种无情的唾弃。由于这种唾弃，我会对于30年前的大洋彼岸的狂乱抱有无限的心驰神往。革命的热情，无所畏惧的自由的性，世界大同的理想，还有鲍勃·迪伦嘶哑的嗓音。于是，我在《阿甘正传》中看到“Berkly”的字样，听到“如果你去旧金山，别忘记在头上……”时激动得心跳超速。于是，当我阅读《在路上》时，我的灵魂已经被带到了另一个世界，那里有无限延伸的公路，荒凉的沙漠，疲惫却年轻的面孔，还有肆无忌惮的自由，可以无限挥霍的青春……

尽管，那一代的反叛明星们已经成为了这个时代的主宰，尽管伴随着热情的衰退，道德保守主义重又回到轨道，也尽管社会不可能总处于那种激烈的状态，但是你必须承认，青春必须带上某种疯狂的痕迹，它让你恬不知耻地挑战历史。聪明的肖伯纳说：“如果年轻时不是左派，那么40岁时肯定是个保守分子。”如果一个人在青春期时不具备缥缈的幻想，那么这个人注定是乏味的。

于是很必然，我为自己的出生日期而遗憾，这种遗憾仿若李敖对于自己“早出生了50年”的抱怨。1976年，这个特殊的年份已经意味着我的青春不可避免地滑向平庸。在我的大脑开始比较顺畅的运转前，理想主义情绪高昂的80年代过去了，我通过零星的文字记载来理解那个时代的传奇。文化热、诗歌的写作、人生意义的探索，被压抑得太久的青春在那短短的10年内，以罕见的力量喷涌而出。我热切地与经历过那个年代的人攀谈，希望能够抓住那些痕迹。可是显然，我感觉到自己与那个时代的鸿沟，没有心灵与肉体的真实体验，有些东西是无法感知的。

接下来同样热闹却带上过多庸俗气质的90年代，却让我来临的青春缺乏足够的浪漫色彩。并且，我惊异地发现，在同时到来的网络文化面前，我表现出了某种排斥。我不知道，那个灿烂多姿的虚拟空间是否可以给年轻的心灵带来足够的遐想空间。美国作家汤姆·彼得森说："网络社会是一个没有尽头的青春期。"我总怀疑这种论断产生于电脑的初创阶段，那时候对于摆弄的比尔·盖茨与史蒂夫·乔布斯来讲，这还是个好玩的玩具，而不是用来挣取1000亿美元家产的手段。而且网络是否真能给我们带来某种青春特有的幻想，我不置可否。反正，那个叫"痞子蔡"的人的小说，并没给我带来足够的冲击，甚至"轻舞飞扬"的名字，也有点太过庸俗。更重要的是，可能我的年龄已经丧失了进入网络空间的优势了。

介于理想主义与网络一代之间的年龄，让我们有点尴尬，我们想做梦却丧失了空间与时间，同时又不能完全抛弃梦想。这种情绪让我的青春分外乏味。我进入大学的时候才开始阅读《麦田里的守望者》，40年前的霍尔顿依旧年轻，说脏话，带鸭舌帽，幻想女人却又要命的害羞……这些紧张与不安略加反叛的气质让我激动，却无处释放。同时，我周围的同学根本不知道《麦田里的守望者》是什么，他们也不想知道。我在宿舍里要命的倾听Nirvana的《Smell Like Teen Spirit》，尽管我并不了解那个自杀了的异国青年，也不会如此狂躁，但是，我本能地意识到青春应该带有一点这种肆无忌惮的色彩的。

我总是试图在拾起别人的青春回忆来填充自己的空白的心灵，但是这实在太困难了。我无法找到给我的青春带来鲜明色彩的回忆。就像比我早生十年的家伙们一样，他们可以清晰地记得第一次翻阅《曼娜回忆录》时的心惊肉跳，或者是罗大佑或者崔健的歌声，再要么就是弗洛伊德给他们的震撼，他们或许还可以记忆起关于人生的讨论，再差劲也会对金庸与琼瑶印象深刻……总有一本书，一首诗，一个文化符号可以勾起潜藏的回忆。

我无法回忆起什么，不管是美国的60年代还是中国的80年代，我幻想活在另一代人的记忆里，因为那是我理想的青春。我的床头放着莫里斯·迪克斯坦的《伊甸园之门》，我在乱哄哄的回忆里找寻生命的本色。那也是个崇拜“青春”的年代，正如曼彻斯特在《光荣与梦想》中所写的一样：年轻就是他妈的一切。多年之后，迪克斯坦接着写道，个人主义是那个时代的标志，今天这种欲求并没有改变．只不过现在的年轻人把那种缥缈的理想转化成了对于现实物质的极度追求，从要求世界大同的理想演变成要求更高的工资、更好的住房了。这是可口可乐电脑的一代与造反的、摇滚的一代的区别吗？我只知道，我不可救药地欣赏着历史。

我无法知晓，若干年之后是否会有人记载我们这个年纪人的故事，那会有趣吗？我的青春正在褪色，尽管它从来就没有沾染上一种鲜明的颜色。或许人的心灵永远只能活在一种假想状态里，我所期盼的那些年代不可能比我的幻想更美好。因为没有不令人失望的现实，所以躺在漫长的午后的床上，一本本地阅读《麦田里的守望者》、《挪威的森林》、《动物凶猛》，同时放着甲壳虫或者崔健，这或许也是一种青春的方式，只是一觉醒来，混浊的头脑与现实的无趣又让我无所适从……于是，我终于知道，我至少拥有了青春中的一个关键情感——迷惘。

荒原上的我们

我坐在岸上
钓鱼，背后一片荒芜的平原，
我是否至少将我的田地收拾好？
——T.S.艾略特

“我一看到这些词就心烦”，王朔在《三联生活周刊》的随笔上，列举了一串名词“崇高、精神、梵高、莫扎特……”王朔的意思再明白不过了，如果我们总是试图去和历史中的伟大人物与事件相联系，就是虚伪与弱智的表现。

比起十年前，王朔式的嘲讽已经不再亲切，相反地，我隐约地感觉到某种恶心。王朔没有变，只是这个时代变了。与此同时，空气里漂浮着一股腐朽与轻率的香气，它们来自年轻美丽的女作家们的肉体与潜藏在网络空间中的脆弱情感。

不管是王朔的嘲讽，美女作家的放肆，还是网络写手的肤浅，都激起了我们强烈的兴趣。在新世纪的春天里，这看似毫无关系的三者合谋让我们灵魂上的苍白暴露无遗。

我们还是先从王朔说起。王朔应该明了的一点是，那个需要通过冷嘲热讽来摧毁的时代已经结束了。消费经济有力地荡涤了旧的意识形态观念。我们今天面临的严重问题是，旧信仰已经被摧毁，而新的信仰还未形成。一种畸形的物质主义成了暂时的替代品。这种没有游戏规则的拜物主义，让我们的精神陷入空前的苍白之中。我们藐视了人类社会基本的精神准则：同情、爱、公正、善良……今天，我们急切地需要吸收人类历史中最精纯的品质，不管是伟大的著作还是伟大的人物，都为我们提供了某种快捷方式。从经验看来，藐视历史（世界文明史）往往意味着精神的荒芜。

在这样的荒芜中，用肉体写作与用网络思考的写手出现了。对于他们，我并不反感，我反感的是他们所带来的巨大的轰动与站在他们身后的无耻的造势者。在任何时代中，好作品与坏作品都是同时出现的，坏东西被寂静无声地淘汰了。而当一个时代，坏作品赢得了主流的关注时，这个时代一定有问题。

对于前者，我更希望称她们为行为主义者。我承认她们掌握了写作的基本技巧，也承认她们在文字中蕴涵了一些私人的情感，但是她们永远只是一群三流写作者。这是一群叫嚣遗忘历史的女人，她们所全部依靠的不过是几次短暂的情感经历，几十次可能刻骨铭心的性爱体验，或许还有一点点毒品的味道。比起平常的女人，这些东西已经足够她们卖弄出几十万字了。在那些描述里，更多的是一位位自以为是的女子对于自身经历的掩饰不住的自豪。而对于读者来讲，阅读她们，更像一次情感上的猎奇。因为女作家们的生活环境与自己几乎相同，状态上也空虚得类似，但是她们敢于通过疯狂来暂时麻醉自己，自己却没有勇气。因为这是个无根的时代，所以美女们说“我们所能依靠的只是疯狂与放纵”，可是之后呢？

比起还算漂亮的女作家，网络写手们让人更加悲哀。榕树下与网易文学奖，颇引人注目。只是，有谁问过这种奖项有何意义？因为互联网是个新东西，我们都不熟悉它，所以以它为题材的写作就具有了某种意义。这种理由就像在火车发明时，举办“火车文学大赛”，或者电话发明时，只要写作电话小说就具有意义一样可笑。我实在找不出游荡在网络上的李寻欢们与80年代蹩脚的文学青年有何区别？惟二的区别可能就是：第一，文学青年们还知道托尔斯泰而李寻欢们从来不读；第二，文学青年们不会用电脑。

写作从来就不是一项谁都可以从事的工作，绝对需要某种专门的训练与作者本人某种不寻常的情感。从蜂拥而来的网络文学选集看来，写作者们显然误以为，只要把字写出来，顺序排列整齐就可以了。他们缺乏一种基本的知识素养，也缺乏基本的技巧。而互联网又是一个如此容易隐匿身份的场所，所以，这个空间的主要发言都带有明显的不负责任的痕迹，从那些网络写手们的名字就可以看出。这种写作更多依靠手，而非大脑来完成。如果，我们把随意的文字与随意的情感通过一种新工具来表达，就视作某种新生命，那我们就太愚蠢了。

到这里，我终于回到最初引用的T.S.艾略特的诗歌《荒原》上了。作为上个世纪最杰出的诗人，艾略特极度尊崇传统。他认为，作家只有把自己放入一个历史体系中，与历史中的其他作家相比较，才具有某种意义。因此，他在1922年的《荒原》中，对于一战过后，整个西方弥漫的精神荒芜现象表现了极度地忧虑。他在这首不朽的长诗中，不断引用着圣经与各种神话，希望借助历史的伟大来拯救精神的空虚。

今天的我们处于更加严重的精神荒原之上。我将王朔、美女作家与网络写手们罗列在上面，正是表明，我们的时代与人类文明已经产生了怎样的断裂，这三者都是藐视历史与规范的典范。尽管，这种断裂绝非从今天开始，也无法立刻结束，但是，我只是想提醒普遍不安的读者们，还有一些可能是陈旧却更为激动人心的作品在等待我们去阅读。

男人快乐原则

男人们正在遭受误读，他们正在被演绎成一架盲目追逐快乐的机器。他们纷纷患上了快乐强迫症，他们通过一切手段来寻求快乐。

镜头一：在1998年某一期《时代》封面上，一张咧开嘴的男人脸庞夸张地凸显在伟哥药丸上：不够坚挺的男人们的快乐福音。两年后，一个肌肉过剩的男人再次占据《时代》封面：一种新的可以增强肌肉与性功能的药物被发明了。这两个封面的潜台词无比明显，男人们的快乐建立在单纯的性之上，在药物的帮助下，性变成了一种比拼耐力的体力活动，快乐依靠于劳动的强度与持久度。

镜头二：迈克尔·道格拉斯在《华尔街》中扮演的金融巨子戈登，他坚定而狡诈地微笑着，不择手段而又风度翩翩地欺骗着公众，他指挥着手下让华尔街的行情涨涨落落，并不动声色地侵占着财富。他大言不惭地说道："贪婪是好的（greed is good）。"戈登拥有男人的至高快乐，华尔街初出茅庐的年轻人与电影观众会下意识地这样想。这个男人具有无比的占有热情，占有金钱、女人、艺术还有名誉……

镜头三：一位网络新贵傲慢地出场了。他的穿着刻意地随便，全身武装了各种奇怪的科技产品。他的口头禅是，我厌恶陈旧，我需要更新的，一切都是新的。新的产品，新的刺激，新的情感，新款的安全套……

以上几个镜头勾勒了20世纪末快乐男人的简单肖像。在这个时代，男人的快乐几乎赤裸裸地建立于欲望的满足之上。快乐在上个世纪后半叶，成为我们的新宗教。我们纵容我们的情感与身体扭曲到一个极限来获得暂时的快乐。这是个技术主宰的时代，男人的快乐深深刻入技术的痕迹，男人们本能地相信各种技术手段可以帮助他们获得快乐，把身体改造得更好，挣更多的钱，与更多的陌生女人上床……在这种不停歇的追逐过程中，我们隐隐地感到，男人可能正在失去真正的快乐，快乐正在变得技术化的有量无质。

上个世纪为数众多的文明反思者已经为此深深忧虑。他们不得不费力地将我们拉回到人类的原始状态，苦口婆心地告诉我们，在简陋与单纯的时代，快乐如此唾手可得。此时的男人们，还没有被赋予太多的社会意识，没有被物化。尽管生活艰苦，但是快乐却不用如此之多的附加值。在现代社会，一个男人为了获得与某个女人的快乐，他可能要煞费苦心地安排一次旅行，要通过豪华的游艇与精心的旅行路线来达到目的。一项原本单纯的快乐，变得困难重重，其中充满了不合人性的制度化。而对于一个原始人来讲，可能处处可见的草堆就是快乐的天堂。对于没有打开视线的原始人来讲，世界是狭小却清晰可见的，任何一点事物都可能占取他们全部的内心世界，并带来了充满其间的乐趣。

但是，不管你如何抵制现代文明，你必须承认原始人的快乐是无知所造成的，他们所拥有的快乐可能是浅薄的。人类史上真正的快乐定义可能出现于文艺复兴时期。这是个人性获得空前解放的时期，人类获得了发现世界的乐趣，发现了释放性欲的乐趣，发现了文化与艺术的乐趣。并且，他们在不断肯定快乐的价值，快乐是对生命意义的肯定与验证。此时的男人们都沉浸于附庸风雅之中，对于文艺复兴领袖彼得拉克来讲，能够用文雅的拉丁文撰写肉麻的情书是极有趣味的；对于伊拉斯谟来讲，《愚人颂》这样的谐噱篇章是对于世界一种严肃真实的反映，并且我们可以从中得到快乐……从浩瀚的典籍中，我们发现文艺复兴时的男人们沉浸于一种明朗的快乐，他们生气勃勃地发现世界，并通过生机勃勃的方式表现出了发现的快乐……文艺复兴的开创者们，像一群活力四射的大孩子，兴致盎然地玩着各种游戏。

从16世纪到18世纪，男人们沉浸于游戏的快乐之中。历史资料表明，从1500年到1700年期间，男人的服饰不断剧变着，他们沉浸于巴洛克与洛可可式的花样之中。活在这两个世纪间的男人是幸福的，他们尽情地卖弄自己。

从19世纪开始，资本主义的实利主义开始缓慢地侵入男人体内。男人们在这个物欲扩张的社会形态中，逐渐朝功能化的方向发展着。实利主义忽略美感，强调人身上的功能性。在商业取得相当成功的19世纪末，“男人留着胡子，头戴高高的丝帽，手中握着手杖，他们自豪而幼稚地相信自己是大自然及历史造就的佼佼者”。这样的社会地位与财富地位，是男人快乐的标志。

显然，20世纪加剧了这种趋势的发展速度。尤其是技术的侵入将这种功能主义发挥到一个极致。而男人们也被物化到一个极致，他们必须追逐金钱、权力、肌肉与勃起的时间长度……一切都具有具体而理性的数字衡量标准。在现代社会中，当“什么样的男人最快乐”被提出时，标准答案已经摆好……

这种粗线条的历史扫描方式，当然会忽略到很多细节。不管我怎样强调文化与社会对于男人快乐的影响，我都必须承认作为男人，他在这个世界上有一些最基本的获得快乐的方式。这种快乐的获取是一种本能，比如性，比如成就欲，比如创造欲。它们是不随着社会的变迁而变化的。但是，我同时也想强调的是，这种本能的快乐正在遭遇着人为的侵袭。在越来越强调快乐与刺激的今天，事实上，我们可能正在失去快乐。尤其作为男人，在这个功利社会，他承载了太多令他焦虑的因素，他急切地渴望利用快乐来遗忘这种焦虑。因此，他采取了某种技术或者药物手段。此时，快乐变成了一种纯粹的生理反应。这是我们最不愿意看到的，因为快乐，本应该主要是一种精神与心理现象。而今天，它可能正危险地演变成一种单纯的生理刺激。

有人寄望于网络技术让我们获得解放。因为网络技术帮助我们从循规蹈矩的工业体制中解脱出来，我们变成了单独的个体，重又获得个人的舒展。这是又一次文艺复兴，一部分学者这样认为。乐观人士显然忽视了，这种解放背后蕴涵的更深层的束缚。事实上，新技术让我们陷入了更加紧张的依赖之中。网络像一个机器猫的百宝袋，随时提供一切我们的需求，包括快乐。这种方式的前提是更加极端地将快乐视作纯生理需求，纯数量表现。

男人们失去了快乐，因为他们失去了悠哉游哉的心绪。他们没有时间没有闲情去写情书，去打扮自己……世界对于他们来讲，太复杂了，太快速了。他们焦虑，并迫不及待地追赶时间。

但是，怎么办？他们不可能抛弃掉文明，更不可能回到文艺复兴时的单纯。不幸的男人们已经坐上了一辆疯狂的、正在加速的列车。这辆列车就像赫胥黎描绘的“美丽新世界”一样，它许诺道：“人人都将获得快乐。”这种快乐，是通过新技术思想导师《连线》杂志所预测的“可以随时达到性高潮的药片”，可以“混淆梦境与现实的机器”来实现的。最终，经过如此漫长的叙述，我所得出的男人的快乐原则，即是开阔、生气勃勃的内心空间。它是一切美妙的性、成就欲的前提。但在这样一个内心世界遭受物质挤压的时代，这种快乐几乎已经不复存在了。我们的心灵不再从容，变得慌慌张张。很可惜，我无法提供任何解决方案，因为为数众多的大师们都试图提出他们的解决方案，但是他们都失败了。我们已经坐上一辆疯狂的列车，谁也不知道如何刹车。

生于70年代

一代人的标志是时尚，但历史的内容不仅仅是服装和行话。一个时代的人们不是担起属于他们时代的变革的重负，便是在它的压力之下死于荒野。

——哈罗德·罗森堡《荒野之死》

试图勾勒一代人是危险的，因为对于一个复杂的世界来讲，定义一代人的方式往往流于肤浅与偏颇。然而，对一个时代进行定义又是诱惑人心的。在现代社会中，个人往往是无力的，我们总是将自己加入一个群体之中，在其中我们觉得声势浩大和有所依靠。“代”成为这个变革接连不断的时代一群深恐被遗忘的人的救命稻草。借助于此，他们获得了集体的经验与回忆，在集体回忆与品位中，他们获得了力量与对于残酷现实的暂时性遗忘。

也因此，我们其实很难将出生于中国70年代的人笼统而粗暴地称作“70年代人”。我们称海明威、帕索斯等青年为迷惘的一代，是因为他们受到了同样的美国教育，在20岁出头时来到欧洲，经受了战争的打磨，然后眼睁睁目睹了人类文明被摧毁于第一次世界大战，然后他们一起酗酒，并且对于未来充满迷惘；我们称凯鲁亚克、艾伦·金斯堡、伯勒斯为垮掉的一代，是因为他们共同用疯狂摧毁平庸，他们相信大麻与疯狂行为可以拯救灵魂，他们用惊世骇俗的行为来对抗中产阶级价值标准……

生于70年代的中国青年，他们显然缺乏这样的集体行为，更缺乏我们心目中的那些著名的“代”所必备的戏剧性因素。但是，“生于70年代”这样的口号，在今天突然变得如此响亮。年龄介于20至30岁之间的青年们用一些支离破碎的断片比如“小豆冰棍”、“街上流行的红裙子”、“霍元甲”来象征所谓的共同经验世界，然后依靠新技术与消费共同带来的社会变革来作为自己的武器，在前者的文化包装与后者所带来的力量共同驱动下，70年代人先是半信半疑，然后开始声嘶力竭地宣告自己的成熟。

宣告自己的成熟，就必须寻找已经树立的标志进行打击。就像60年代欧美的学生运动对父辈进行无情唾弃一样，70年代人选择了60年代人作为攻击的对象。于是，在新兴作家的词典中，60年代人成为了陈旧、愚蠢、理应被淘汰的代名词。60年代人所表现的理想、激情与单纯被不容置疑地冷嘲热讽，而这一切依据不过是70年代人所体验到新的生活方式与前所未有的展现自己的机会，是互联网技术与插有一片柠檬的Corona啤酒……

但是很快，我们会发现这种豪情壮志隐含着怎样的脆弱。因为，出生于80年以后的人在此方面占据着更绝对优势，他们连“小豆冰棍”的历史也不需要知道，他们尚未成熟就会使用了ICQ。他们甚至连打倒上一代的欲望都没有，因为事实已经给他们足够的证明。

有了完全消费的80年代人的映衬，70年代人的虚弱之处暴露无疑。在两代人之间，他们终于展现了他们的真正特征，他们是自20世纪后半叶至21世纪前几十年间，具有过渡意义的一代。在他们之前，中国人的个体精神淹没于集体之中，封闭的环境掩盖了世界正在进行的变革，他们生活于集体的狂热之中，这种狂热给个人或者带来深刻，或者带来变态；在他们之后，青春完全进入了世界消费体系之中，技术弥合了中国人与世界之间的差距，他们可以尽情地遗忘历史，而生活于未来。

70年代本身即说明了这一切。其实从来就没有一个完整意义上的70年代。在1970年与1979年之间已经是一条漫长的道路。我们可以说在1970年至1974年之间，他们有着类似的成长，更相像于60年代人，被一种残存的理想主义与集体主义气质所包围着。而1974—1978年之间，变裂已经出现，出身于这四年间的人，或许是真正的个体精神觉醒的一代，他们受惠于计划生育政策，在高中时触摸到信息技术的最初萌芽。而1978年之后，几乎已经完全融入了消费时代之中。

如果我们将1992年的市场经济改革，与1997年开始的互联网热潮视作上个世纪末中国最重要的变革的话，在上一段中被我人为切分的三类70年代人，与这些变革相逢的年龄正恰当地表现了他们过渡性的角色。

今天，不管媒体还是公众，所热衷讨论的70年代概念更多地来自78年以后出现的精神状况，我们姑且将之称作“后70年代”。这种讨论淹没了70年代所代表的真正精神，即没有定位模糊的、充满过渡色彩的特性。

充满时尚感与马尔库塞所谓的单面人的状态更应该属于80年代人。我们看到的眼花缭乱的所宣称的70年代的消费观，其实往往是人为地利用想像营造出来的，因为他们太急于宣称自己的存在，于是就顺手拿起一件杀伤力极大其实却并不属于自己的武器。

所有的人都受骗了，包括70年代人自己。我们根本没有看到一代人的崛起，他们只不过是恰好都生于那十年之间，他们志趣各异，并且在内心深处相互不屑，缺乏共同的价值体系。我们没有体验过相同的东西，没有共同创造什么，也没有破坏什么，他们不过是年龄界限的巧合。

最终，我又想回到最初引用的罗森堡的著名论调。生于70年代的人，如果真的试图想证明自己的存在的话，那么他必须担负起时代变革的重任。因为他们已经丧失了和80年代人一起轻飘飞扬的与生俱来的能力，他们必须承接起联结历史的断裂的任务。否则，他们只能从历史版图中消失。

优雅的爱情到哪里去了

在20世纪各项伟大的起义中，爱情缺席了……

——奥可塔维奥·帕斯

“将爱情进行到底”，这句畅快淋漓的口号暴露了我们的致命伤口——我们正在失去爱情。不管我们的唱片工业产生了多少“为爱伤心欲绝的男人与女人”，也不管架上的流行书籍上提供了多少爱与性的技巧，我们得承认，我们的爱情正在失去它应有的光彩，它正变得平庸化与技术化。爱情变成了我们忙碌生活的一种放松方式，变成了一种有量无质的占有，变成了有点昂贵与费神的高级消费品。在这个时代，我们钟爱的对象，越来越失去其本应的丰满形象，而逐渐实利化了——他应该具有怎样的身高，怎样的收入，公司的名字是否带有“.com”的后缀……

在功利的世界里，我们忘记了爱情的模样。我很愿意就此回顾一下爱情的历史，努力给读者呈现爱情最初的面目及其后来的流变，这种不无轻佻的回忆中充塞了我对于古典世界的有点变态的眷恋。

爱情是一种高贵的形式主义，是我们文明的特定产物。德尼·德·鲁热蒙在《爱情与西方世界》中赋予了爱情一个特定的诞生时间与地点：12世纪的普罗旺斯。那个时代，风行的行吟诗人开始在诗篇中赞美伟大的爱情。形式感开始被引入男女之情中，按照约翰·赫伊津哈的观点，“将爱情形式化，是一种社会的需要，是随着生活的愈益严酷而愈益迫切的需要。爱情必须被提升到仪式的高度，充沛而暴烈的激情需要这一点。惟有强烈不羁的情感建立一套形式和规则，才能消除残暴……文学、时尚和谈话都成为调节和净化性爱生活的手段……”有了这段话的铺垫，我们可以进入现代淑女们渴望的爱情黄金阶段“骑士时代”。温文尔雅的骑士们和宫廷贵妇们的故事已经成为不朽的传说，他们依靠一个眼神、一个隐喻或一句诗来曲折地表达自己的情感。在《颜色颂诗中》，一位叫吉约姆·德·马绍的骑士第一次与爱人约会时欣喜若狂，因为该姑娘头戴一顶天蓝色帽子。在此时，蓝色代表忠贞。在漫长的中世纪中，有关爱情的隐晦诗歌四处可见，而当时的流行小说几乎一律为骑士解救贵妇后，却最多仅吻一下手帕而已的禁欲模式。而当时最受欢迎的男人模式在下面这首诗中表露无遗：

> 他受过真正的骑士教育，
> 在德国和法兰西；
> 他长久居留在伦巴底，
> 为了学习文雅之礼……

今天，我们可以声称中世纪爱情的虚伪。但我在这里如此啰唆地引用的惟一目的，是想强调最初爱情的非功利性，它不是为了迅速获得性的满足，也非通往财富与权利的手段，它更看重的是一种心灵上的沟通和优雅的形式主义。

接下来的文艺复兴不留情面地冲击了这种形式主义。人们发现，像《十日谈》中奋不顾身的满足欲望，是件让人快乐的事。形式主义的爱情观开始受到实用主义的挑战。当然，在接下来的17、18、19世纪中，中世纪遗留下来的骑士精神爱情观并没有遭遇多么严重的挫折。因为，在这几百年间，人类文明依旧节奏缓慢地进展着。

欧洲妇女们钟爱的对象，由穿着铠甲的骑士们转向了卢梭或者雪莱式的诗人，后者在对待爱情上尽管比前者更勇敢与放肆，但在这种放肆之下，却是一样的羞涩与浪漫。即使对于当时的浪荡子们，不管是拜伦还是卡萨诺瓦，他们的浪荡方式也几乎是一种非功利性的，他们更多注重的是行为本身，而不是最终结果。米兰 · 昆德拉在《缓慢》中引用的18世纪爱情小说，再鲜明不过地表现了当时的爱情观念，它是如此的缓慢与优美。

20世纪几乎颠覆了我们习惯的一切观念，爱情成为这一切颠覆中最让人心痛的牺牲品。在20世纪大行其道的技术观念的篡改下，我们发现爱情抛弃了它含情脉脉的面纱，它变得目的分明，它似乎不再是一种心灵激情的需要，而变成一种人必需的权力与附属品。法国学生在街头叫嚷道：“要做爱，不要作战。”很显然，爱情与战斗并无分别了。而不管是在杂志、电视还是网络上放肆的色情物品，更是把爱情直接演化成一种追求数量的生理冲动。而此时，已经解放的妇女们渴望的男人是詹姆斯 · 邦德型的，他们无所不能，并且不需伟哥便性欲炽烈。

而今天，在“.com”的刺激下，能够在NASDAQ上市的网络英雄们早已让骑士精神黯然失色，比起充满隐喻的诗歌，姑娘们更加热爱直接的stock option（点击）。到这里，我终于含含糊糊且断章取义地完成了我对于爱情历史的叙述。而现在，我对于你惟一的奢望是，能够合上你的眼睛，让自己暂时性地远离现实。你嗅到了12世纪的法国普罗旺斯的气息了吗？爱情从那里飘了出来……

暧昧的怀旧

那是个阳光灿烂的年代，姜文回忆道，大人们已经走光了，城市属于孩子们。那也是一个匮乏的年代，孩子们拥有的只有友谊、战争、砖头、无所不在的恶作剧和穿着朴素的姑娘以及《列宁在1918》，偶尔还有机会把避孕套当作气球来使用。这一切散发着当年小豆冰棍一样的香甜气味，我无法不怀念。

没有人否认，长大之后的姜文把少年的时光过于抒情了，但是这不妨碍让我陷入小资产阶级式的回味。暧昧的怀旧，这是现代人无法挥去的情结。无知与单纯是快乐的根源，我开始理解在那些什么都缺的日子里我如何像一头小猪一样快乐和健康地生活，我也记起了我的那些伙伴如何为一张火花，一个沙包而折腾得畅快淋漓，记起了在日落之后我们如何穿梭于大院内的楼群之间呼朋引伴，然后找到一个安静的角落如何羞涩却高声地议论那个漂亮女孩的裙子……由于物质条件的匮乏，我们被迫把自己放逐于田野和自然之间，享受一种无所事事的快乐。

多年后的今天，我听到隔在大洋彼岸的克林顿说："在信息时代的阳光中，我们不应该让任何人落在黑暗里。信息科技应该成为每个美国孩子生而知之的权利，无论他们是贫穷的还是富有的。"然后我就看到和我当年一样大的孩子积极响应这句话，偶尔和这些年轻的朋友坐在一起，他们谈论着和我当年截然不同的话题：帝国时代、下载、黑客……这些孩子的脸上透出精明的气息让我吃惊，但是我不喜欢。我走在曾经留下童年痕迹的大院里，已经看不到喧闹的景象，我知道他们都在家里上网，尽管他们住在相对的两座楼上，但是他们更喜欢在网上交流而不是面对面。

孩子们的游戏规则变化了，我承认他们比我们当年具有更广阔的视野，他们更多的把自己投入到一种智力游戏之中，利用技术表达自己的情感与生活……但是，他们一点也不好玩，我透过他们的眼镜和有点电子化的眼睛看不到生命的本来，看不到那种应该活跃的动物性。他们的活跃过多地表现在虚幻的世界里，在这里，他们把自己假想得强大无比，他们可以在聊天室里肆无忌惮，可以毫不费力地利用电子邮件和大人物们联系，可以在联机游戏上精神十足，可以轻车熟路地侵入五角大楼……在虚拟的世界里，他们用一只手指攻击瓦解着成人世界。但是，这改变不了他们在生活中的脆弱和缺乏生气。

技术永远无法取代人的本性，我会永远地喜爱汤姆 · 索亚和哈克贝利 · 费恩，因为他们让人讨厌的精力过剩，永远不会安分守己地到处流浪，他们健康勇敢，散发出永远不会褪色的生命活力。我也会永远怀念“阳光灿烂的日子”，他们呼吸的是空气，亲近的是自然，还有分享烟头的友谊，还有可以流血的打架……

未来学家们说孩子们可以通过一扇扇窗口（Windows）欣赏自然，或许山更雄壮，草地更为鲜亮，河流更为清澈……当然，孩子们还通过窗口体验到了友情、暴力、探险，或许还有性这些我们曾经努力亲身实践的东西。但是即使隔着最高分辨率的窗口他们就能清晰地感受到世界了吗？

所以，我自以为是地替他们感到遗憾，尽管这种遗憾已经被很多人重复过了。可是，每当我看到那些孩子们在不知疲倦地追赶信息技术的召唤的时候，看到他们温柔听话的时候，我就想到了阳光灿烂的年代，想到密西西比河的野蛮小孩子，谁享受着更幸福的生活，谁也无法说清。

砸烂背后的眼睛

上高中的时候，学校有个可憎的训导主任，他喜欢在上课的时间，通过各个教室的后门窗户观察学生的动向，心怀期待地寻找沉浸在金庸小说或者窃窃私语的快乐中的学生。所以每次上课，当我们无法拒绝小说或者同桌女生轻言细语的诱惑时，就必须同时提防讲台上的老师，还有后门的那双神出鬼没的眼睛。后来，有勇敢的同学把窗户用报纸封上，那一天大家过得很舒服。报纸不断被老师勒令撕掉，但是不断又被人贴上，老师也就服了。可是，不久，我们发现训导主任还是能够准确无误地抓住吃零食的可怜鬼。原来，后门的窗户下有个小洞，训导主任的一只眼睛可以顺畅地观察我们。一天课上到一半，训导主任不顾尊严地冲进来大吼道："谁干的，到底是谁干的？"这时我注意到，他的右眼又红又肿，因为疼痛一眨一眨的。猜得出，肯定有人往那个小孔上抹了大剂量效果显著的清凉油。从此，没有人再从后面监视我们了，到现在我还在感激那位机智勇敢的同学。

我估计训导主任在右眼遭受重创的同时意识到两个问题：其一，从背后监视学生是不得人心的；其二，不要把人逼急了。还有一点，他可能至今还意识不到：他们虽小，也是个人，需要人的基本尊严，教育的努力是给人尊严，而不是剥夺尊严。尽管最后一点，当时的我还不能清晰地表达，但是我朴素地知道我不喜欢被人从背后盯着，即使她是个漂亮的姑娘。当时的年纪小，没有能力把这个事件上升到社会高度来看，但当我在世纪末的阳光下看到《1984》的时候，终于意识到这种监视对于人类精神会带来多大的戕害。好在，我们那时候，训导主任还没有“老大哥”的无处不在的监视器，他的那双肉眼还是可以被我们的聪明才智弄肿的。

“不是我不明白，这世界变化快。”我在4月的一份报纸上看到一篇报道，说最近一两年，北京有十几所中学在教室后方墙壁上安装了监视器。校长坐在办公室里只要轻点鼠标就可以查看到每个学生和教师的上课状况。报道说，一开始，学生不适应，但是时间一长就习惯了，而且学生上课的听讲专心多了，没人再搞小动作了。一位律师同志说，教室和商场一样是公共场所，安装监视器很合理；一位家长同志说，只要孩子可以专心学习了，装就装呗；一位校长同志说，主要是为了更好地进行教学工作，不是为了监视学生。更可气的是一位和我当年一样大的高中生说，从此大家不传条了，也没什么不习惯的。

我明白了，在很多时候，我们的精神状况是根本没有随着科技进步而进步，在很多时候，我们被技术压迫得精神萎缩。《1984》里描述的故事很恐怖，“老大哥”以国家的名义剥夺了每个人的隐私权，即使你跟一个姑娘亲热一下，都很困难不被发现。这种状况下，每个人都对国家忠心耿耿，但是没有几个人是正常的。奥威尔的故事是虚构的，我们的故事却是真实的。校长老师们现在以“学习”的名义剥夺了孩子们的隐私。他们搞了几十年教育，却不知道教育的本质是什么。不管那些孩子成绩好不好，能不能考上大学，起码我们的学校都应该让他们成为一个心理健康的人走出校园。一个人最理想的生活状态是自然成长，尤其在青少年时应该尽量减少负面的影响。那些老师家长们怎么不好好想想，当你总是意识到自己活在别人眼皮底下，还会正常思考问题吗？反正，在中国历史上，越没有自我空间，人就越虚伪越残暴。如果一个民族的花朵们都在这种阴影里成长，那么这个民族的未来就可以想见了。还有那个可笑的律师，把学校类比成商场本身就滑稽之极，商场的监视器是在无奈的情况下才出现的，它是以人性本恶为前提，是否合理再另说。但教育却是应该激发人内心的光明的一面，这些幼小没有成形的生命是应该被爱与美引导的，而不是用先进的手段来监视的。

现在的孩子们越来越驯化，没有了我们当年的抗争的自觉性，况且，在面对校长40万元的高科技武器时，抗争也是无力的，再说清凉油已经不常见了。最近北京还流行一部电影《楚门的世界》（Truman Show），讲的是金·凯利从出生起就被5000架摄像机监视起来，他的整个成长过程中的一举一动都通过卫星向全世界转播。他的生活吸引了无数观众，他是这个星球最大的明星，但他始终没有察觉。当他最终发现自己生活在一个巨大的玻璃容器中被世界观察时，最终还是摆脱了监视，即使这个游戏的导演诱惑他回到那架摄像机下，因为他是独一无二的明星（BIG STAR）。我真希望，这些可以当黑客的孩子们可以用砖头砸烂监视器，即使让你考上哈佛，这种对于生命尊严的付出也是不值得的。

古登堡、互联网与资讯焦虑

我烦躁不安地坐在电脑前，急速地翻阅着桌上的书籍和刚刚从Internet上下载下来的资料。在我的零乱的卧室里，堆放着1000本分类混乱的书和一台连接着虚拟世界的电脑。我正在为一家杂志撰写一篇描述资讯过剩给人的精神带来的危害的文章，我渴望在浩如烟海的资料中寻找出一两句惊世骇俗的语句作为文章的开头。然而，我发现，我阅读得越多，就越陷入一种无法开始的状态。因为可选择的方式太多，我陷入了一种焦虑与疑惑——这个开头是否足够好？

这时候，我想起了古登堡与蒂姆·伯纳斯·李。前者在1455年设计了真正意义上的印刷术，而后者则在1989年发明了万维网。在古登堡之前，文字的传播是手工抄写者完成的。也因此，书籍是个极罕见的东西。15世纪的法国国王查理七世因保有910册藏书而闻名欧洲。也就是说，时间上溯500年，我卧室里的藏书足以睥睨法国国王。

古登堡的发明使得书籍不再是教士与贵族的特权，知识变得亲近起来。《生活》杂志把印刷术列为上千年最伟大的发明，因为印刷术使知识普及成为可能，在此基础上，文艺复兴、启蒙运动，乃至现代社会才有可能成为现实。

但是，古登堡印刷术所带来的后遗症也逐渐凸显出来。它在刺激了各种影响世界的新思想的同时，也刺激了信息垃圾的出现。因为知识的流通成为可能，我们对于世界的了解越来越深入。在此基础上，现代新闻业产生了。人们通过报纸杂志与书籍，来迅速了解世界每个角落涌现出来的新事物与新思想。这些新的东西紧接着刺激了人们对于世界的好奇，从而产生了更多的新知识与事件。我们越来越着迷于这些新知识的同时，也发现这个世界是如此复杂，我们根本无法把握。于是，人类渴望获得更多的知识来解答头脑中的疑问。而知识越多，疑问也越多。于是现代社会开始陷入了焦虑之中。19世纪一位英国平民已经咒骂道："那些家伙整天在《泰晤士报》上登些什么。"

比起今天的报纸，那位英国人的抱怨实在是不算什么。一份《北京青年报》加上一份《精品购物指南》的内容含量可能都相当于19世纪一个英国人一生的阅读量。20世纪发明的广播与电视，在给人类带来更多快乐的同时，也让人类陷入了更深的焦虑：CNN对我们诉说着地球每一个角落发生的事件，一部接一部的肥皂剧向我们讲述着别人的生活，世界每天印刷出几十万部新的书籍……我们已经陷入了信息的轰炸之中，尽管这些信息几乎与我们无关，但是我们显然越来越丧失了辨别能力。

这时候，蒂姆·伯纳斯·李出场了。在古登堡之后500年，这个美国人发明了万维网，在此基础上，Internet（互联网）出现了。性急的技术至上者已经到处宣称互联网是印刷术之后最伟大的发明。尽管这一点仍有待时间的检验，但是有一点是明确的——互联网可能正将我们的焦虑之情推向一个登峰造极的境地。不管是印刷品还是广播与电视，它们的信息传播方向都是线性单向的。而互联网的信息传送方式则是互动与网状的，超文本的链接方式让信息变得更加错综复杂。在互联网的世界里，每一个人都是信息传播者，所以才有今天的每天增加200万个页面的现实。

更糟糕的是，这还是宣称信息就是价值的时代。不负责任的未来学家们最津津乐道的一句话是："我们正处于一个工业社会向信息社会转移的过程中，在信息社会最有价值的是信息。"这句话让我们惟恐与财富失之交臂，所以，我们更加饥渴地陷入对于信息的捕捉之中。可是这么多信息，我们如何捕捉得了？过多的信息，进而破坏了我们的思考与判断能力。失去了判断能力的我们，只能继续陷入焦虑。最终，我们对信息产生了某种强迫症。大多数网民每天习惯性地去新浪网上浏览几十条新闻，或者在临睡前看几页畅销书以免与朋友缺乏谈资，我们靠咀嚼这些信息活着。

沉迷于资讯，让我们疏离了我们的本性。忧心忡忡的人文学者奉劝被现代传媒麻醉的人们去静下心思考自己，或者阅读一些经典著作。因为，对于我们来说真正有用的不是那些资讯，而是我们分析选择这些资讯的方式。就像西奥多·罗斯扎克在《信息崇拜》中所说的："真正值得尊重的不是信息，而是思维的艺术。"

这种建议在现实中是如此的苍白无力。一个习惯于看新浪的新闻与《北京青年报》的人，是不会阅读《伊利亚特》的。况且，我们每个人都没有勇气像梭罗一样抛弃现实，去到林中散步。我们更不可能像卢梭一样，宣称我们应该退回到原始状态。因为从18世纪起，这个世界的发展已经是不可逆转的了。最关键的两点是：一、我们对于世界依然充满无限的好奇心；二、这个世界是复杂而非线性的。有了这两点存在，我们这世界的讯息就依然会增加下去。我们对于信息的惟一躲避方式，只能是在恰好有时间的周末，跑到一个荒郊野外，然后坐在那里发一会愣，幻想一下康德在山村中散步的场景。然后，在周一的时候，匆忙地流窜回来，一边从网上接收着订阅的各种电子杂志，一边对同事大大宣扬原始生活的快乐……

窥探者的狂欢节

温斯顿要与一位美丽的姑娘相会，为此，他们必须坐上火车，到一个荒无人烟的野外，这里应该没有监视器，他和那姑娘可以有节制地表露自己的爱意和激情。他们每月如此相会一次，而且地点要经常更换，因为这个世界到处都有"老大哥"的电子眼睛。

在乔治·奥威尔的充满令人毛骨悚然的想象力的著作《1984》里，监视器是专制统治的依靠，它无处不在地毫不留情地观察着每一个人的私人空间。独裁者"老大哥"明白，如果一个人失去了基本尊严，那么他就可以像行尸走肉一样被控制。

庞大的克格勃组织，前东德家庭中普遍存在的窃听器，生动而恐怖地验证了奥威尔的传奇预言。在奥威尔眼里，以某种名义而对私人空间的侵犯意味着人类的疯狂和毁灭。

但是，如果这个机智的英国人仍还活着的话，他那张阴郁的脸孔肯定会更加深沉。以"国家"为名义的窥探虽然伴随着帝国的分裂而结束，但整个人类显然正在陷入另一场自发的自我窥探的狂热之中。从公众明星到普通人物，我们在观察别人的同时也暴露自己，并且借助前所未有的技术能力，把这种被弗洛伊德称作"窥阴癖"的欲望发挥到极致。

在这个年头，还有什么能比杂志上明星的私生活，电视上的偷拍节目，或者是网上斯塔尔报告更吸引人的呢？我们渴望了解别人的生活，不管它是肮脏的还是幸福的。我们对明星感兴趣，争先恐后地试图了解莎郎·斯通的第七个男朋友是谁，或者是她养的那条狗怎么样了。摄像机镜头与庞大的通信系统保证了我们这种需要。一位法国作家说，对于明星的兴趣表明了："通过这些我们与其生活感情密切相连的人，我们对于自己暗淡之极的生存进行了某种报复。我们通过他们，过上了一种未曾经历也没有办法去过的生活。"想过别人的生活，甚至不惜摧毁别人，一位专栏作家把这种欲望推到近乎无耻："一个明星的私生活应该是公共化的，明星们不再有秘密，完全是一件商品，他们身上没有一公分的躯体，她的灵魂没有几丝纤维，她的生活没有一抹回忆不能抛向市场……"

当然除了明星，显然我们也渴望了解和自己一样平凡的人的生活。于是一位美国女大学生把自己的一天的冗长生活全都搬到了网上，却造成了网上堵塞。而一对年轻的夫妇则在去年10月通过互联网直播了他们的新婚之夜。在电影《楚门的世界》(Truman Show）里，金·凯利从出生起，5000架摄像机就开始把他的一举一动向全球转播，几十亿人在堂而皇之地分享着他生活中的光明与黑暗。导演在讽刺了人类的普遍欲望之后，也毫不留情地表达了对于电视的痛恨。这个方方的盒子在给人带来欢乐的同时，也成了这个世界上最成功的长舌妇，并且绘声绘色。已经加入这个队伍的还有前途无量的互联网。这两样人类最智慧的发明，正在以难以置信的速度扩张着人类对于他人隐私的窥探欲望。

这不可告人的欲望的背后是什么？弗洛伊德在《文明及其缺陷》中说，文明的发展并没有给人类带来幸福。尽管每一项技术的发明都是人的器官的延伸，但是在这种延伸过程中，人类反而感觉到更深的沮丧感。啊哈，由于科技发明所推动的文明令我们沮丧，所以我们需要偷窥这样的新鲜刺激，接着这种变态的好奇心被更加先进的科技手段扩大，而这种扩大又带来了更多的沮丧。这是人类自身的悖论。

莎朗·斯通在影片《偷窥》中毫无遮掩地暴露了人类内心存在的“偷窥”欲望，因为她通过那个可以看到每个人生活的监视系统得到了巨大的满足，尽管在电影中，巨大的监视系统最终在某种不明所以的良知下被摧毁。但在真实生活中，这种需求却被报纸、电视屏幕、互联网无限夸张释放。我们生活在一个透明的世界里，商场、学校、公司、家庭中，我们被遍布的镜头所包围，观察别人或被别人观察。更糟糕的是，我们让自己习惯于这种欲望的存在。这比乔治·奥威尔的预言更令人悲哀，人们正相互帮助剥夺自己的尊严，正如《楚门的世界》(Truman Show）这个双关的名字一样，看似荒唐的场面其实是我们每个人生活的真实放大，我们都在参与这场巨大的游戏，并且正如影片结尾惋惜的观众一样对于这种游戏恋恋不舍。弗洛伊德说：人类的文明一不小心就会被深藏的欲望所摧毁。

而法国资深记者阿尔贝·杜鲁瓦在新著《虚伪者的狂欢节》警告说：“这个堤坝正在崩溃，一切都在显示想要恢复已经为时过晚……”

显然，这些话并没有让我们恐慌，我们只是希望用麻木的感官与心灵寻找更多的刺激。偶尔我们会想起奥登在《1939年9月1日》里诗句：

> 愤怒和恐惧的电波
> 在这地球上光明的
> 和黑暗的土地上传送，
> 将我们的私生活扰乱……

镜　子

博尔赫斯讨厌镜子，因为它和生殖行为一样，让人口增加。这个一天到晚活在白日梦里的阿根廷人肯定在潜意识里觉得，那镜子里长得和自己差不多的家伙也应该是一个活生生的存在。大多数人的想法与博尔赫斯不同，对于他讨厌的两件事都乐此不疲。曾经有一个心理学试验，心理学家们把街道旁一间商店的墙改成一面特殊的镜子，从外面看来仅仅是一面镜子，而从里面可以像透明玻璃一样看清外面的每个动作。于是，心理学家们像看电影一样，看着路过的男女不断停下来，有意无意地照镜子，显然人们对镜子里的自己备感兴趣。

研究结论大概是我们每个人的内心世界都隐藏着一株水仙花。不过那个叫“narcisuss”（水仙）的希腊少年实在是可怜，当时的客观条件比较艰苦，他只能每天对着湖水自我欣赏，结果终于不幸失足，尽管化成了美丽的水仙花，但还是不免遭受后人嘲笑。镜子的发明，为我们的自我欣赏乃至自怜提供了安全而且清晰度高的条件。

我有时想，对于个人来讲，镜子到底扮演了怎样的角色？它让我们的脸比较干净，衣服比较得体，让姑娘们可以准确无误地把口红涂到嘴唇上……但我们是否真正注视过镜子中的自己，或者说我们是否真有勇气直视自己。

当你长久地注视着镜面时，你的面目是逐渐模糊的，甚至失去了分辨自己五官的能力，它们漂亮或不漂亮，组合得协调与否已经不再重要，你会发现你正在接近你的本质，你的始终隐藏的内心世界。你正在把镜子里的家伙的面具一层层地剥下来，这过程真让人不太愉快。各种平日你一直在躲避的情绪——懊悔、愤怒、惭愧，似乎全都用心险恶地露出它们的狰容，而你的内心世界似乎也正在被各种混乱的情感所搅拌。你正在逐步地逼近你的内心，镜子里的那个家伙有点熟悉，更多的却是陌生。每一面镜子都具有穿透效果，它让我们看到一个复杂得令自己吃惊的自己，它几乎形成一个巨大的黑洞，一点点地吞噬那个熟悉的自己。

在短暂的自我迷醉之后，你会开始躲闪镜子。只有真正的自恋者、对于自己具有无穷信心的人才能长久执着地盯着镜子。这样的人必须具有卢梭的气质，《忏悔录》其实正是一面哈哈镜，它把所有的优缺点都转化成动人的影像。而《一个孤独慢步者的遐想》，让我似乎看到一个柔弱的老年人不知厌倦地坐在静静的湖边，久久地注视着水面映衬出的人像，越看越觉得凄惨动人，越看越为自己的不幸遭遇而痛苦，越看越觉得世界的不公。

我们的平庸，似乎也正是我们从来不敢赤裸裸地面对自己，对于自己的内心世界缺乏持久的关怀与信任。我们永远只能停留于镜子所映衬出的表面现象。自信与自恋从来都无法区分。当然有关数学家哈代的故事却是走向另一个极端。这个据说是本世纪最智慧的人之一的剑桥教授，他从来不允许他的房间有任何照得见人的玻璃，甚至剃须刀的镜片都不行，他每次进旅馆，都用毛巾把所有的镜子包起来。他的同事斯诺认为，这由于他曾经有过一段自我意识过强的时期，而如今的行为是对最初的背叛。不过幸好他是研究数学的，那些客观的公式需要的是他热情地关注宇宙与永恒，而不是自己。但不管怎么说，对于镜子，他已经表现出一位杰出人士的不寻常态度。

当然，如果不管这些让我们多少感到沮丧的镜子的功能，我知道的最美妙的镜子的用处来自于法国电影《芳芳》。为了夜以继日地欣赏芳芳，那个可爱的男青年像那些心理学家一样，把他与芳芳的墙壁改成了那种从一面看是镜子，而另一面则是透明玻璃的墙壁。每天，芳芳对着镜子欣赏自己，而男主人公则欣赏着芳芳，并且想像着和她在一起。最后镜子被打破了，真实的热情终于冲破了虚幻的景象。我一直幻想着这种场景发生在我身上。

林忆莲的眼睛与徐志摩的鼻子

一

两个世纪前，德国人叔本华曾经写道："人的相貌有如象形文字，这种象形文字是可以破译的……他的相貌概括了他所要说的一切。"我想要做的，是以这句话为基础，讲述两个我们如此熟悉的两个人某一个脸庞的局部。在我看来，文章的题目蕴涵了我们这个时代所饥渴的一些品质。这个春天，蹩脚的影视作品与娱乐新闻让我们愈发认识到这些品质的可贵和这个时代的贫乏，就让我们从林忆莲的眼睛开始。

我总怀疑林忆莲的眼睛蕴藏了几个世纪的忧伤。你在里面看到了《红与黑》中德·瑞纳夫人在观看于连被宣判时的神情，看到了《法国中尉的女人》中莎拉站在大海边的眼神，还看到了林徽因在与徐志摩诀别时的那一时刻……

那双细狭的眼睛永远是那样微睁着，朦胧着，若有若无地诉说着，再加上那触目惊心的单眼皮。细狭的眼眶与平坦的单眼皮达成了怎样一种惊心动魄的效果，它毫不掩饰地流露着一个女人的爱与哀愁，一个女人的情感可能达到的最浓稠的密度。

在林忆莲最得心应手的MTV中，这个总是爱错了男人的黑衣女人总是出现在一间晦暗的房间里，一只手臂托住自己的脸庞，另一只软弱地伸向前方。她低着头，是在呻吟还是在歌唱，我无法辨别。猛然，她会抬起头，她的脸是如此平淡，但这种平淡感迅速就被那双眼睛粉碎了。

第一次注意到林忆莲的眼睛时，我14岁。14岁的孩子还无法理解女人的风情，我直接的反应是这双眼睛很特别，但一点也不好看，那时候的我，更喜欢关之琳式的眼睛。21岁时，我突然理解了林忆莲那双眼睛的韵味。

那一年，我惊恐地发现，我被一种浮躁与喧嚣包围着。在流行文化中，一群肤浅的小女生们开始满口的“爱”，她们或者忸怩作态，或者乱蹦乱跳，她们的眼睛如卡通人物一样明亮。然而，我在那里面只看到了空洞。

我突然意识到林忆莲的眼睛的珍贵，它恰到好处地宣布了一个女人所应该含有的柔情与哀怨，如果更深一层，我可以说，林忆莲的眼睛表明了一个女人具有爱的能力。不管爱的对象是否选择错误，是否真的不回家，这个喜欢把自己裹进黑色衣服的女人，用她柔弱却坚定不移的口吻在强调道：我爱这个男人，并愿意为他全部付出。

林忆莲充分展现了人类文明传统中最优秀的女人所具有的最美妙品质：温柔、坚定、无私。在上个世纪的后半叶，这种品质遭受了颠覆性的考验。生硬的女权主义者拼命挤压着女人身上的芬芳的汁液，把她们变得勇敢却干燥起来，她们错误地把男性化的行为与倾向理解成坚强。紧接着，商业化的无处不在，进一步挤干了女人身上最后的温柔。他们阴谋把女人变得扁平化，她们率性而缺乏包容能力，她们将爱情过滤成一种快乐的男女关系，而非灵魂与肉体的对视与结合。她们把男人仅仅当成一件获取欢乐的玩偶，这个玩偶与流行的电影或者芭比娃娃没有太大的区别。

在赵薇式的眼睛的逼迫下，我不得不逃避到对林忆莲的眼睛的回忆中去。在那里面，除了目击到几个世纪的忧伤外，我分明还看到了我们曾经纯真而伤感的年代，在一连串打动我们耳朵的名单里是蔡琴，是欧阳菲菲，是林青霞，是罗大佑与齐秦……她们的声音与样子，曾经悄悄进入我们的灵魂。而今天，对应的名单则是范晓萱，是赵薇，是李玟，是张惠妹，是陈小春与陈晓东……

这个春天，林忆莲复出，并推出了《铿锵玫瑰》。做了妈妈的林忆莲变得激动与热烈起来，面对这个因为爱而获得幸福的女人，我突然忧伤起来，我突然如此地渴望那个深深陷入爱的苦恼的黑衣女人，还有那双触目惊心的眼睛中流露出的触目惊心的忧伤。

二

这个春天，徐志摩也意外地出现了。这是个男性荷尔蒙过重的春天，苏联小伙子保尔·柯察金与永远的革命者切·格瓦拉已经为空气里注入了强烈的男性气息。而徐志摩在这样的情况下，柔弱而轻飘地出场了。于是，徐志摩的鼻子开始进入我的分析视野。

通过那些黑白照片，你会发现，这个小伙子的确儒雅英俊，在他雅致的面庞上，惟一美中不足的是他的鼻子。在那样精细的布局中，他的鼻子显得突出了一些，这一点徐志摩在个人日记里流露了同样的惋惜。

但正是这点，或许已经泄露了徐志摩最能打动我们的品质：不合时宜。他的鼻子在他的面部不合时宜地突出着，而徐志摩本人则不合时宜地凸显在中国历史上。如今，我们或许会说，是那些诗歌与爱情让徐志摩刻在了我们的记忆里。但事实是，没有人读过几首他的诗，也没有人稍微认真一点了解他的恋情。徐志摩留给我们更鲜明的记忆是他的行为本身。

我们记得他如何爱上了林徽因，如何在梁启超的痛斥下与陆小曼结合，如何在险恶的现实环境下实现他缥缈的理想……这个出身富豪的年轻人，几乎没有受过残酷现实的一点污染，他满怀着希望与理想，游学美国，浸淫剑桥，并最终堕入诗歌。他脑中梦想着拜伦与雪莱的伟业，却在中国黑暗的20年代生活。这样的年轻人，只可能制造轰轰烈烈的不合时宜。不管对于激进左翼作家，还是右翼作家，徐志摩都是个异类分子。前者认为他只关心风花雪月，而后者则对他的激情与理想不屑一顾。而很显然，徐志摩在生活上所表现出的欧化，更让当时的人群无法接受。徐志摩在本质上作为唯美主义者的特性，让他个性鲜明地游移于一切群体之外。

李欧梵在《中国现代作家的浪漫一代》中这样写道："林纾证明了爱，苏曼殊在爱中漂流，郁达夫创造了他的爱的想像，而徐志摩则体现了爱本身。"

这句话再分明不过地表明了，徐志摩是一位行动主义者。在现代中国历史上，徐志摩像一个极纯真的孩子一样，闯了进来。像他崇拜的诗人一样，他不相信现实世界的游戏规则，执着地相信自己的力量。就像他与朋友争论时说的："我并不否认黑影、云雾与恶，我只是不怀疑阳光与青天与善的实在；暂时的掩蔽与侵蚀，不能使我们绝望。我是一个生命的信徒，起初是的，今天还是的，将来我敢说也是的。"

有了这种信念，他才会有疯狂的爱与单纯的诗。在今天看来，他的诗歌明显带有了少年人的肤浅痕迹，而他著名的《爱眉小札》则是充满了酸味与肉麻。但是，不管你如何否认，有一点是肯定的，这是由一颗单纯的丝毫未受污染的灵魂撰写的，他藐视了我们熟识的游戏规则。他似乎总是在追逐，在努力获取一种更美好的东西。

35岁这一年，徐志摩带着已经走向绝望的恋情离开了人世。像一切著名的天才与唯美主义者一样，他选择了早夭。这为他带来了一个传奇而完美的结局，因为早夭几乎已经成为天才的一个重要标志了。

我们在这个春天，煞有介事地回忆起他。可惜，大众传媒的制作人员无法理解徐志摩所蕴涵的真正意义，而电视的主要动机是取悦公众，这一点已经背离了徐志摩的不合时宜的特征。这已经决定了一切有关徐志摩的叙述的演绎都是缺乏灵韵的。

年轻正是天堂

1799年，29岁的华兹华斯在伟大的诗篇《序曲》中这样谈及法国大革命："活在那个黎明多么幸福，而青年如进天堂……"这个诗人革命者的话，像法国大革命本身一样激励了后来的一个世纪青年的成长。从18世纪末到20世纪初，整个世界被一种青春的激情驱动着，年轻人对于现实的不满与抗争，通过他们的惊人或平庸的才华、持续或短暂的热忱输送进入人类文明的血管。

"浪漫式的反叛"，罗素在文章中如此定义这种青春精神，他这样写道："这种浪漫式反叛激奋着，从1789年到1918年的年轻人与部分年老者。在这漫长的年代，欧洲与西半球的每一个最有才能的人都相信，世界上各处都存在着悲惨和压制，都由坏人的小派系造成；人们早晚会在高贵的愤怒下揭竿而起，反抗他们，而在地球上建造天堂。一代接着一代过去，人们失望了，年轻人得到的新收获，不断地取代了'迷失的领袖'。"

有了这段明确的注解，我们就可以理解，为什么雪莱在牛津的第一年就因为撰写危险的《无神论要义》而被校方开除；而拜伦为何如此狂热地卷入希腊的战争；或者是，俄国那些年轻的十二月党人，还有年仅15岁就被这些革命者感动的赫尔岑；理解屠格涅夫笔下的罗亭，还有《父与子》为何具有如此的感召力……

当然，这段历史不仅仅被这些充满勇气与良知的青春所充斥，它同样隐含着其他层面。年轻的法国军官拿破仑，野心勃勃的家庭教师于连，巴黎街头那些嗜血的职业革命家，还有叫嚷着为艺术而艺术的王尔德……

这些看起来并非高尚的东西，也同样是浪漫式反叛的一部分。它们可能带有太多个人欲望的成分，但无疑，他们也是这段激越人心的历史的重要组成。反叛，不管它出于何种目的，成为这段历史的主线。这也是人类历史上青年人的第一次大规模反叛，它带有的青春痕迹在今天看来是如此动人。翻阅这段历史，我们可以看到不论是政治、文学、艺术，还是音乐领域，年轻人正在不断颠覆着前人，他们如此饥渴地重写历史。

也是这段历史，人类社会还没有遭受过重大的战争摧残，人性也还没有遭遇可怖的技术侵害。相反，伴随着人类征服世界进程的加速，他们被一种乐观精神包围着。所以，青年人还没有机会表现一个世纪后出现的可怕的颓废，所以此时的青春还未遭受污染，它明媚而宽广，理想而浪漫。

于是，我想去描述这段历史。现实的青春让我倍感挫折，我的周围充斥着一丝不苟的功利者，或者沉溺于小情小调的小布尔乔亚。很长时间以来，我始终隐隐地感受到我的青春中的缺憾，即使在高晓松的浪漫的音乐中，我都感受到某种遗憾。而华兹华斯的诗句我让明确了这种缺憾——我的青春中缺乏力量，缺乏真正的使命感与宏大的生命力。当然这也是我们整个时代的缺憾。我在想，既然我的肉体注定要生活在这平庸的现实中，何不让我的灵魂卷入那段波澜壮阔的历史呢？因为在那里，“青年如进天堂”。

瞬间与牛仔裤

书店里，一个女人粘住了我的目光。这时候，我正在回想“三元牛奶”的电视广告，这则广告里的意思是说，我们每一天的生活都是如此陈旧乏味，只有这种牛奶是保证新鲜的。于是，在这个陈旧乏味的下午，没有喝过“三元牛奶”的我瞬间就被这个女人所吸引。

确切地说，这个女人激起的是一种以生理为主导的亲切感。阴雨的天气里，黑色的长袜本身就可以唤起潜藏的躁动。在书店中，我若即若离地尾随着她，希望看清楚她的脸，同时更长久地欣赏她的身材。这时候，我感觉到牛仔裤有点紧。我对着自己微笑了一下。《纽约》杂志专栏作家大卫·丹比曾经在年过中年以后，回到母校哥伦比亚大学重新读书。他在课堂上突然感到牛仔裤的紧绷，这种感觉久违了。在他看来，因为一个景象而引起的生理反应是绝对属于年轻人所特有的。还好，我是站着，不用像大卫·丹比那样迅速的调整牛仔裤。这种反应让我有点兴奋，这意味着我对于生活本身又产生了某种饥饿感。相当长的时间内，我错误地以为这种饥饿感只属于高中阶段。记得高中的时候，一幅简单的影星图都会引起这些满脸粉刺的青春期男生的一片躁动，紧接着在课堂上是断断续续地调整牛仔裤的声音，这被当时一位充满个性的女生评为“无边春色图”。当然这个女人很快就消失了，在我没有开始胡思乱想之前。冲动的感觉冲淡了由于阴雨带来的悒郁感。

这样的场景在生活中不断地上演着，我清晰地记得一天的中午，一个身材高挑的年轻女人走过校园时带来的效应。那个女人显然与学校的氛围格格不入，她摇曳多姿地穿过校园的马路，肆无忌惮地展现着她的曲线。当时正在开饭时间，所有的正在拿着饭盒的男生都放慢了脚步，他们只是呆呆地望着她。而一位校警则一刻不停地行着注目礼。同样，这个女人的美也带有更多的生理色彩，在愉快甚至有点激动的欣赏过后，男生们都对她表现出了某种虚伪的不屑。

这两个陌生的女人，她们都在某一时刻激起了某种生理上的快感，这种感觉打破了我暗淡的心情。这让我有点矛盾，因为我越来越意识到，能给我带来最本质快乐的东西是来自于生理上的。按照功利主义者的说法，一切让人类快乐的东西就是善的，而我们就是为了这些快乐而活着。那么，这种本能的反应是否就是我生活的目的呢？

我为此而惭愧，我突然像一个迷惘少年一样为自己的生命意义而思考。这些有关生命目的的思考在人类历史上一直进行着。苏格拉底说："未经省察的人生是没有意义的。"可是省察的目的是为了把人生变成什么样子？拼命省察自己并不能让我在这个下午变得舒服起来。艾米莉·狄金森在一首诗里说，在漫长的生命历程中，我们所有的不过是一滴"生命的芳醇"。这个忧郁的女诗人说我们漫长的生命其实仅仅是为了那一滴而存在。但是，这一滴东西是什么？是我们的理想，还是别的什么？我从小就知道，应该让自己的生命变得美丽而有意义，也就是让这一滴物质更加纯正。于是，我要让自己参与到一个伟大的事件中去。据说，在这种伟大的活动中，我们将得到一种至高的快感和幸福。在这个范畴上，生命意义是通过一个外部的事件，或者一批与自己无关的人实现的。

生命是寄托在别人而不是自己的身上，这种结论让人失望。但是，如果要把生命的意义掌握在自己手中，似乎同样困难。我们有的只是一具躯体，或许我们也还有思想。帕斯卡尔几乎偏执地呼喊着，只有思想是我们在世间存活的理由。可是思想是什么，那些疯狂叫喊我们需要思想的人同样缺乏思想。思想，几乎已经被他们外化成一个平面的单词，它一点也不丰富。它不可把握，用它来解释生命的意义同样不可靠。

那么我们所真正拥有的只有肉体。放纵肉体，似乎成了惟一一种我们切实可以感受到的快乐。性、饮食，这些能够带来生理满足的东西就是我们生活的意义吗？按照弗洛伊德的观念，文明一直是对个人的一种压抑，只有打破这种文明的束缚，我们才能获得真正的快乐。即本能是人类获得快乐的终极方式。喜欢思想的尼采所说的："性是上帝给予人类惟一的不需要付出就可以得到的快乐。"这是纵欲主义者的生活，我的先辈们是这样教育我们的。但是纵欲主义又怎么不好了？那是因为纵欲过后，你会倍觉空虚。并非纵欲本身不好，而是担心纵欲之后的问题。但是迪金森不是已经明确的表示过了吗？其实在大部分生命历程中，我们所拥有的只是无意义和琐碎，生命的真正意义不过就在于能够激起至高快感的那短短瞬间。那么纵欲应该是通往这种"高峰体验"的捷径……

一切快乐的本质都是生理上的。这不是个新鲜的结论。只是在这个原本单调乏味的下午，一个陌生的女人，她身上散发出了性的芬芳，这种芬芳给原本庸常的下午增添了光彩，并让我想起了以为消失掉的"青春的躁动"。可能我的一切结论都无法逃脱掉年龄的束缚，因为无穷的欲望本身就是青年的特权。只是，我们的哲学、我们的生命意义都是由那些年长的人来制定的，而他们已经太多地丧失了生理上的欲望。

文学青年

这好像是80年代的故事，那时候最流行的求爱方式是，路上拦住一个姑娘说："你喜欢文学吗？"你要装得一脸惆怅，似乎充满了对祖国前途的忧虑，还有对整个人类精神世界的关怀。然后你特别深沉地和她谈起那些文学，谈那些文学大师的追求。这时候的姑娘肯定会被你的滔滔不绝的天才迷惑，满眼都是虔诚的钦佩，然后特别心甘情愿地跟你走。那时候文学青年是个抢手的称号，对于异性具有特别的诱惑力。这些东西现在看起来像传说或者像出滑稽剧。

自从王朔出道以来，文学什么时候开始沦为贬义词了，好像张口谈文学的人都是些大尾巴狼。我记得一天晚上散步遇见一对，他们好像刚刚认识，男子还处于求爱阶段，于是我就听到了一句特别具有戏剧效果的话："我喜欢文学。"这句话在闹哄哄的大街上如此地动人心弦，我差点儿就被感动了。这时候，他们身边路过一个骑车的哥们，他在那个娇羞的女子尚未反应之前，大声说："我也喜欢文学。"然后匆忙地骑车过去，留下一片放肆的笑声。这时候那种纯情的场面一下子就被糟蹋了，一下子就打破了文学在心目中的崇高形象……

我有时候也犯这种傻，我跟一个新认识的姑娘在谈米兰·昆德拉的时候，她就向她周围的人介绍我是一个文学青年。你可以想像那些家伙的表情吗？“文学青年，文学青年”，他们不断的摇头，就像阿Q说的“女人，妈妈的，女人”。而且我发现大家都特别喜欢用这个词来嘲笑人，要是骂一个人傻，比如看到我，他们准会说：“哟，文学青年又来了。”

我从此就接受了这个教训，再见姑娘的时候就大谈时尚问题，闭口不说任何和文学有关的话题，即使提到也是装出一脸特不屑的样子，然后把那些东西嘲讽一番。这种方法真的很有效，因为姑娘们都露出了亲切的目光。但是当我一个人的时候，还是喜欢读一读文学，还是喜欢让自己被那些大师们熏陶一下，而且我猛地发现那些满脸特别不在乎文学的人也和我一样，而且读书读得越多的人越装得庸俗，越喜欢嘲笑文学青年。我差不多明白他们的意思了，文学是自己体会的，不用老是拿出来炫耀，而且越是那些半瓶子醋越喜欢拿出来晃荡。所以，我也开始喜欢拿文学青年骂人了。

小职员们

远方的朋友打电话来，他要在湖南那个不算偏远但更不算繁华的没落的城市里，做一名小职员。一份不至于讨厌至极的工作，供给他可以延续生命并偶然可以放纵的能量。在剩下的时间里，他将研究他感兴趣的问题。朋友说，他的决定部分缘由弗洛姆的传记，那个改变了人类心理结构的人是一位在日常生活中暗淡无光的小职员。

小职员？这是一个如此抽象的名称，它忽略了具体的工作形式，漠视了工作的意义，它似乎在漫不经心的同时又极端尖锐痛楚地指明了，这是一个被遗忘的角落。而同时，我们每一个人，都拥有马斯洛所说的“自我实现的欲望”，每个人都渴望成为这个世界的中心，闪光灯不断地照耀着自己。小职员，如此典型地被巨大的工业机器所异化的产物，他们被迫沦为这其中的一个齿轮，这三个字蕴含了怎样的无奈。然而，本世纪，在这些卑微的小职员中，又产生了影响深远的艺术家与思想家。在白天，他们披着小职员的面纱，面无表情地行走在人群之中，观察着别人；夜晚，他们撕下那层暗淡，在夜色的隐藏中，展现出惊人的天赋，准备篡改或者制造历史。

费尔南多·佩索阿就这样生活在里斯本的一条叫道拉多雷斯的街道上，他是一个好样的助理会计师。他的住所在同一条街上，那是一个供他写作与幻想的地方。他的全部空间就在这里，他的生活与艺术就在这狭窄街道上展开了。他说，通过绚丽的毫无边际的幻想所带来的艺术与得到一份午间快餐的工作生活都是单调的，只不过是单调的形式不同。他甚至对于把他限制在狭窄的生活空间中的工作心怀感激，他认为他的那些乏味的同事们还有无聊的里斯本都是对他的创造生涯带来了关键性的影响，而一位葡萄牙诗人C.韦尔德也对他影响至深，他也是一个小职员。

费尔南多·佩索阿就这样度过了一生。死后，他被称作“欧洲现代主义的核心人物”。在《惶然录》的序言里，这个伟大的作家自我嘲讽为“因为没什么地方去，没有什么事情可干，没有什么朋友可以拜访，也没有什么有趣的书可读，所以每天晚饭以后，他总是到他那间租来的房间，用写作来打发漫漫长夜”。

或许正是这种沉闷的生活，给了这个孤独者以无限的遐想空间。心灵总是反抗现实的，他常在核对账单的时候，灵魂已经不知所以地到另一个地方漫游。而或许死寂的生活，更得以让他摒弃外界的干扰，更纯粹地思考人最本质的问题，有关永恒，有关时间，有关梦想……宁静为他的思想，他的文字蒙上了一层奇妙的诱惑。梭罗为了寻找宁静，为了更细心地体味生命，他回到森林里，但《瓦尔登湖》尽管同样深入心脾，却掺杂了过多的自然的味道，它是有亮色的，有绿色的，含着鸟鸣声的。而费尔南多·佩索阿甚至连这样的自然之因也没有，那里只有孤零零的床，丑陋的书桌，一家永远寂静的餐馆，一切声音都隐藏起来，只有费尔南多·佩索阿的心灵赤裸裸地暴露在这些灰色调之中，在周围的暗淡之中，这颗想象力充沛的心灵显得极其动人。

豪尔赫·路易斯·博尔赫斯，当布宜诺斯艾利斯图书馆的一位工作人员在一本文学家词典上发现这个名字时，相当兴奋。他以一种惊奇与快乐的心态告诉博尔赫斯，哎，这里有一个跟你同名的人。这种情境本应该在这位小说家的文字中出现的。尽管在后半生，他已经成为具有世界声誉的作家，但是他似乎还是喜欢孤独一人走在阿根廷的街头，或者静静地坐在玻璃窗后发呆。他在这种状态中做什么？评论家詹姆斯·伍德说："博尔赫斯的大部分时间不是用于白日梦的幻想，便是在与之相对应的失眠中度过的。"这种奇特的性格是否可以解释他的作品所具有的深邃特性和奇特性？这个喜欢发愣的人到底生活在哪里，有一点是肯定的，肯定不是现在。尽管他同时是一位积极的批评家，但是人们记住他，是因为他的那些不知所云的幻想。

1902年，瑞士联邦机构在一份任命书中记录着，任命阿尔伯特·爱因斯坦为专利局的三级技术专家，试用期内年薪为3500瑞士法朗。26岁的爱因斯坦看起来挺喜欢这项工作，除了稳定的收入，他还有充裕的时间来思考有关时间或者空间的问题。在他转正之后，当专利局在提升他之前曾经作过这样的批示："要等到他完全掌握机械技术之后，他原来是学物理的。"1905年，专利局职员爱因斯坦完成了一篇有关光电子效应的论文，同时他开始了有关狭义相对论的思考。这个喜欢思考的小职员可能自己都没有意识到，他正在对人类的思维空间进行怎样的一次拓展和颠覆性的变革。物理学家派依斯说："像1905年的爱因斯坦那样，在这么短时间内就拓宽了物理学的视野，是前无古人，后无来者的。"我时常在设想这个看起来有点老成的年轻人，在白天他要完成那些专利鉴定，夜晚他的思维毫无局限地穿越一切障碍。

布拉格波希米亚王国工人意外事故保险所，这是25岁的弗兰茨·卡夫卡最终选择的工作地方。在那张黑白照片上，那座五层高的楼极其单调地矗立在布拉格的一条街道上。卡夫卡在顶层工作了14年，他是一个称职的办事员。喜欢在办公室里呆呆地眺望的费尔南多·佩索阿是否看到了这个距离遥远的低级职员。"写作是一种祈祷的形式"，这是卡夫卡所坚持的。也因此，以写作为职业是可耻的，这是一位执着的为内心写作的人。所以他需要一份与文学毫无关系的工作。白天，卡夫卡是一位无可挑剔的工作人员，并且几乎是一位毫无个性的“好好先生”。夜晚，这个敏感温和的年轻人却摊开了白昼紧锁的心绪，陷入某种恍惚与疯狂状态，他正在进行一项颠覆人类心灵的斗争。那颗脆弱的心脏以一种异乎寻常的力量跳动着，在夜色的笼罩下，它尖锐地撞击着世界。“写作是一种祈祷的形式”，可是卡夫卡却常常没有时间进行祈祷，他不得不把相当的时间与精力花在琐碎的工作上。以至于他的挚友、其传记作家马克斯·布罗德怀疑在选择工作这个问题上，卡夫卡犯了一项“伟大的错误”，这个天才在大量地浪费时间。但布罗德同时承认，“卡夫卡在事务所工作的经验中，从与忍受不公正工作的冗长手续打交道的过程中，以及停滞的案牍生涯中，获得了对世界和生活的丰富知识，也获得了他那怀疑的悲观主义”。

“小职员”，这个有趣的身份特征似乎给这些杰出的人物都蒙上了一层面纱，使他们可以让自己锐利的眼睛不动声色地从最细微的地方观察这个世界还有他们自己。他们过的是一种将生活严格区分为精神与现实两种状态的人，这种粗暴的区分无疑是对于他们作为一个完整的人本身的一种伤害。精神领域的强大与现实生活中的卑微难道不是对他们自身的一种伤害？当然，这些伟大人物最终获得了承认，小职员不过是他们年轻时的某种经历。但是如果这种身份延续得太久，分裂很可能最终造成严重的伤害，就像C.韦尔德一样，这个平生不得志的人一天醉酒之后，怒气冲冲地对着店主大喊，我是个诗人，是个剧作家……完全像个疯子。

旧日的“生活”结束了？

对于亨利·鲁斯三世来说，2000年不是个好开端。先是在1月24日，他目睹了其父亲亨利·鲁斯创办的时代集团被一家只有15年历史的网络公司AOL兼并。接着，在3月17日，鲁斯创办的一本具有标志意义的《生活》杂志宣布停刊。尽管《生活》主编亨利·穆勒宣称停刊的理由是：“《生活》缺乏明确的市场定位，它的经营太失败。公司希望集中财力，投资在定位更明确的新杂志上。”但是，悲观与怀旧的人士还是本能地将这两个事件联系起来，哀叹“旧媒体之死”。

美联社对于后一条新闻是这样描述的：“美国杂志工业失去了一个最古老与著名的名字。”对于熟悉杂志历史的人来讲，这句话绝不夸张。在1936年11月，这本用著名的红色字符《生活》标明的杂志出现在美国街头，没有人会想到一本杂志竟然可以主要由摄影图片组成。创办人亨利·鲁斯把电影的视觉效果带入杂志，造成了新闻史上空前的变革与成功。而伴随着亨利·鲁斯所预言的“美国世纪”的到来，《生活》杂志几乎像好莱坞电影一样成为美国人观察世界的方式的一种标志。几十年间，它充分体现了鲁斯的对于该杂志的观点：“观察生活，观察世界，见证伟大的变化，目睹可怜与骄横的仪容相貌，注视奇异的存在——机器、军队、大众、丛林的树影和月亮的明暗。看看男人的工作——他的涂抹、成就和发现。看看千里以外的事，藏在墙后和房间里的事，危险即将来临的事，男人们所爱的女人、无数的孩子。去观察，然后在观察中获得愉悦。去观察，然后去惊讶。去观察，然后学习观察……”

有了上述的背景，你就可以了解这本杂志的停刊引起如此轰动的原因。像全球160万订户一样，我热爱《生活》用精美的图片描述世界的方式，也为它的停刊惋惜。但是这个事件绝不可能被简单地理解成“旧媒体之死”。这个世界也绝不是史蒂夫·凯斯所叫嚣的“欢迎来到Internet世纪”。当我们顺着技术的发展线索来梳理《生活》的发展史时，这其中的真相开始不断显露出来。

《生活》的成功依赖于电影的观念，它抛弃了杂志用文字讲述世界的方式，而选择了用形象描述世界，因此《生活》可能是人类历史上第一本准意义上的“电子杂志”。彼得·德鲁克这样评价这一点：“200年后，有可能出现另一种描述历史的方式‘从鲁斯的《生活》到……’因为鲁斯的《生活》杂志不仅是旧时代的最后一个，也是新品种的第一个。”

德鲁克在做出如此评价的同时，也表明了这样一层意思：伴随着电子媒体的成熟，《生活》必将被取代。因为诸如《Time》这样以文字为主的杂志，在文字中隐藏了更多可供思考的空间。而《生活》则缺乏这样的思考空间，它更多的是提供直接的视觉刺激，这一点正是后来的电视与网络的特性。所以，《生活》是文字杂志与电视与网络之间的过渡产品。它从一开始已经为自己设定了一个尴尬的境地。所以，尽管它在前期收到了巨大的成功。但一旦当电视普及，《生活》便开始了危机。因为更直接与连续的画面，冲击了摄影图片的魅力。我们必须正视这个现实：《生活》在1972年停刊已经说明了它在电视时代的不合时宜。你当然可以反驳道，像《国家地理》这样的图片杂志不是依然生气勃勃地存在下去了吗？但事实是，《国家地理》是一本针对性极强的杂志，而《生活》则是一本更类似新闻图片摄影的杂志。对于新闻画面的处理，人们当然更有理由选择ABC或者日后的CNN。穆勒把1978年《生活》的复刊理解成“更多处于怀旧而非经营的目的”，是有其充分理由的。在此之后20年间，尽管《生活》并无亏损，但始终缺乏清晰的定位，而在这20年间电视与网络等电子媒体得到了空前发展。《生活》面对这样的挑战，显然已经缺乏生气。而穆勒所说的“出于怀旧”复刊的目的，则无意中暴露了《生活》再次停刊的另一条重要原因。1978年的作为传统媒体的时代集团似乎还有怀旧的心情，他们正像鲁斯所坚持的“一本杂志就是一个生命”一样，对于其经营的产品深具感情。而《生活》所采取的用照相机记录历史的方式，也决定了这本杂志的性质是怀旧的。正如美国学者苏珊·桑塔格在《论摄影》中写道的：“照片能使人们在想像中拥有缥缈的过去……摄影是挽歌式的艺术，是衰老的艺术。”事实上也正是如此，这20年以来，《生活》杂志把生气勃勃地目击世界的任务转交给了电视，而不自觉地陷入了怀旧之中。但是，怀旧却是这个网络时代所无法容忍的一种品质。互联网强调的速度，是以忽略历史感为前提的，而如果缺乏了历史感，怀旧便不可能存在。

对于进入AOL时代的时代华纳集团来讲，它似乎已经无法容忍一本这样的杂志了。他们需要把金钱投入到更直接产生经济效益的项目中，比如即将创刊的eCompany。当然，在自以为是地分析了这么长之后，我可能犯了一个低级的错误。我像历史上不断涌现出的软弱的伤感主义者一样，把一桩简单的事件，夸张成一个历史性的事件。可能，《生活》的停刊，仅仅是一件无需宣扬的商业事件，它与我们的生活无关。而Internet也并未给我们的生活带来怎样可怕的转变，而旧媒体也并未消亡，《Time》不是正要出另一个版本吗？我突然意识到，对于整桩事件惟一应该感到痛苦的只应该是亨利·鲁斯三世，因为那是他爸的杂志。但说不定，亨利·鲁斯三世也没我表现得这么大惊小怪。

抒情的陷阱

心灵的枯燥掩盖在感情洋溢的风格背后。

——卡夫卡

很长时间以来，我生活在20世纪80年代的阴影中。诗歌的断片、音乐的断片还有他人回忆的断片，经常让我陷入对80年代大学校园的无限冥想之中。“那是个白衣飘飘的年代。”80年代的过来人这样无限地感慨道。对于诗歌的热爱、对于艺术的热爱、对于理想的执着、对于世界的广泛热情、对于爱情与酒的激情……这些提炼出的80年代精髓曾经让90年代后期进入大学的我们神往不已。我们在罗大佑的《光阴的故事》与《北大往事》的陪伴下，不断地试图在幻想中重温那个年代……

毕业这一年，在我重新检讨大学生活时，开始隐隐地感觉到对于80年代的一厢情愿的向往可能是一个严重的错误，它让我混淆了激情与矫情、无知与单纯、激情与偏狭之间的界线。紧接着，我在社会上不断遭遇到的80年代毕业生的顾影自怜、滥情与狭隘让最初的隐隐之感逐渐鲜明起来。让人愈来愈无法容忍的是，这些已近中年的人，不断对当下环境进行着无休止的批判，他们不断地通过回忆隐藏到历史的空间之中，并不断地愤怒与哭泣。

当我在阅读米兰·昆德拉的《被背叛的遗嘱》时，无意中捕捉到卡夫卡评价狄更斯的一句话——“心灵的枯燥掩盖在感情洋溢的风格背后”，我的感觉终于在瞬间变得清晰起来。昆德拉在引用了这句话之后继续写道：“对‘感情化的这种批评’所针对的不仅是狄更斯，而且也是广泛指向浪漫主义，指向它的继承人们……并且，它指向崇尚心灵的神圣教会……”

80年代是一个感情化的年代，校园里与大街上充斥了各式各样的抒情诗人。这也是那一代人最引以为傲的一点。他们在回忆中不断地强调着，他们如何将生活浪漫化、激情化、诗歌化，他们在泪水与笑声中歌唱。

但是在重新检点80年代的诗作时，我们发现了可怕的苍白。除了极少数的精品外，滥情作品构成了主流。在那个年代，诗歌被当成了一种通向名声、爱情与自我怜悯的最直接手段。（在此，我无意否定青年人将诗歌视作抒发情感的行为，我所否定的只是，这些当年的青年在多年之后依旧沉溺于此的状态。）

当然，我需要将时间推回至20年前的中国社会。那是人们情感极度荒芜的年代，连《班主任》与《伤痕》这样的蹩脚小说也可以走红的年代。这样的小说其实也为80年代的精神生活定下了某种基调——情感大于理智。如果我们看得再远一点，这种情感型的诉求也正是中国文化核心所在。中国文人的一切文化表现莫不在于对情、对景、对物的无原则抒情。而在50年代之后，抒情被推向了极致，并深深地刻入了中国人思维的DNA之中。也就是说，在面对一种事物时，我们已经忘记了用理智来分析，而习惯性地用情感进行抒发。而80年代不过是这种思维方式的延续，只不过是青年们寻找到一件看起来更光鲜的武器——诗歌。于是，我们可以看到那么年轻的面孔在诗歌中呐喊，哭泣，精神失常……这些看起来惊天动地的行为背后的驱动因素是如此简单——自怜与爱情，或者渴望成名。

尽管80年代并非只有诗歌，但80年代一切让今天的人们无比怀念的情感都带有一位业余的情感诗人所必有的素质——抒情乃至煽情。就像我在文章最初提到的，80年代的标志性符号让今天的我们唏嘘不已。不管是罗大佑、崔健，或者《山坳中的中国》与《河殇》，还是胸前配带北京大学校徽的满口民族未来的青年才俊们，他们给人的印象都是激情大于理性。他们很容易让人陷入暂时性的晕眩状态之中，在其中我们忘记了如何认真地思考。

我并非在否定激情，我所努力在强调的是，仅有激情是不够的，甚至是危险的。在如此不满地对80年代完成片断式的叙述之后，我终于搞清楚自己到底要表达怎样的观点。我所坚持的是：作为具有成熟思考能力的人，我们必须对复杂的世界具有更全面的了解，我们必须努力让我们眼前的事物清晰起来。只有这样，我们才可能为整个社会的发展提供更富建设性的意见。而80年代所代表的气质与这种愿望有着清晰的裂痕，对于情感的过分强调往往会掩盖事实的真相。在一种过度的抒情之中，世界变得更加模糊，局部遮住了整体。

我并非否认情感的重要性。我想再次声明的是，80年代与其一脉相传的中国文人式情感与博大的情感之间的区别。前者是一种绝对的以个人喜好为中心的，它带有强烈的偏狭色彩；而后者更多的是一种悲悯情怀，它覆盖着更广阔的范围。

那么，我用卡夫卡评价狄更斯的这句话来形容80年代是有其恰当之处了。而80年代青年在今天的表现又不断做着验证与补充。这是前所未有的号称“怀旧”的一代人。在他们成长的历程中，除了几百年前的只言片语外，他们对于现代西方世界缺乏基本的了解。而文人式的情怀，让他们对于现代技术与商业规则心生厌恶。那么，在这个全球化与互联网成为主宰的时候，当他们真正与世界体系进行接轨时，他们表现出了强烈的不适应。所以，他们高举着“怀旧”乃至“人文精神”这样的旗帜。

显然，首先他们误读了“人文精神”，他们将一种软弱自怜与敢于哭泣叫喊的勇气视作人文精神，将自己的无能视作一种不合时宜的高风亮节。在高晓松的纪念集的文案上，这位80年代末的代表人物不断重复着“流泪”、“白衣飘飘”乃至鼓足最后的勇气不过是将录音机的声音放得大一些……

高晓松有效地挑逗起两代人最脆弱之处。80年代的年轻人在自己愈发苍老时，而且在青年时的知识结构与个人情怀愈发被置于时代边缘时，只能通过怀旧来让自己回到青春而强大的年代。而90年代的年轻人，他们的“强说愁”的年纪决定了他们对此不可抑制的亲和力。在我们为高晓松及他所代表的80年代情结感动时，却忘记了这种情感的幼稚与偏狭。

当然，你可以反驳说，只要感动就足够了，感动本身也是一种勇气。如果你始终把自己看作一个没有长大的孩子，也始终拒绝体验更深刻与广阔的情感，你当然可以这样说。无知的感动与有知的感动是有区别的，就像幼稚与单纯有区别一样。尽管有些残忍，但我依然讲80年代情结中充斥了相当的无知与幼稚。

我已经说了太多80年代的坏话。像每一个曾经深陷80年代情结的人一样，我与长大了的80年代青年一起误读了那个时代。我们用夸张的情感来掩饰其实枯燥而干燥的内心世界。现在，是到了走出这个误区的时候了。我们必须学会狭隘的自我情感，转而来拥抱更广阔的空间。我们需要了解更多，体验更多，毕竟，我们无法永远生活于无知而快乐之中。

写作的第三条道路

倘若我们认定人类的智慧现在应该停滞，不再发展，只有在这种情况下，文学才应该使用大众的语言。否则情况理应相反：大众应该用文学的语言说话。

——约瑟夫·布罗茨基

叔本华在一篇论及如何写作的文章中提到这样一个观点："像伟人一样思考，像普通人一样说话。"这句话促成了我对于媒体写作的初步理解。长期以来，我们目睹文字被两种倾向支配着：一种是经院式写作，他们摒弃了语言本身的美感，用一种缺乏弹性与韵味的术语进行科学式描述，这种写作是封闭的，拒绝门外人参与的；另一种是完全民间式的写作，或者滥情，或者用粗暴的论断将语言与思想彻底稀释，这种写作很容易挑起我们的激动，但是这种激动是如此廉价与短暂。

叔本华的话为我指出了写作的第三条道路。这种写作方式是开放的、鲜活的，同时又有着其核心所在。它既清晰地传达自己的意见，又尽量避免这种意见的粗暴与随意性。像伟人一样思考，保证了写作者对事件本身的超然与旁观者的立场；而像普通人一样说话，则拒绝让写作成为少数人的私密游戏。这两点正是媒体写作的原则所在。

首先需要澄清媒体写作长期所遭受的玷污。媒体是现代社会的核心所在，在世界变得如此纷乱与庞杂的今天，在一个被尼采称作“读报取代了每日祈祷”的现代社会，媒体成了人们感知世界的惟一方式。不管你如何唾弃大众媒体给你带来的“表象的世界”，你必须承认你已经生存于一个媒体渲染出的社会氛围当中。

媒体成了这个时代的教堂，媒体写作者是这个时代的牧师。媒体写作者肩负起构造现代人精神殿堂的重任。今天，我们已经不可能指望大众通过阅读《红与黑》来获得人性感悟，通过阅读《古罗马英雄传》来获得崇高感，通过阅读《国富论》来了解经济学的基础……媒体写作成了连接人类文化中最崇高的情感、最令人惊叹的智慧与现实大众的惟一纽带，他们可能正在努力阐述现代社会的定义与意义。

让我们重新回到写作方式的问题。我承认学院化写作有其存在的充分理由，这种深受题材及背景知识结构限制的写作注定是冷漠与孤僻的，要求其体现“介入”精神不但不合情理，也缺乏可行性。因此，这种写作基本上可以排除在媒体写作之外。在这里，我需要着重评述的是后一种民间式的写作。因为它比“学院化”更深广地介入大众意识，因此对于大众的智力状态与情感所造成的危害也极大。

首先，我反对武断、以快感为主导的写作。这样的作者常会高举争取自由、民主、人权这样的伟大旗帜，把乔治·奥威尔、索尔仁尼琴等视为同道。他们攻击的是那些早已竖立在那里、人人皆知的标靶，不厌其烦地用各种例证准确无误地击中靶心，然后为整个行动贴上“常识性写作”的美丽标签。

当我们仔细分析他们所攻击的对象时，比如“专制”，我们会发现隐藏在这个正确词语背后的，是作者对于世界的简单与粗暴的理解。就像奥威尔在《1984》中描述的那种情形，极权制度所做的一切努力，在于缩减词汇，减少人的智力活动，用单调的宣传口号取代一切。而当我们仔细观察奥威尔及其忠诚的追随者时，我们一样会看到，出于急于争取受众的心态，他们采取了和批判对象同样的方式。他们的写作充斥着清晰却单调的、简明却重复的、刺激却粗暴的词汇，这样的载体已经决定了思想的平面与肤浅。写作在他们手中变成了另一种宣传。我们反对“专制”、“极权”、“宣传”的原因，是我们渴望更丰富的思想方式与生活方式，而非为了反对而反对。

与这种宣道式写作往往并肩战斗、相辅相成的是滥情式写作。这种写作者常常让自己与读者陷入一种感动的状态，希望感受所谓的“灵魂的荡涤”。他们习惯列举一些惨痛的场景，希望读者因此而感受到写作者悲悯的情怀。但是，他们或许忘记了这一点，真正的悲悯常常带着笑容出现的。当写作不能够超越苦难本身，而仅仅成为一种苦难的状态与细节呈现，这种所谓的感动，不可能有更多的价值。面对不幸而产生感动是一种自然情感，但是当你把这种个人化的感动无限制地夸大，甚至固定成一种抒情式的写作模式，这种感动的目的无法不令人怀疑。这种抒情，可能正危险地滑向滥情。

除了苦难式的滥情，我们最常遭遇的还有小资产阶级式的滥情。这些因为生活过于安逸，而渴望感动的家伙们，人为地制造了那么多符号。当他们遭遇到这些符号时，他们强行地让自己陷入某种渴望让外人看到的情绪当中，就像在上海8万人体育场人头攒动的罗大佑演唱会。这种抒情和前者一样，因为过于强烈的表演性而可悲地贬值。

在刻薄了这么长时间之后，我终于回到写作这篇文章的初衷——谈一谈对《书城》的感受。我喜欢这本杂志，是因为它最接近于第三条道路。那些正值青春期，或者青春期过长的家伙们将这本杂志视作他们重要的精神生活来源。他们在这里看到了比一般杂志更宽阔的文化、艺术视野，也比较喜欢它娓娓道来的叙述方式。它成了生活于90年代末的中国青年的一本重要启蒙性杂志。我的写作风格也伴随着这本杂志的成长而变化。

今天，这本杂志终于完成目前这种形态上的使命。我为很多即将来到青春期的孩子惋惜，因为他们可能错过了一些美妙的东西。但我更希望，这本杂志的转型能够为那些正在招惹滥情的小资读者们提供某种警示。因为，今天的《书城》正在缓慢地滑向一个温柔但危险的陷阱。我们不能不承认，在它上面出现了越来越多的随意性的文字与浅薄的情感，它好像已经有些抵挡不住柔软的诱惑，它最初的智力性正在被情感淹没，它很可能变成一代年轻人的情感寄生地——一种自怜自艾的情感。

这里，我必须再次强调第三条道路的重要性，并将这条道路的开辟寄望于中国日渐成熟的媒体。当中国最终出现了《大西洋月刊》、《纽约书评》、《纽约客》这样的媒体时，我会觉得此时的中国人的写作才最终具有了明确的意义与希望。当然，那时我们会回忆起年轻时阅读过的《书城》，是它为我们展开了最初的心智之旅。

从代沟到世纪沟

人是如此迷恋于为历史下定义。

——席勒

1656年，荷兰天文学家克里斯蒂安·惠更斯做成了第一架摆钟。惠更斯可能无法预见，他的发明将给人类历史带来怎样深刻的变化。这个迅速渗透到人类生活每个领域的发明，让我们更加清晰地认识世界的同时，也将我们引诱入了一个由时间构筑边界的封闭环境之中。而发生于18世纪后半叶的启蒙运动，则为我们打开了眼界，观察到世界的庞杂。在这种庞杂面前，精确的时间表现出其无比的重要性，因为我们必须依靠它安排我们日趋复杂与快速的生活。现代历史学家很愿意承认，1789年的法国革命是进入现代历史的入口。从它开始，技术与经济的进步成为历史的主线，而且这条线索的方向已经不可逆转，并且它呈加速度。有了惠更斯的发明与启蒙运动带来的历史影响，我们便很容易地进入“代沟”与“世纪沟”这两个概念。这两个概念都是人类在面对无法全面理解与掌握的世界时，我们渴望用强制手段来人为地划分历史。把自己归入这个世代或者那个世纪，这样我们的目光就可以相对集中。

第一次出现明确的“世纪沟”的概念，是19世纪与20世纪之间。一种强烈的忧郁与不信任感是当时欧洲的普遍情绪。在这种情绪背后，是人们对于新技术理性的反动，他们模模糊糊地预感到，新的世纪所推动的技术进步，将让人性无处安身。不管是尼采的呐喊、王尔德的唯美追求，柏格森对于非理性哲学的推崇，还是弗洛伊德对于潜意识的探索，都是对于这条横于两个世纪间的沟道的诠释。

也几乎于此时开始，时间的观念已经开始有力地影响到我们的意识。时间不再是一个中立的事物，它不仅是记录我们的生活，它也改变我们的生活。当我们本能地将100年划分成一个世纪时，在我们的头脑中就下意识地认为，这两个世纪间有着特别的区分。就像那位死于1900年的著名浪子奥斯卡·王尔德在面对新世纪叫喊的“世界完蛋了”。这句话在一个世纪后，被《新闻周刊》用来形容千年虫对我们的危害。就是说，我们总是面临相同的对未来的恐惧。

至于“代沟”，它显然产生于20世纪。尽管，在大量的文学作品中，我们总可以看到，青年一代对于上一代的不理解乃至背叛。我们可以同样把这个萌芽，视作法国革命的产物。因为，在这场流血的激情事变中，以及接踵而来的对于新世界的探险中，支配了人类漫长历史的经验开始贬值了。新事物出现得越来越快，而老年人的抱守过去的陈旧，开始成为新事物成熟的阻碍。于是，我们会看到拜伦、雪莱对于议院的激烈抨击，也看到屠格涅夫在《父与子》中的激烈冲突……但是，代的概念在19世纪依然模糊。也没有出现，所谓的有着共同的成长背景与经验世界的一代人的概念。因为，大众媒体与新的通信工具还没有出现，空间距离就足以使相同年龄的人具有不同的属性。

直到20世纪20年代以后，代的概念才开始真正突显出来。20年代，大众文化开始成为世界的主流，流行杂志、电影工业与电话与电报的勃兴为新一代的成长构筑了类似的精神世界。而一次大战的广阔影响，则让一代青年陷入了绝望。于是，那位叫格鲁特·斯泰因的女士指着海明威说："你们都是迷惘的一代啊。"而本雅明则把这一代青年称作"经验贫乏"的一代。历史的变迁与技术进步第一次赋予了一个群体"代"的概念。

进入20世纪50年代以后，大众文化已经席卷世界，技术发展将世界改造一新。经验在这个时代愈发贬值。而婴儿潮对此推波助澜，终于将"代沟"概念第一次锐利地呈现出来。因为对于60年代的青年与成人之间，的确已经横亘了一条无法逾越的鸿沟，双方面对面的观望乃至谩骂，无法理解对方。

而到今天，当我们再次回顾这两个概念时，历史已经发生了更深刻的改变。在最近的一期《外交季刊》中，弗兰西斯·福山再次强调了他轰动一时的概念——历史的终结。因为，在面对全球化、信息革命这样的趋势时，我们习惯的一切历史、政治形态必然走向终结。不管这种论调是否过于夸张，但有一点我们应该承认，新技术革命，正在让"代沟"的概念失去意义，因为高速变化与多元的文化，粉碎了一代人可能产生的共同经验世界，而大众文化不可抑制地更新换代，则几乎让每一年，都迅速成为历史而遗弃。

当失去了"代沟"这样的称谓后，所谓的世纪之间的变迁可能要被我们夸大。人类太热爱利用完整的数字大做文章了。我们当然很容易寻找到某些论点证明世纪之间的巨大变化。上个世纪初，我们找到了《梦的解析》，找到了尼采的死亡，甚至找到了维多利亚女王的死亡，这些符号性的标志，有力地证明了新的世纪必然不同于旧世纪。当然，这种符号化的观点，很容易忽略了历史背后的延续性。因为变化其实一直在进行，比如尼采的预言早在1887年就已出现，而弗洛伊德的探索也是1895年就已经产生成果。只是我们喜欢赋予一个关键时刻某种伟大的意义。同样，我们可以在这个世纪开始时，宣布伟大的变迁：历史已经终结，信息技术消除了代与民族的概念，这个世纪不同于以往任何时代……这些宣称，在相当程度上是正确的，但是幼稚与可笑也同样明显。

但是，不管怎么说，上帝都可以被尼采宣称死亡。那么，我们为什么不在这个新世纪来临时，底气充足地宣称一下：世纪之间的变迁已经到来，其他一切就让我们遗忘吧！你不要笑我的轻狂，如果一定要怪，那就去怪荷兰那位叫克里斯蒂安·惠更斯的家伙吧……

公民德拉吉

托马斯·杰斐逊教导我们说，不时地来一点小小的反叛并非坏事。反叛经常是刺耳和令人不安的，不合礼节和粗野的。

——罗德福·斯莫勒　美国宪法学教授

当阿尔·戈尔与乔治·布什陷入令人难堪的竞选僵局时，好奇者蜂拥而入一个叫做“德拉吉报告（drudgereport.com）”网站，寻找CNN与《纽约时报》可能不予以报道的有关大选的小道消息。

将近3年以来，这个设计简陋、只由一位未受过任何新闻训练的人控制的网站成了美国最重要的新闻源之一，并不断在突发新闻报道上无情地击败了ABC、CNN与《纽约时报》等主流媒体。但是这种成功又掺杂着太多令人不安的成分，因为这家网站所依靠的不过是一些永远都不会消亡的谣言。当《华尔街日报》的一则新闻需要通过5位编辑才能见报时，它从不核查谣言的真实性，为了追求耸人听闻的效应，它随时准备着公布任何绯闻。而这家网站的建造者与惟一的新闻编辑麦特·德拉吉(Matt Drudge）注定要同时进入美国新闻史上最著名的革新者与最臭名昭著的小报记者的双重行列。更重要的是，这个35岁、一副西部牛仔式嬉皮打扮的人已经部分改变了美国政治、新闻与历史的轨迹。他的新闻哲学（就像他最新出版的著作

《德拉吉的杰作》）引发出的后果与无法了结的争论，让我们迷惑不已……

让我们回到1994年。这一年，这个叫麦特·德拉吉的高中辍学生在厌倦了7—Eleven便利店的工作后，搬到洛杉矶，成为了哥伦比亚广播公司礼品店的店员。在那里，他开始阅读Variety这样的娱乐杂志。这一年秋天，德拉吉收到了父亲赠予的一台计算机。德拉吉被计算机提供的交流模式征服了，出没于聊天室成了他的主要乐趣，并开始将一些娱乐与政治消息贴到网上，其中一些来源于哥伦比亚广播公司废弃的新闻稿。1995年初，他的电子邮件式的新闻公告吸引了一批人的注意。4月，他建立了德拉吉报告（WWW.drudgereport.com）网站。由于率先报道了NBC与微软共同建立MSNBC这样的事件，德拉吉报告开始引人注意。但是，真正将德拉吉推向焦点的是，源于他从1997年开始对围绕克林顿与白宫丑闻的报道。

先是1997年7月，德拉吉通过一个私人聊天室获知《新闻周刊》的迈克尔·伊斯科夫正在写一篇白宫绯闻的报告。由于据传克林顿曾对之有过性要求的凯瑟琳·苇利拒绝提供证明，《新闻周刊》放弃了这篇报道。德拉吉的网站迅速揭露了这一未经证实的新闻。一天后，哥伦比亚新闻对此事件做出反应。尽管包括紧接着的琳达·特里普与保罗·琼斯在内的一系列与白宫有关的丑闻最终都不了了之，但它们都成了当年媒体最热门的话题，而德拉吉则是这一系列事件的始作俑者。德拉吉神话开始隐隐出现——一个人引导了整个主流媒体的报道方向。

1998年1月17日星期六，德拉吉报告上贴出了一条新闻："在最后一分钟，《新闻周刊》枪毙了一篇必将动摇政府政治基础的故事：一位白宫实习生与美国总统有染！"这则新闻快速传播，引人震惊，但大部分媒体不作反应。直到星期天晚上，德拉吉终于将那个实习生的名字贴到网上——莫妮卡·莱温斯基。

德拉吉依然是从一个隐秘的消息源获知这一新闻的，他同时还知道那位迈克尔·伊斯科夫在调查凯瑟琳·苇利时就曾提到莫妮卡·莱文斯基这个名字。而《新闻周刊》因为缺乏更明确的证据，最终还是放弃了这个惊天的新闻。接着，德拉吉报告再次贴出这样的标题："水门事件，1998"，声称发现克林顿有残余的精液留在莱文斯基的外衣上，莱将永远不洗它。

再往后的事实无须陈述。尽管被克林顿轻蔑地称作"污泥(Sludge)"，德拉吉还是促成了20世纪结束前世界上最大的闹剧：斯塔尔报告、总统弹劾案、公众对于丑闻的热衷，还有互联网新闻业的抬头……让我们回到1998年6月2日。此时的德拉吉已经成为一个备受争议但是绝对耀眼的明星。他在NBC的辩论节目中，被《洛杉矶时报》的资深记者杰克·尼尔森指责为"从不关注事实正确与否的家伙"；马文·卡柏，一位哈佛新闻学者说，他根本就是谣言的传输带；在线杂志Slate.com杰出的编辑迈克尔·金斯利称之为"横亘于互联网与公众之间的最大麻烦"。但同时，又有一些人坚持他（就像他自己说的）是与鲍勃·伍得沃德与卡尔·伯恩斯坦（报道水门事件的《华盛顿邮报》的两位记者）一样伟大的记者。福克斯新闻节目在介绍德拉吉的出场时讲道："他是一位稳健的揭露者、互联网告密者、公民记者。每个人都渴望知道他下次要说什么。你们知道他的名字——德拉吉。"

华盛顿的全国新闻俱乐部上，面对那些受过哈佛、哥伦比亚这样名校训练的《华盛顿邮报》、《时代周刊》与CNN的记者，这位以肆无忌惮著称的小子讲道："这一代人已经不再依靠阅读报纸或者看电视来获取新闻了，他们喜欢电脑屏幕。尽管大多数美国人还不习惯这个家伙，但我认为互联网可以让新闻业重新焕发青春。我的读者会说他们的意见被主流媒体所控制，这些大机构令人生畏。我觉得自己呈现了另一种可能，在我的网站上，每一项工作都印有我个人的痕迹。我是寻求真理的游击队员，我喜欢去那些散发出臭气的地方。我是个扒粪者……”

2000年10月出版的《麦特·德拉吉的杰作》，由德拉吉的一些缺乏组织、充满惊栗的媒体批评片段、非连续的日记、无目的的笔记组成，其中贯穿了一股“垮掉一代”的节奏。这本书比较完整地表达了德拉吉的主要想法：1. 媒体巨人控制了公众，他的任务是单枪匹马地与这些媒体巨人搏斗，传达给公众另一种声音；2. 印刷术死了，电影死了，电视死了，互联网将取代一切；3. 新闻将不再受大机构控制，永远也不再会，在互联网上，每个人都是记者；4. 媒体无需检测新闻的正确性，公众自然会鉴定。

所以，有关德拉吉的争论已经不仅仅是关乎于一个丑闻记者是否有资格进入新闻界。四个问题尖锐地突显在其拥护者与反对者面前：1. 新闻业的责任到底是什么？2. 公众的趣味与媒体之间的关系如何？3. 我们的文化倾向是什么？4. 互联网代表的新媒体与旧媒体的关系如何？普利策先生制定了新闻的最初模式，在林肯·斯蒂芬与门肯等人完善下，我们得到的结论是，新闻记者必须不顾一切地揭露社会的黑暗，它是一个健康社会的守卫者，是第四权力，是林肯·斯蒂芬所谓的“扒粪者”。也因此，早期的新闻记者大多未受过正规教育，他们更需要敏锐与勇敢。这也是新闻业最重要的原则，媒体是民主社会中最重要的环节之一，它给予公众知晓权。

如果仅仅从这个层面上说，麦特·德拉吉的确是一位成就斐然的揭露者，他对克林顿丑闻的揭露所造成的影响不亚于《华盛顿邮报》对于水门事件的报道。就像他在接受NBC采访时说：“当然，我去那些发出臭味的地方。”

新闻业的初期充满了勇敢的业余选手们凭借激情来成为好记者的例证。但是，随着媒体对世界越来越广泛的报道及商业利益的需要，庞大的新闻机构成为调配这种复杂作业过程的必需产品。我们可以相信一家小镇报纸可以依靠几个人完成报道，但是我们想像拥有上千名记者，同时需要报道美洲、欧洲、亚洲、非洲等事件的《纽约时报》如果缺乏一个严密的制度该如何行事。为了保持新闻报道的准确性与公正性，这些大新闻机构必须安排严格的程序：记者——作家——编辑——事实核对员，这样繁复的过程尽量避免由于记者的疏忽和个人倾向带来的严重失实。

而伴随着新闻业的成熟，越来越多的受过良好教育者进入其间。他们的价值观念必然与最初的草莽记者不同。强烈的精英思想使他们认为，他们有责任筛选各种新闻事实，让那些他们认为值得出版的东西面世。严格的程序与精英化思想很容易形成某种傲慢。他们成了向公众提供新闻的惟一源头。

这一点正是麦特·德拉吉在他的著作中竭力攻击的一点。他声称媒体正在被集中于少数精英手中，新闻变成了一个大机构的专利。这些大机构离权力中心太近了，无法了解真相。而他则是一个人在操作，他坚持不需要编辑也不需要事实核实。所以他非常迅速却随意地公布新闻。他的哲学是：不管你提供的是谣言还是真实新闻，公众自然会判断。(但是德拉吉忽视了一点，他所挖掘出来的白宫丑闻是建立在《新闻周刊》放弃的报道上，也就是说真正提供新闻调查的依然是大机构，而德拉吉不过是更加勇敢地将它公布出来。)

这里，我们就牵扯到第二个问题，媒体与公众趣味。让公众喜悦而让精英们愤怒的一点是，麦特·德拉吉最擅长报道绯闻与丑闻。依靠吸引公众低级趣味是新闻业相互竞争的最初形式。当年普利策与赫斯特之间的决斗，就是依靠大量刊发战争、色情内容来进行的。伴随着媒体的职业化与规范化，媒体逐渐形成等级观念。因为如果我们承认人是一种具有各种需求的动物，那么他一定具有迥异的需求。到今天，我们一方面看到了《纽约时报》、《新共和》、《时代》这些以中上产阶级为对象、报道题材严肃、报道方式严谨的媒体；另一方面，我们同样看到了《国民问询报》、《太阳报》这样的专以追逐明星、绯闻、奇谈为己任的"小报"，他们的读者群为缺乏良好教育的下层居民。长期以来，"大报"以一种"不屑"的目光来看待"小报"，这是一种基本的等级秩序。它的逻辑在于，文化有高级低级之分，趣味有雅致低俗之别。

无疑"连拼写都会出现错误"的德拉吉的关注方向属于后者。但是，真正让精英无法容忍的是德拉吉认为"小报"与"大报"并没有区分，打破了原先的秩序感。在他的网站上，小报的谣言作家与斯坦福的大学教授具有同样的地位。德拉吉反驳道："我从未觉得他们有什么区别。或许后者写得更有深度，用一种更加煞有介事的口吻。或许是因为我没有上学吧，所以我没有学会这样看待问题：谣言专栏水准低，而严肃的工作更值得尊敬……生活的斗争与人类存在的理由不会因为你驾驶奔驰还是步行而有所区别……新闻行业或许有不同的智商值，但他们是同一种情感。"

德拉吉尖锐地表现出我们的社会中越来越强烈的"反智"倾向。静下心来，我们会发现我们周围充斥着越来越多借着民主的名义来传播庸俗的"平等主义"的现象。倡导者坚持所有的人、所有的思想、所有的文化都是平等的，没有高下之分。也因此，"小报"在社会上获得越来越大的影响力。1997年，在《纽约时报》与《时代》周刊的联合评选中，《国民问询报》的编辑史蒂夫·科兹被评为美国最具影响力的人之一。

德拉吉成为这股趋势中最勇敢与厚颜无耻的声音。当他被质询在他的网站上并非新闻，而只是谣言时，他回答道："在WWW.drudgereport.com绯闻是谣言，在《纽约时报》上，绯闻就成了新闻了。"

德拉吉之所以能够如此鲜明、淋漓尽致地表现出他对现有的新闻秩序与文化观念的挑战，在于他认为自己拥有了互联网这项伟大的武器。在《德拉吉的杰作》中，他写道，互联网取代了一切旧有的沟通形式。而由于这项技术，每个人都可以成为记者。仅仅用鼠标与调制解调器，他就可以摧毁那些大的新闻机构。我们必须承认，互联网所带来的交流革命的确正在瓦解我们熟悉的单向交流方式。它使我们获得了空前的自由，降低了发言所需要的成本，新闻业比过去任何时候变得都更具有"即时性"。但是，我们同样看到，这种无边界自由所带来的混乱与低质量。

德拉吉在接受《brill's content》的记者采访时说："我没有希望让我的报道明智起来，我在享受我每日的生活。我只活在现在。我不知道两周后我做什么。互联网给予你按赞成的步伐前进的自由……我学习到更正确的拼写，如何运用高中水平的语法。我学会如何运用勇气对付权力分子。"

我们必须承认认为新闻记者不需要专门训练而只凭冲动即可的观念是可笑的。德拉吉夸张了互联网的革命性。在互联网最初的普及过程中，的确出现了暂时的失序，但是伴随着互联网更重要的是公众心态的成熟，它最终依旧会变成一项或许伟大但终究简单的技术。而新闻业在经过最初的冲击后，很快会恢复它的规则，互联网像电视一样成为新闻发展史中的一项新技术。我们可以用德拉吉最成功的莱文斯基事件来反驳他，倘若没有被《新闻周刊》放弃的深入报道作为基础，德拉吉是无法成功的。他碰巧成为了第一个说话的人。当然，我所讲的一切并非在否认这个叫麦特·德拉吉的成就。我只是想说明这个喜欢戴稻草帽的人的背后，隐藏着我们时代各种文化之间的冲突。我当然承认，德拉吉可能是我们这个时代最具趣味性的人。如果你是一个美国梦想的信仰者，你没法不喜欢他。

他出生于马里兰州华盛顿特区的一个郊区，一位自由民主党人的独子。父亲是工人，母亲是律师。与新闻发生的惟一联系始于童年时在睡觉前听收音机里的犯罪新闻及十几岁后开始看的CNN一线报道。在高中是个差生，未能进入大学，在开创“德拉吉报告”前，一直是低级店员。文化水平甚低，甚至连拼写都不过关。

就是这样一个“Nobody”，借助互联网与执着的“扒粪”精神以及可贵的运气，成了今天的媒体界的“Somebody”。《德拉吉的杰作》出版后，很快登上《纽约时报》畅销书榜，主流媒体纷纷予以评介。此时他依然坚持：“我没有学习过任何新闻学。一切不过是欺骗而已。”

从个人角度来讲，他的确具有标志意义。有人将之比作为“猫王”，因为当艾尔维斯 · 普莱斯利扭着屁股出场时，50年代的成年人的确对此不屑一顾。或者，他更接近一点拉里 · 弗林特，这位色情出版业大王，背负着大部分人的指责，却被一位法学教授赞誉为“最大限度地扩大了美国人言论自由的范围”。更极端的人，将之视作当代的汤姆 · 潘恩。这位美国的奠基人之一在写作《常识》之前，是一位饱受辱骂的异教徒。当然，德拉吉更愿意说自己是鲍勃 · 伍得沃德与卡尔 · 伯恩斯坦（水门事件的揭露者），但是鲍勃 · 伍得沃德却公开地斥责德拉吉对新闻业的玷污。不管怎么说，麦特 · 德拉吉注定成为一个反抗传统、挑战权威的符号式人物。在一团混乱中，德拉吉让自己成为像猫王的摇摆、安迪 · 沃霍尔的坎贝尔汤罐与斯蒂夫 · 乔布斯的苹果电脑一样永久的历史符号。

到这里，德拉吉神话的浪潮也该平息了，更重要的事情是，我们如何清晰地面对新闻业的责任。在技术的冲击、公众的低级趣味对媒体的影响愈加明显的今天，新闻从业者显然不能说，我只提供不顾真假的事实，让公众自己去分析。因为新闻业从来都不仅仅是一个“扒粪”的工作，它肩负着从某种程度来讲更重要的使命。

德国哲学家雅斯贝尔斯曾讲道，由于现代生活的实际情况极为复杂，社会愈来愈功能化，新闻记者成了联结广泛的外部世界与个人之间的惟一纽带。所以新闻记者必须时刻保持清晰的头脑与自我反思和学习的能力，在现实的报道中引入客观而崇高的情感。甚至由于报刊已经成了大众主要的精神生活，所以新闻记者必须成为联结高级文化与普通群众之间的纽带，将人类文明中最精髓的东西通过报刊传达给公众。

我们的麦特·德拉吉先生当然会嘲笑这种典型的“精英主义理想”。我们当然要和德拉吉先生一样奋起反抗媒体集团由于商业利益或政治利益而出卖新闻业的独立精神，但是我们更应该清楚，我们所凭借的手段绝不是“绯闻与道听途说”。

两个世界之间

对于奥地利书商多伊蒂克来说，那个叫西格蒙·弗洛伊德的心理医生与新世纪光芒没能带来好运气。早在1899年11月，他就把这本叫《梦的解析》的书足足印了600本，并打上了1900年印刷的字样。可是，新年到了，这本书只卖出123本，而评论界对此几乎不屑评论。

而对于法国人亨利·柏格森来讲，1900年是他辉煌生命的开端。这个41岁的非理性主义哲学家在这一年参加了第一次国际哲学大会，这一年他还出版了《笑论滑稽的意义》。整个欧洲马上就要被这个热情洋溢的人所倡导的“自由意志”“直觉与冲动”所征服。

而德国人弗里德里希·尼采同样幸运，他终于有机会摆脱已经11年的精神颠狂状态，在这一年的夏天，这个满身疾病的超人在魏玛去世。他可能不知道，他留下的格言式的著作会给20世纪的人类心理结构带来怎样的颤栗。

这一年极度摒弃工业精神的英国人文主义者罗斯金也离去，而深受罗斯金影响的马塞尔·普鲁斯特终于开始思考，他应该开始一项伟大的事业了。尽管，他模糊地感觉到他可能要依靠回忆来完成工作，而这次回忆将是史无前例与艰苦卓绝的。

时间从来就不是一种偶然，在一串看似零乱的名字背后，我们发现了某种无法割裂的联系。弗洛伊德让人类意识到，除了外部世界，我们的内心还蕴藏着另一个更为丰富的世界，在这个世界里，没有科学的规则与定律，它被一种偶然所控制着。而尼采则是一位完全的反理性主义者，他渴望为人的血液中注入酒神精神，来战胜理性给我们带来的生命的苍白。柏格森则更为直白，我们应该服从生命的冲动，它比理性的思考更符合人的意志。从19世纪后半叶开始，整个欧洲被一种理性主义主宰，乐观的科学信仰者相信，凭借人的智慧，人类可以征服一切。但这种理性与人类内心的冲突也越来越明显，工业化带来的越来越细致的分工，整个社会越来越强的组织性，让人柔弱的心灵感受到某种压抑，人活得越来越像具机器而非一个生命。

人类的先知几乎在同一时间揭示了这种越来越明显的趋向。他们从哲学、心理学、文学、艺术各个角度，传达了同样的观点：人不是可以机械化处理的机器，他的生命尊严来源于他的非理性的情感；而世界也不是可以依靠科学定律来简单描绘的，它是断裂的、无连续的和经常绝望的，而非完整的理性的秩序的与令人乐观的；我们的隐藏于内心世界的欲望比外在的世界更难以征服……所以最好的方式，还是顺从我们内心的冲动与意志，反抗外在的枷锁。不管是崇拜本能的弗洛伊德化文学，还是艺术世界的达达主义，或者是大行其道的意识流，都是这种思想的体现。

弥漫于20世纪最初岁月的非理性崇拜，充满了悲壮意识。人类必须要为自己而战斗，我们要勇敢地承认自己被文明的外皮所包裹的内心里蕴藏的欲望，我们也要抗争个人在庞大的机器与社会面前表现出的卑微。弗洛伊德在《文明及其不满》中讲得再明确不过了："我们所谓的文明充满着这样多的苦难和不幸，其本身就应该受到谴责，我们如果将它全部抛弃，回复到原始状态，我们会更加幸福。"

我们就是抱着这样迷惘的心态被拖入20世纪的。一方面，我们的信仰世界崩溃了，尼采已经宣判了上帝的死亡；另一方面，科学显然无法成为我们新的宗教，同时我们已经体验到技术对于我们生活的潜在压抑。活在19世纪末与20世纪初的人可能正经历着马修·阿诺德的判断："一个世界已经死去，而另一个还没有生成。"

但随后的历史，或许令柏格森与尼采更加悲观，在越来越复杂与细化的技术世界面前，人的生命本能表现出了极度的萎缩。这一个世纪是人的特性不断遭受蚕食的世纪。所以，50年代的存在主义会说，我们都是"非理性的人"，因为我们不能被逻辑结构所肢解，我们所蕴涵的情感是无法被量化的；所以，马尔库塞会不遗余力地批判着工业社会对于人的丰富性的摧残，"我们快变成单向度的人了"；所以福柯会利用对性、疯颠的研究来对抗科技对人的压抑，因为一切理性与疯狂之间本来没有界限……他们都是本世界初反理性主义大师们的延续。

但这一切呐喊与置疑不管声音如何尖锐都不断地被更先进的技术所淹没。尽管，我们已经熟练地把弗洛伊德庸俗化，用尼采的格言来装点我们的思想，而意识流的大师们乔伊斯、普鲁斯特早已成为不朽……但是，我们尴尬地发现，他们对于人的内心世界的推崇却没有得到延续，我们被异化得逐渐忘掉自已本来的模样。

像19世纪初一样，一种机械的唯物主义再次把我们包围。在这个新世纪的门口，我们遇到了比尼采、柏格森更尴尬的状态。他们倡导的是人的生命中意志的作用，人的创造性。他们希望借此战胜上帝的缺席与人的精神的消沉。而今天呢，面对早已泛滥的技术革命，我们却陷入了某种乐观。1917年，德国人施宾格勒在《西方的没落》中写道："技术正在成为我们新的圣父圣子，我们渴望得到它们的拯救。"今天，这句预言成为了部分现实。网络科技与生物技术正在让我们陷入一片狂喜之中，我们说，我们正在迎接一场改变历史的革命。所以，我们也忘记了人的准则是什么。我们已经习惯了没有上帝的日子，而技术对我们的渗透已经让我们足够麻木了。今天，重要的不是在这里探讨什么人的非理性成分，或者那些软弱的情感，而是实实在在的NASDAQ指数，它的每一点攀升都意味着更多的财富，人的精神在这些财富面前几乎不值一文。

美国的塞拉扬公司宣布人体基因已经基本破译完成。宣布这条新闻的当天，生物科技股票在世界各交易市场急速攀升。因为这样技术意味着可以重组生命，这过程蕴涵着怎样的财富。而MIT的科学家们，也正不知疲倦地在试验人与机器之间的互换的可能。尽管互联网世界的geek们宣称乔伊斯是他们的鼻祖，因为《尤利西斯》是超文本文件的典范。但是，他们忘记说，意识流追求的是对人的记忆的展开与延伸，而互联网则是将记忆扁平化，尽量压缩情感丰富的可能……

同样是世纪的交接，没有哪位人文学者站出来为人的逐渐萎缩的精神世界代言。倒是科学天才比尔·乔伊（Bill Joy）在新技术杂志《连线》上撰文道：我们正在走向一个死胡同，各种技术正在把人类逼向死亡。在短暂的轰动之后，人们遗忘了这种警告。此时，回望一个世纪前的喧嚣让人感慨。或许，马修·阿诺德所说的过渡时期正在结束，我们已经适应了遗忘内心世界的生活。弗吉尼亚·伍尔夫在上个世纪写道："在1910年12月左右，人的本性改变了……"现在，这种变革可能更加深刻和令人绝望，可是没有人表示悲观。

燕园的记忆

我的师兄梁遇春

阳光打在我床上，睁开经过充足睡眠而兴奋的双眼透过北京污染严重的空气，我看到了淡蓝的天空。多美妙的早晨，但是我不愿意起床，大四了，我要让自己习惯赖床，尽管课已经开始了，那个满头黑发的教授已经带领我的同学穿越爱因斯坦扭曲的时空观，去体会相对论的玄妙了。

懒洋洋地斜靠在床头，翻开《梁遇春散文》，我想我被拽回到20年代的老北大，我看到一副瘦弱身材，满脸懒散的年轻人。他把赖床变成了艺术，他认为以他十几年学习的经验来看，最大的益处就是“迟起”，因为“惟我独尊地躺着，东倒西倾的小房立刻变成了一座快乐的皇宫”。他不遗余力地实践着该艺术，即使毫无睡意，也要坚持在床上胡思乱想。他甚至还煞有介事地列举了迟起对于人生帮助的若干理由，这些理由对于现在的我具有如此的说服力，以致不得不压抑住上课的心，继续无所事事地躺着。

只活到27岁的梁遇春一点也不像流星划过天空，他的光芒不刺眼，而是舒缓柔和极其惹人亲近的。躺在床上，我似乎看见穿着长袍的梁遇春在沙滩上缓慢地踱着方步，一脸快乐的流浪汉的闲情。他推开一间教室的大门，在鸦雀无声中，背着教授的白眼和同学的惊异，溜达到最后一排，翻开《伊利亚随笔》，有一搭没一搭地扫着。

林语堂曾经说老北大的风格是类似牛津式的散漫的，在这种宽松自由中，学生的创造力与个性得到充分的舒展。梁遇春可能正是这种精神不遗余力的实行者。闲散从来都是智慧的温床，法国谚语说“闲暇生艺术”，或许法国的艺术的确是在那些遍撒街头的咖啡馆孕育出来的。汪曾祺在回答问题“为什么西南联大在八年内培养的人才比建国后几十年的都多”时的答案是“自由”。他那时在大学里的生活是：白天大睡，晚上去泡图书馆，率性自我。因为明确而功利的目标，他们放纵自己的心灵四处游荡。

多年后，我行走在已经变得匆忙不堪的校园里，目睹着两旁的人去努力争夺他们或许根本不需要的东西时，我无法不想念那个小伙子。20年代的人喜欢说“我的朋友胡适之”，90年代的我，却总是想说“我的师兄梁遇春”。在一片TOEFL的书海中，手持一卷《梁遇春》有着莫大的快乐。

这个不用功的师兄，好读书却不求甚解，他坚信读书和写作都是为人生服务的，生命本身高于一切。于是，他让自己的生命恣意生长，让自己的性情尽兴发展。所以，为了更多地享受生活中的阳光，他放弃了对于具体成就的追逐。天赋之才的他，只留下了薄薄的小册子，这肯定要被李敖斥责为“懒到家了”。

我不喜欢那位“为了某种自己都不明所以的事业”而存在的奥斯特洛夫斯基，他觉得人的生命是为了多年后的回忆不至于惭愧而存在的。这种想法伤害的其实是生命本身，生命原本是件单纯的东西，我们活着，快乐着，欣赏着这世界，这就足够了，而无须某种外表的物化实在的成功来证明。正如我的那位70年前的师兄，他赖在阳光明媚的床上，他逃课，他无所事事地读书，然后在情感出现时，通过笔端释放成文字……

傍晚的阳光

很多年后，我都会记得1996年初夏时的夕阳。它成30度角无力地穿过北大四院的一间门牌号为103房间的糊着破旧报纸的窗户。我坐在那疲软的阳光下，听着对面孔庆东很少间断的谈话，谈话的内容涉及政治、文学或许还有生命本身。内容我几乎已经忘记了，留在我记忆里的是他谈话时激昂的语气不会消退的气势。

那时候，我常常激动，常常伴随着他的愤慨一起愤慨。那时候我大一，我一直怀疑，如果没有那个夏天，我会成为另一个我。也是那个夏天，孔庆东用他的特有的言谈方式有些粗暴地灌输给我他认为的“北大精神”，甚至还有他的“北大沙文主义”。他常常用与他年龄不相称的情绪给我讲述他眼中的现实，并且对于我心中曾有的某些崇高的东西进行无情地嘲弄，我也是从那段时间里，才对我的生活环境，乃至我习以为常的历史，产生了另一种理解。对于一颗刚刚进入大学的年轻的心灵来讲，那种震颤是惊人的。我常因为听了他的某种吃惊言论而胡思乱想一个晚上。后来我迷恋于《往事与随想》里的赫尔岑少年时的经历，因为同样是稚嫩的心灵遭受颠覆性变化的情景。

理想主义与趣味性是他在那年给我最大的影响。他那时候喜欢开玩笑说：“在北大里扔下一颗炸弹，中国将倒退50年。”这种北大情结一直影响我到现在。我夸张地以为，我们肩负着国家的未来，并且在他给我讲了许多这个世界的阴暗时，我激动得像30年前的同龄人一样要去拯救这个国家和世界。因为他的影响，我翻阅了所有关于五四的记载，我渴望像当年我的校友一样去呐喊，去影响这个国家。因此，我对于我周围的环境产生了无法抑制的厌恶感，那些没有激情没有责任的同学令我痛苦，而且在更多的时候，我在他们眼里变成了一个奇怪的人。在夏日的夜晚，我向室友表达我对于社会的义愤，迎来的是沉闷和不屑。我也从那时起，强烈地觉得大学应该是“务虚”的，应该追求那些缥缈的理想，因为这个年龄的血是最热的，束缚也是最少的。

孔庆东出身底层，并且屡遭挫折，我有些奇怪，一个读书读到博士并且已经结婚有了孩子的人，怎么还和别人分享一间宿舍。但是，在这种环境中，他依然表现出惊人的快乐。这种快乐，是他始终旺盛的生命力。他可以用他的生命力消解那些不幸，他对于生命中的趣味性有一种迷恋性的尊重。他总是告诉我要在最痛苦的生活里寻找快乐，才是人生的最高境界。正如他的经典陈述：“啥都是个乐子。”他的宿舍门口贴着歪歪扭扭的剪报，比如一张陈冲的肖像旁是烟台苹果的商标“专供出口”。他那时候常常给我讲他的大学生活中荒诞而可爱的一面，《47楼207》仅仅是其中的一小部分。我通过他的叙述，对于张扬的个性，产生了近乎崇拜的情绪。在四年的大学生活里，我始终刻意地放纵自己的意志。孔本人喜欢说：“80年代并非完美，但是比起现在，实在是神话。”这让我对于80年代产生了一种精神故乡的情结。当然，现在的我常常觉得，他的玩笑过多消解了他的文章的力量，这或许是无法避免的吧。

在那个夏天过后，孔庆东完成了他的学生历程，变成了一位讲师，也离开四院的那间破落的宿舍。而我们再见面时，他也不会像那时一样激情地给我讲述他的想法。而大一时的充满求知欲的心态也逐渐远离我。我觉得，我们之间越来越陌生，是否是因为成熟的缘故？我对于他的文章和观点也表现出越来越多的相异观点。而大一时的激情常常令现在的我觉得不可思议，却无限怀念。心灵真正年轻的时间其实很短，我在很短的时间里遇见了孔庆东，沐浴在那疲软的阳光下，我倾听着他的激情，并让自己热血沸腾。

午夜日记

一

午夜的时候，我和室友从那家小小的有点肮脏的叫“未名”的餐馆里出来，我们吃了什么，喝了什么，又谈了什么，这一切都无法留下印象。每次来到这个地方，我们的想象力就匮乏得让人痛苦，那几份不上15块的菜被点了又点，那几种牌子的啤酒，被不厌其烦地灌来饮去，那几个身材不错的姑娘的名字，被廉价酒水淹得花容失色……

像往常一样，我们走出这个地方，让自己的肉体暴露在午夜时的北京西郊的污浊空气里，而灵魂呢？我们知道它藏在一个我们知道的最隐秘的地方，我们必须加倍保护它，我们本能地知道，它是我们区别于大街上那些为了名利熙熙攘攘的人群的惟一标志。

在一个拐角处，有一滩水，那是白天的雨的杰作。这时候，我们感觉到小腹的压迫感，公共厕所离我们还遥远。于是，四个人并排站在那片在午夜中黑黢黢的浅薄的水面前。水与水撞击的声音在安静的午夜并不难听，它激起了我们畅快的欢笑，这欢笑里是一种非常纯真的快乐，它不掺杂任何不可告人的目的。

这时候，我们发现身后有一个模糊的身影，应该是一个异性。可是，我们没有被侮辱的感觉，四个人的心里都在进行一场莫名其妙的躁动，可是谁也没说。我们向前走，那个身影也在往前走，我们几乎同时回头去看那个模糊的样子，有点欣喜，有点倒胃口。一个把头发故意弄成鸡窝的女子，有着过于稚气的脸孔，尽管上面有着花花绿绿的颜色，那浓重的眼影即使在如此暗淡的月光下依旧刺眼。这不是我喜欢的类型，可是我的内心深处还是激起了一个动词——期待。

我们开始放肆地言笑，我们本能地意识到她的两个可能的角色——离家出走的少女或者其他。当我们走过马路时，她在马路一边徘徊，一边有一搭没一搭地看着我们。我们看着她进入对面的牛肉面馆，然后又看着她出来。然后开始过马路，向我们走来。这时候，四个人开始控制不住自己的欲望了，有人开始问“谁上”，有人说愿意提供床位，有人看着她发愣。午夜时的心情总是很好，太阳还没有照亮我们的心房，夜晚掩饰住了青春的好奇和欲望。

在她离我们五米的时候，我们也接近了北大的南门，门口的羊肉串的摊位开始收摊了。我对着那个异性喊道：“嘿，你干吗呢?”声音透出控制不住的老练。回答当然让我们吃惊：“我没有钱吃饭。”接下来怎么办，我摸到兜里还有20块钱，那是我们后半周的饭费。但我还是给了她10块钱，并指明她吃一碗牛肉面。在整个过程中，我没有觉得自己高尚，只是想起了小时候做好事时爱说的一句话：“没关系，这是我应该做的。”

然后，她就走了，留下一声谢谢，声音比起她的脸动人多了。然后，我们走进校园，没有人说话了。

二

我喜欢在午夜的时候在大街上跑步，不是因为有人说，我像一台吸尘器，无私地回收废气，而是因为我喜欢路灯的黄光下的大街，没什么人，偶尔有车。我这时候觉得自由。当我快跑到南门附近的时候，我忽然想起昨晚的故事，我的心猛然剧烈跳动起来了。我在这方面的想象力总是惊人地丰富，经常给自己一个惊奇。

结果，她竟然站在那里，在如此炎热的天气里，穿着一件长长的大衣，脸部比昨天看起来清晰，不好看也不难看，不过真年轻。我干什么了，我跑过她时，竟然没有想到停下来，只是冲着她一个短暂的微笑，说了声你好，好象偶然撞见我班上的同学。她显然愣了，但是我还是看到了她的笑容，很单纯，很短暂。

在剩下来的时间里，我还是被后悔裹紧。我想自己为什么不跟她聊聊，可能会是一个凄婉的故事，我至少想到了10个版本，然后我甚至想到了，我带着她躲避追杀的场面——她应该是个误入歧途的小孩子。故事里有了太多的惊险，奇妙的是我可能带着她在未名湖急奔，后面是几十个拿着菜刀的阿飞，最后我带着她跳湖了，可惜湖水太浅了，不足以淹没我们。当然，场景里会有一些可能的爱情，当然还有性。我想到了我的那张有点零乱的床，还想到了我床上的那些没洗的内裤和袜子，在那里发生故事有点煞风景。

我的确有点后悔，我对自己说，下次碰见她，我一定要和她说话，不管发生什么危险，我要知道她的故事。我知道，一个人因为危险而拒绝未知的历险，是衰老的表现，我害怕自己衰老。

三

我几乎是满怀期待地在那个时间跑到那个地点，我甚至想好了应该问哪几个问题，甚至准备在需要的时候，把我所有的钱都给她，可能够她买一张回到家乡的火车票，用我们班女生可以买半价票的学生证。可是她不在，这真让人扫兴，我觉得浪费了我的精力，更浪费了纯真的好意，重要的是，它不能让我确信自己依旧敢于冒险，敢于随随便便地进入别人的故事。

我会记住她的，如果有一天我碰到她，尽管我不喜欢她的脸，也不喜欢她的身材，但是，我会告诉她，你知道吗，我本来可以进入你的生活的？尽管我知道，自己其实一点也不喜欢她。

那个冬天的午后

太阳不明不暗地悬在天上，她暗淡无光的脸甚至允许我们直接注视。地面上是肮脏的雪，校园内年轻的男女正在为即将到来的期末考试而伤神，他们甚至没有精力来糟蹋一下这地面上的雪。整个校园的环境是晦暗的，天的颜色总是土黄色的，典型的北京雪天的讨厌颜色。

那个冬天，宿舍里总是潮潮的，让人觉得不舒服。可是，每天早晨我依旧坚持睡到11点钟，然后穿上厚而笨拙的大衣。我本能地到楼下去找肖，我不知道接下来会干什么，但我却像个孩子一样高兴。在肖的那间如此肮脏的宿舍里，李或早或晚地也会出现。大三这一年，我们三个都休学了，就在期末考试前夕。休学的原因相同——厌倦了。也就是说，在经过两年的大学科班训练之后，我们突然为自己的行为产生了困惑。夹杂在好学上进的同学之中，我们却感到一种没有目标的茫然感。已经上了两年的发条，该让它松下来了。我们像逃兵一样费尽心机地为自己组织理由，来说服父母与校方同意让我们成为这个盛产精英分子的大学里的无所事事者。如果用更堂皇的理由来解释这行为，就是我们对于自己的存在产生了置疑，想通过自由来重新考察生命的意义。

于是在同学们正在为抢占自习教室，或者诚惶诚恐地向老师套题时，我们同时成为这忙碌校园中的旁观者。或者说，我们同时被这个紧张的校园抛弃了。我们三个常常在吃午饭的时间，意味深长地从28楼走出来。楼门口此时拥挤了一批面有菜色的男生，端着大小不一，或肮脏或洁净的饭盆，他们胜利地从学一、从农园、从学五打饭回来。

我们会用力地踩几下雪地，然后呆呆地看一会天空。李会说，来支烟吧。于是，肖拿出两块钱一包的花园牌香烟，我们坐在冰冷的自行车后座上，点上一支烟。烟雾在冰冷的空气里让我们感觉到一点暖意和一丝被燃烧的快感。我们的脸暴露在冬日里，并没有显示出什么朝气。肖的土黄色的大衣和环境和谐地搭配在一起，把他整个人都映衬得没有生命力。而李照旧是那件充满性格却难看至极的军用棉袄。我们边抽烟，边望着身边来来往往的人群，竟生出一股得意感。做一个旁观者，至少可以暂时性向下斜着眼睛观察别人，并带着怜悯的意味。烟灭了，我们决定去喝粥。那时候，博实商店还没有建起来，在北大书店旁，是一个木制的临时性的小房子，一对夫妇在里面卖绿豆粥与茶鸡蛋。一条狭长的桌子占据了大部分空间，喝粥的人坐在两旁，将整个屋子弄得拥挤而温暖。我们喜欢那个空间，所有来这里的同学看起来就像一家人，我们围着一张桌子吃同样的饭，只是他们好像不和我抱着类似的想法。每次，当我努力试图用一副亲人的神态去和一个外表美丽但不知是否精神空虚的姑娘搭讪的时候，她们总是表现出陌生人般的不信任，这让我伤心。

每当自己的胃因为充实而舒畅时，我们就要抽烟。我们习惯坐在路边的自行车后座上，再次让花园牌香烟燃烧起来。我们的位置处于29楼与31楼的交界处，这是两座女生楼。边抽烟边观察，这几乎已经成为我们良好消化事物的方式了。那些被厚厚的衣物裹起来的女生们笨拙地在雪地上行走着，冬天让人变得丑陋，她们的青春，她们的风情，她们的欲望都被迫隐藏起来。但这似乎不耽误我们的快乐，这种快乐几乎是没有任何负担的。想想吧，我们几乎拥有了一年完全自由的时间，我们几乎让自己在寒冷的空气里漂浮了起来。在这样的心情下，一切都是美的。我还记得，我们一起在结了冰的未名湖上踢了一场球，我摔倒了13次，是肖帮我数的。然后，我们一起跟着一个穿着裙子的高挑姑娘穿过了图书城，那裙子在这样的天气里实在是太迷人。我们还一起游荡在各个酒吧里，但是没有钱买酒，只能三个人喝一杯可乐。我们总希望能够刚好发现三个姑娘，她们应该挺美丽，也应该无所事事，即使精神上空虚点也无妨。那一年的春节，我们果然找到了三个孤独的姑娘一起度过，但是什么也没有发生，一点也不刺激，现实与梦想的差距果然遥远……再后来，春天来了，冬天走了。而我们的心情也走了，我们之间甚至也疏远了。我总是抑制不住地怀念那个时段……

我碰到了李，接着是肖，我们该有半年没见面了吧，而距离那年冬天已经整整22个月了。我们似乎已找不到什么共同话题了，拼命地甚至不安地寻找着打破尴尬的废话。“我怀念大三的冬天，老下雪，老喝粥的那次。”我最后有气无力地说。这句话肯定是让他们感动了，他们都意味深长地看着远方。李说“这么早就怀念了”。

那一年冬天的生活一点都不充实，只是无聊的感觉竟是如此让人怀念。

随意的文化

董桥曾提到过一则有趣的故事。剑桥大学曾修缮一所新厕所，按照大学的学生传统，这所新厕所肯定将要受到那些年轻绅士的灵感污染的。所以聪明的学监索性把厕所的墙壁设计成黑板的样式，旁边放上粉笔，随时涂鸦，并随时可以擦去。这个学监简直就是大禹的传人，知道对于有些“洪水”只能采取疏导，而不是硬堵的方式。一般认为，厕所涂鸦缺乏艺术文化气质，主要源于地点与人物不恰当。剑桥是个极好的场所，光名字就已经堆满了书卷气，而涂鸦者又都是拜伦、牛顿的师弟们，再加上他们都年轻，这种组合实在让厕所徒壁生辉。

北大的厕所文化水平不高。这可能是由于北大的卫生环境糟糕，而文化都是被舒适滋养出来的。王小波把布鲁塞尔的公共厕所称作“文化的园地”，除了因为这是多种文化的交汇中心，更重要的是那里的收费标准是一美元。这肯定是一个极舒服的场所。一美元的心痛再加上舒适的无所事事，思想与文化肯定会蓬勃而出。北大的卫生场所秉承中国的一贯缺点，无法提供给使用者以从容感。环境的不佳，让这些豪情与才情都过剩的年轻家伙们没有心情孕育出崇高的情感与深刻的思想。一般来讲，宿舍楼内的卫生环境最差，也因此这里的图画与文字都流露出一种形而下的趋势。一看笔记，就知道实在是穷极无聊，才把平时不好意思说的话厚颜无耻地写了出来。这里的记录充分体现了青春期的抑郁症状和渴望肆无忌惮地急切心情。字迹潦草慌乱，欠磨炼。28楼最有文化意味的一则笔记有这样一句话："同学们应该牢记这两点：读圣经和保持大便通畅。"这句话让那个狭小的环境陡升入一个至高境界，我当时深为此公的绝妙想法而折服。后来读林语堂的《生活的艺术》才知道，这是一位美国大学校长的话。这位同学如果足够聪明的话，应该把《圣经》改为《论语》，似乎更有中国特色。

老图书馆的卫生间曾经让我感动，那里曾经上演了有关北大未来出路的讨论。浅绿色的门上被密密麻麻地书写了若干争辩意见，句句呕心沥血。先是一组有关北大与清华比较的讨论文字，明显分为正反两方。先是蓝黑钢笔书写的一段对于北大正在衰落的忧虑感，感慨清华正在成为中国第一高校的事实。接着，一组黑色圆珠笔对此观点进行驳斥，声言北大如何如何领先，当时的激愤之情，可以想见。一行文字摞着一行，当然到最后，争辩改为谩骂，北大方声言要把清华改为北大工学院，而反方则要北大人认清自己的位置。文字笔迹似有七八种之多，中英文夹杂。当然由于情况特殊，环境所限，争辩双方未能做到有礼有节，但是参赛队员对于北大的爱惜之情都是溢于言表的。新图书馆的卫生间修缮得明亮宽敞得多，同学似乎不再好意思往上写点什么了，这似乎也从侧面印证了北大学生越来越缺乏激情了。

当年，因为读了张中行先生的《红楼点滴》，才抱了非北大不上的决心。似乎那些看似琐碎的吃住行，才真正传神地反映出北大所特有的魅力。张中行没有写过红楼的厕所文化，民国时肯定缺乏这种条件。可惜，《北大往事》里的那些家伙也没有提及。国外的社会学者在研究校园文化时，厕所文化绝对是重要一章。而一位牛津的教授只研究牛津教堂彩色玻璃的变迁就可以出一本专著，这的确可以显现出牛津的傲然气派。当北大有一天可以把厕所文学弄成一本研究专著时，彼时的北大也一定进入了世界一流。

拖鞋

对于拖鞋的无比热爱是我迷恋校园的一个重要原因。在一年中的大部分时间，我的一双一点也不娇嫩的脚暴露在北京恶劣而肮脏的环境之中。余华在《活着》的序言里说，那个夏天，他把一条毛巾搭在腰上，当他走在乡间的小路上时，毛巾就会叭嗒叭嗒地打在他的屁股上。我对这段话喜欢不已，我想那个20岁的余华一定感受到这个简单的动作蕴涵的让人陶醉的自由精神。我没有让自己置身于田野之中，我不太喜欢那些农田里的肥料味道。我喜欢穿着拖鞋进入教室，踏入食堂，游弋在未名湖边。我喜欢那种厚底的拖鞋，它让我的脚跟很舒服，同时由于重量原因，它可以与地板发生更强烈的撞击声响。这种声响比起单薄的毛巾来，显得雄浑有力，余华肯定会自叹弗如。

于是，我常年累月地以这种姿态在校园内行走着，乐此不疲地倾听着这种声音。我的脚趾自由自在地舒展着自己。对于拖鞋的普遍钟情是大学内的一种情结。在夏日的中午，食堂刚刚开门的时候，在通往每一个食堂的路上，各种花色与尺寸的拖鞋混杂在一起，他们以各自不同的节奏发出不同质地的声响，不悦耳动听，但是却亲切得要命。置身其中，我总能够深切地感受到我属于这里。在敏感的人的心中，一丝气息、一种声音或者仅仅是一种味道，会把他的灵魂拽入另一个空间。而每当我在熙熙攘攘的街市上倍感疲倦时，一旦跨入校园最让我感到亲切的就是这拖鞋的声音。

对于这点，在各所大学校园内都有着我的同好。我清晰地记忆着，在一个夏天，我漫无目的地在广州街头游荡，炎热与喧闹让我疲倦不堪。很偶然，我撞入暨南大学的校园。这是一座一点也不美丽的学校，正在施工的工地给校园带来飞扬的尘土。但是，迎面走来两个拿着破烂饭盒的学生，肥大的T恤衫上面甚至沾染了油渍，两双色彩暗淡的拖鞋在水泥路面上有节奏地蹭着。这一刻让我激动无比，我就像一个久在旅途的流浪者猛然回到家乡。

细微的物品往往反映了时代的精神。那位文学批评家，翻阅了汗牛充栋的材料，最终证明“香烟”是现代文明的最主要标志，因为这个小小的可以燃烧的东西，反映了人类由古典向现代文明转变过程中出现的心理焦虑症状。因为烟草的最初来源是美洲，那位雄心勃勃的意大利骗子哥伦布告诉自以为是的欧洲人，乘着船一直向西走，那里还有更广阔的世界。世界原来如此广袤，欧洲人生出了一种迷惘之情，同时他们惊喜地发现随船带回来的可以嚼的苦涩的烟草可以暂时抑制迷惘的悲观。于是这短短不过10公分的香烟，蕴藏了近代文明史。

我无法考证拖鞋的历史，但我本能地意识到，拖鞋所蕴涵的气质与大学本身的精神有某种相通之处。拖鞋只适合两个场所——浴室与校园。浴室是人类可以最本质地暴露自己的场所，在这里你无需掩饰，赤条条地面对世界，它也让你感受到一种没有束缚的放松。那么大学校园呢？这里最需要的是精神上的无限自由，而这种精神上的自由当然带来了肉体上的放松。热爱自由的希腊学者的装束是肥大的长袍，而这种装束在最初的巴黎大学、牛津大学同样盛行。在这些古老大学的历史上，学生都曾经是一个无比放肆的团体。他们可以在精神上肆无忌惮地诋毁宗教传统，更会在私人作风上酗酒并狂热地迷恋女人。

这种混乱的方式当然无法被我们接受，但是我们至少明确一点，大学需要更广阔的自由空间。既然西装与皮鞋已经与严密的行政体制联系起来，那么拖鞋有理由与自由的空气联系起来。一个习惯穿着拖鞋，在安静的校园内行走的人，是无法不思考的，而且思考的会是那些缺乏功利色彩的稀奇古怪的问题。那位苏格拉底不就是在希腊的街头闲逛时思考哲学问题的吗？

愚蠢的人无法理解拖鞋对于大学的重要性，更不会欣赏那种动人的声响。学校里的“着装整齐”意味着什么，各种场所对于拖鞋的封杀意味着什么？大学不是一个普通的社会机构，这里的人也不需要为一个统一的目标而努力。一些教育者在感慨拖鞋学士的邋遢与不合规范。北大的一位学生穿着拖鞋就去应聘，满脸的散漫不经。这则故事成为每年的毕业分配会上的经典反面教材，校方强调毕业生应该如何包装自己。然而我却感谢这位可爱的师兄，他出色地继承了北大的藐视社会规范的自由传统。

如果有一天，我们看到偌大的校园同样是着装一丝不苟，看不到各种颜色的拖鞋在以各种不同节奏拍打地板，这才是一种悲哀。

小酒馆

我情愿死在小酒馆里，
那里美酒就在垂死者的嘴边，
然后天使歌队从天而降并且放歌：
“上帝赐福给这善良的酒鬼”……

这是12世纪的巴黎大学流传的诗句，它代表了那些新生的大学生如何无情地唾弃教会所倡导的生活规范。在这样的酒醉的歌唱之中，巴黎大学逐渐发展成欧洲的知识中心。每一所伟大的大学似乎都被小酒馆包围着，一位去剑桥访问的中国学者发现剑桥周围的小酒馆里总是挤满了不刮胡子的学生、不修边幅的学生，他们在那里热情地谈论着各种问题。尼采不是说伟大的希腊文明是日神精神与酒神精神共同塑造的吗？或许所有伟大的大学也必须含有强烈的酒神精神，那是一种激发我们的生命能量的精神，让我们全身心投入创造的精神，它与大学的功用有着如此紧密的联系，它肯定不仅仅是一个高晓松所说的“让兄弟们哭泣的地方”，它或许隐藏着更伟大的目的。校园外的小酒馆正是隐藏了大学风格与创造力的场所，至少局部如此。

北大南门外一条小巷挤满了廉价、低档却亲切无比的小酒馆。当我路过那条混乱肮脏的小路时，我无法不扭头看着那些熟悉的、丑陋的桌子，那熟悉的混乱的布局，还有似乎永远暖哄哄的气氛。这条街上的小酒馆的数量有了空前地跃升，然而气氛却同样空前地下坠。在那熟悉的空间里，空空荡荡。我想起了最初的“未名酒家”。

1996年，我大二那一年。28楼的广告牌上，我们看到了一张由难看的毛笔字写在廉洁的白纸上的广告，大意是说，一位刚毕业的北大校友开了一家叫未名的酒馆，上面8折优惠被大大地突出来。我想是那8折的优惠培养起来我们夜间喝酒的习惯的。从此每周总要有那么几天，一位同学会在熄灯后无心地说道：我们喝酒去吧。然后，这句不经意的话在漆黑的宿舍里被迅速捕捉到，几个声音会同时响应。然后，再敲敲邻居们的门，队伍中再加入几个。几双拖鞋开始在昏暗的楼道里，劈里啪啦地摩擦地面。此时，楼门已经锁上，我们要在一楼的水房里，依次翻窗而出。夜晚的空气如此动人，尤其是在校园里和这么一群熟悉的家伙一起大声说话，甚至呼喊。而此时，校园内也相当热闹，到处游荡着像我们这样的小规模队伍。夜晚的校园里，一群还没有度过躁动期的小伙子们散发出一股过剩男性荷尔蒙的气息，或许还掺杂着少许没有洗过的脚的味道，这种味道和那喧嚣的声音，把夜晚的校园搅动起来。此时的路灯的光线是那种暗红黄色的，我们被裹在这暗黄色中。我一直觉得，这是北大最美的时候。

我们如在赶赴一场约会般心情舒畅，或许还有尼采所说的酒神式的狂欢气息。未名酒家，我们来了。那些铺了一层手感很差的塑料布的桌子，那些有缺口的茶杯，还有劣质的茶叶，这一切让我们感到亲切无比。坐下来，照例是啤酒还有干煸扁豆。我不习惯喝酒，甚至一杯都让我痛苦不堪。但是，我是如此地热爱那种氛围，我们坐在那里，一杯杯黄色的液体顺着喉管向下流。然后，有的人脸开始红了，然后我们的话开始多起来。形而上与形而下的话题交替地出现，它们比那些菜肴有味道得多。最频繁的依旧是我们的理想，这是个似乎永远无法褪色的话题。尽管我们已经身不由己地滑入了这个消费时代，在很多时候，我们会装作对这个世界毫不在乎，或者干脆把自己弄成一副玩世不恭的模样。我们也会喜欢谈论那些后现代的东西，偶尔也会听听那些punk音乐。但是，我们都清楚，我们的内心世界依旧是留给那些也许已经过时的情感。未名酒家，也许是我在四年大学期间谈论人生意义的主要场所，在微醉之后，我们似乎才有足够的勇气撕去我们“伪颓废”的面纱，我们相互发现，原来对于世界对于未来，我们都抱有如此的热忱。

当然，关于那些姑娘的话题依旧是主旋律，那些校园里漂亮姑娘的名字一遍遍地被啤酒淹得花容失色，一次大醉之后，L说出了一直的心愿，他希望编一本北大女生年鉴，评选最漂亮的姑娘。可惜这个理想终于还是没有实现。酒总是可以激发出我们的想象力，印象深刻的是一次比吃辣椒。干煸扁豆中那些大量的红色辣椒，成了我们获得生命高峰体验的手段。W决定体验一次被辣到极致的感觉，他一颗颗地把那些干干红红的东西经过反复咀嚼地咽下去，他的话渐渐地少了，然后他的脸色越来越红。在经过十颗的洗礼之后，W说，他觉得自己已经飞起来。直到我们走出未名酒家，W依旧坚持自己是在飞。人的一生，能有几次可以感觉到自己的飞翔呢？我对他满是羡慕。一点钟过后，校园逐渐寂静下来。作为最后一批喝酒归来的人，我们享受着独自占有这寂静与空旷的快乐。此时，我们知道，对于这个校园，我们是多么热爱。

未名酒家与旁边的重庆酒家还有玛佳丽，这三家小酒馆构成了我们最初的夜生活，它们与三教、36楼，农园食堂还有图书馆一样成为95级男生们生活中的主要部分，它们记录了我们的成长、激情与荒唐。再次走入那条小巷时，酒馆的数量平添了一倍，它们全都冷冷清清的，“未名”已经显露出明显的衰落之气。当我们走进去的时候，老板说，你们很久没来了吧，他还记得我们，这真让我高兴。

现在的生意越来越冷清了，让生意冷清的当然不是竞争。早些时候，我们常常需要等待才能得到座位。现在的学生越来越不愿意出来了，他们不习惯半夜爬出楼，不习惯在夜晚呼吸校园的空气，也不习惯让自己喝醉。他们更注重的是明天是否可以按时起床去上课，这样喝酒是否在浪费时间和金钱，或者，他们干脆已经不习惯谈论理想。我无法抑制悲哀，我一直以为，95级已经沦为时代的牺牲品。89级以前的学生已经通过《北大往事》鲜明地刻入历史了，他们对于酒似乎都有一种无法压抑的迷恋之情，他们可以把夹克卖了去买醉，或者干脆醉卧在风雪之中，而那是北大历史上难得的活跃年代，充满了理想和激情。尼采有关酒神的论断是如此的正确，只有通过酒神迷醉的力量，人才能爆发出力量，所以80年代是一个创造的年代，也是一个可以在“小酒馆里哭泣”的年代。92级或许是另一个分水岭，这几级的学生还可以接触到那些没有毕业的80年代的同志，他们还可以感受到那些不灭的生命力，当然还有酒的魅力，夜晚的校园到处都有酒瓶撞击的声音。95级似乎是最后一个保持这种延续的群体了。而到96级以后，这些被考试制度完全驯化的孩子们，这些对于生活缺乏热情，这些无比功利的孩子们，他们已经自觉地放弃了青春的挥霍，他们目标明确，却缺乏趣味。他们当然不会浪费时间在夜晚寻找啤酒，他们“健康”而不颓废地成长。他们当然不知道尼采曾这样说道：“当酒神歌队的炽热生活在他们身边沸腾之时，他们的‘健康’会怎样地惨如尸色，恍如幽灵……”

燕园的记忆

我越来越不喜欢校园，她逐渐放弃了曾经固守的许多品质——特立独行、热情激昂，这些大学本来最尊贵的东西已经从校园的角落中撤退了，剩下的是世俗和麻木。我试着记述一些燕园内的那些可爱的东西，尽管其中有些已经永远地消失了。

永远的大讲堂

站在已经是一片瓦砾的大讲堂的遗址边上，我的两眼被灰土所模糊，我的心也随着起重机的一上一下而起伏，我知道这拆除的不仅仅是一座建筑，拆除的是所有北大人心中甜蜜的记忆和北大文化内涵。

我报到时就是在这个外表很破的建筑内，我在这里拿到了第一张北大的饭票，我还记得当时是一个阴雨的天气，上千人的队伍在大讲堂前蜿蜒着，每个面孔都是新鲜、喜悦、好奇的，他们等待着在大讲堂内登记成为一名真正的北大人。

然后，就是开学典礼，坐在最后一排的我置身于这个空间之内感到了一阵阵前所未有的亲和力，我总觉得这个建筑会与我的一生产生某种挥之不去的情结。

我在这里看了大学第一场电影，欣赏了第一场演出，第一次听到了北大著名的嘘声，也第一次学会了嘘别人，我在这里第一次有意地搂了姑娘的腰，我也第一次领悟了北大还残存的精神。我想还有太多的人和我具有相似的体验，大讲堂已经成为我们生命中不可缺少的一部分。

刚入学的时候最喜欢听师兄们讲关于北大的传说，而这其中大讲堂总是占据了绝对重要的位置。我听他们讲崔健来到北大演出的那一天，原本容纳两千人的大讲堂挤满了三千人，每个人都试图去跳去唱，但是空间只容许他们在那里乱喊和流泪。据说那一次的场面，让崔健永远感激北大，因为是北大第一个承认了他的音乐。金庸先生1994年在大讲堂做讲演时，据说那一天像是过节，整个北大沸腾一般，在大讲堂任何一个可以塞下人的地方都挤满了人，门外还有许多试图拥进来的人。大讲堂的嘘声是中国最著名的声音，这里把嘘声作为武器直接捍卫每一个北大人听的权利，在高高的讲台上，被嘘走过多少沽名钓誉之人。北大利用嘘声来表达他们的不满和抗争。小提琴家盛中国来做专场音乐会时，由于大讲堂又习惯被叫做大饭堂的缘故，在临演出前很诧异地说，邀请我的人在电话里说来大饭堂做演出，我的心一惊，北大架子太大了，我只能在饭堂里演奏，现在来了才知道，原来北大连饭堂都修得这么好。

其实关于类似的事情在大讲堂出现得很多，这些只是增添了大讲堂的传奇色彩，而大讲堂对于北大的学生有着更为亲切的意味。大讲堂是中国大学中最好的电影院，看电影也是北大学生最钟情的爱好。中文系的某位博士有句名言：与其好好读四年书，不如好好看四年电影，读书是读不出才气的。或许这句话深得人心，北大人对电影是万分的痴爱。每天两部的电影，从经典名片到卖座影片到前卫风格，两三块钱的票价总是充满了神奇的诱惑力。心情愉快时看电影以庆祝，心情沮丧时看电影足以遣怀。而且大讲堂永远是恋爱最好的掩体。装作很随意的样子和你暗恋的女孩坐在大讲堂的后几排，在巨大的屏幕下，一切都是充满了温馨和可隐藏性，况且四周又都是那么多或夸张或含蓄的相拥的男女，一片黑暗中，你似乎就可以很自然地握住她的手，然后当情节紧张刺激之时，又很自然地握紧她，如果电影足够长，你或许就可以搂住她的柔腰，当然如果电影太短，你大可邀请她下次再来。我不知大讲堂里那么多对的偶数是否都是这种由来。

当然，你一个人来看，也会找到足够的乐趣。每次电影开映前的场景都是极有趣味的。在昏暗的黄晕灯光下，大讲堂里是乱轰轰与热气腾腾的景象。拿着饭盒正在大口大口表现着其坚强的咀嚼肌肉的人有之，手捧TOFEL单词，很吃力地默记的人有之，和恋人在肆无忌惮地交换热情的人有之，东张西望地寻找漂亮女孩的人有之，大声吆喝、呼唤狐朋狗友的人有之。在大讲堂中，你就开始略有领悟北大的兼容并包。

换片之间，倘若在冬天，你就会看到、听到极有趣的现象。所有的人都会因为寒冷或者兴奋或者好玩或者其他什么原因，卖力地跺起双脚。皮鞋、胶鞋、运动鞋乃至拖鞋共同发出的与地板有节奏的接触的声音是极悦耳的，而且身处其中你就会有一种自然的冲动跺动双脚，然后大讲堂里就会有或会心或狂热或扭曲的笑声。在此情此景中，你就会从内心深处生出一很是奇怪且强烈的情感：北大真好。我怀疑那些对北大有着至情至爱的人并不是因为北大有多少名师或者有多大的影响力，而是因为生活中这么多琐碎却亲切的北大所独有的现象使他们在很多年后依旧充满依恋。

除了电影，校园演出也是大讲堂最常见的用途。校园内的通俗音乐演出水准当然是成问题的，但气氛实在是有趣。北大的十佳歌手是每年评比一次的，也是那次演出，是我第一次听到了嘘声。我不知是怎样从狭窄的门口拥挤进讲堂内的，只记得人很多，有票的和没票的人都试图通过查票员那一关，我还记得一旁有人喊：有没有共产党员，去和看门的人商量商量，把门全打开。所有的人都哄笑。大家就开始使劲地撞击门口，每个人似乎在这期间已经找到了比演出更有趣的事。最终人还是如潮水般冲破了一切阻碍。在人潮涌入大讲堂内的瞬间，我想这一定比西进运动更为壮观。演出开始时，我就开始听到了嘘声，开始是零星的，但当校领导开始他的祝贺词时，嘘声就变成一片海洋了，每个人都表现出莫大的反感。我在这第一次听到用两片嘴唇发出的如此奇妙而且壮观的声音时，竟有第一次听到崔健的音乐那种强烈的兴奋。我怀疑北大人其实并不喜欢嘘声，只是愿意沉浸其抒发个人意志与情感的放纵之中。

在一片嘘声和乱轰轰的吵闹声中，我看完了演出，其实从始至终，我根本就没有留心过歌手在唱什么，我只是用我的心随着人群的欢呼而叫喊，随着他们的站起而站起，随着他们的嘘声而嘘声，自始至终，我感到了一种强烈的参与意识与喧嚣感。在大讲堂中的感觉就如置身于强烈的摇滚乐演出场所里，你始终是躁动不安的，你始终可以感受到自己是年轻的，你始终可以感受到那种生命中原始的活力与冲动。我想北大的过去、现在和将来，都会有很多人抱着和我类似的看法，我也常觉得大讲堂内的躁动与嘘声也暗示着北大还是充满着生命、抗争和希望的。倘若有一天在大讲堂内看演出，却是四周一片僵死的寂静，该发出与不该发出的声音都消失了，我不敢想像北大此时已经是一个什么样子了。当然。大讲堂内也会有高水平的演出，比如盛中国的专场，那时的大讲堂内也是一片专注与倾心聆听的，穿着很破的夹克衫和运动服的年青人有着衣冠楚楚的音乐会上所具有的一切礼貌和修养，北大是在该安静的时候就能表现出安静。

大讲堂拆迁前夜，似乎是一场什么告别演出，海报是极煽情的标题“告别大讲堂”。我看到题目时，怅然若失，我在北大仅仅呆了一年，大讲堂却好像已经成为我心中的某种标志。我想我已经习惯了看到三角地最东边的海报上所贴的影讯了，我也习惯于每周在那个舒适的空间里并不舒适的椅子上看一部老片子，我甚至开始喜欢了那个精神上有些问题却总是热情地向你介绍最新电影的疯癫的老人……

遗憾的是那场演出我没机会看了，我在物理大楼边摆弄着天平边想那里会不会有人哭……

未名湖的诗人，静园的歌声

传说中未名湖是以淹死诗人著名的。在那些才情卓越的时代有很多才情卓越的诗人，他们喜欢在未名湖边散步，他们的眼光是迷离的，他们的举止是痴狂的，他们的心是敏感脆弱的，他们可以感受到常人无法感受到的美……那是一个白衣飘飘的年代，那时的未名湖是诗意的。但是这是一个饿死诗人的年代，北大里已经没有诗人了，北大里只有写诗的人。写诗的人往往是穿着干净得体甚至奢华的，他们一点也不诗意，他们甚至可以说是很现实乃至现世的，他们的油滑令我害怕，他们不懂得欣赏美丽和诗意，他们也不喜欢诗意的流浪，他们的精神安定懒散，他们只是喜欢卖弄文字，喜欢把自己包围在后现代与后殖民主义的话语圈内，固执地摒弃圈外人士。他们已经把诗歌变成了一种专业术语，有点像我看的物理公式，非专家是吃不消的。

所以我开始害怕诗歌，不自觉地排斥诗歌。我也坚信，这个滑稽喜剧的时代和周围死般的寂静是孕育不了诗人的。况且我向来认为诗人必然是充满流浪气质的，安定的人是成为不了诗人的。

我的楼上住着两位据说是诗人的中文系才子。我听说他们都喜欢喝酒，他们喜欢在傍晚时坐在窗台上迎着落山的夕阳，手里拿着啤酒与一块钱一袋的花生米，目光呆滞地望着远方。我觉得那样是挺有诗意的。我后来看见他抱着一箱子啤酒瓶子下楼，我问起他是否有这种经历，他笑笑说那是大一的时候了，他现在在写畅销书，以每天两万字的速度制造文字商品。我开始对诗人失望了。

再后来，我参加了一回未名湖诗会，那次是纪念戈麦的。在当时还没有拆掉的一间二教的教室里，我看到了前二十年加在一起都没那么多的怪人，很多人的面孔让我想起了金庸笔下的南海鳄神之流的人物。我觉得确实有一些诗歌的气氛。

先是一些诗人朗诵了一些戈麦的遗诗，他们的朗诵水平很低，有一位来自清华的女诗人，从她披头散发的样子看，是有几分诗人的味道。仪式快结束时，我前排的一位大汉站起来，声若洪钟地喊道："朋友们，我叫马哲，我为你们朗诵一首自己写的诗，好不好?"然后教室内就是一片笑声，因为马克思主义哲学（简称马哲）是我们的必修课。他的声音很大，他的热情很足，他的诗写得太差。他刚坐下，他身边的留着长发有着一张粗糙狠毒的脸的仁兄又站起来，他的目的是展示他的长篇散文诗《杀人者》，我一边听着他可怕的声音下更可怕的文字，马哲在一旁热情地解说那是他的代表作，具有多么前卫的意义。那首长诗读完后，他的热情又迫使他急切地展示他的另一首代表作，还好，他被请下台去了，我偷看他的另一首诗的名字是《强奸犯》……

那次诗会完全败坏了我对诗歌的兴趣，听师兄们讲每年的未名湖诗会都是一次群魔大乱舞。诗人已经没有了，那么歌手呢?

北大图书馆前的草坪曾经是一片歌声的。初夏的傍晚，夜悄悄地笼来，于是吉他声就会响起，于是歌声就会传来，于是我们就会陷入或伤感或激昂的心境之中。这时候，天是暗蓝色的，月是皎白的，浅绿的草在愉快地生长，年轻的心在一起歌唱……

这是高晓松利用他的才情与经历营造的那个校园时代。但走在今天的校园里，他的音乐常给我恍如隔世的感觉，他离我是那么遥远，他属于过去的死去的时代，那是一个白衣飘飘的时代。北大的图书馆前的草坪已经被瓦砾与灰尘覆盖了，歌者都移师静园了，其实歌者大多消失了。低吟浅唱的人都不见了，剩下的是利用草坪背单词的人了。草坪上没有了音乐，于是也失去了生气，甚至连那里的草也都已经枯败了。

偶尔，你也会在早已寂静的校园里听到歌声，那是一种久违的声音，那是深夜的静园里，我听到了有人在唱崔健，他的歌声和琴弦声在潮乎乎的死寂的空气里激荡、飘扬着。我的心瞬间就被感动了，我的喉咙里就有冲涌而出的声音："我就去你妈的，我就去你妈的。"后来我们成了朋友。

他让我知道了北大的音乐的存在，他现在组合了一个摇滚乐队，取名重水，重水确是一个很摇很滚的名字。在张信哲流行的年代，摇滚是滑稽的。没有批判力与抗争性，就不会有摇滚。他激动地对我说，他们在忙着排练与学习，他们想通过自己的努力使更多的人认识摇滚，他一直觉得摇滚是年轻人的音乐，摇滚才能表现出青年的活力……

我去他的房间里找他，他的宿舍乱得让你无法想像，但是我却感到了强烈的亲切感。拥挤的床铺上磁带与CD和吉他占据了绝大部分空间，随意堆放的书籍、袜子与内裤让人无处可坐，这一切都让我产生莫名的好感。我讨厌那些房间收拾得有如闺房的男生宿舍，我喜欢杂乱无章的张扬的个性。在狭小的房间里，有一对巨大的音箱，他的室友向我抱怨道那音箱发出的噪音是骇人的。

他们的活动地点是那些北大附近的小酒吧，因为在校内他们会被视为扰乱秩序。在雾气腾腾，喧嚣躁动的空间里他们放声歌唱，他们肆无忌惮地讨论着他们喜欢的音乐……他们表现自己的青春与活力，热情与不安……偶尔，我们也会一起到静园唱歌，一切我们所喜欢的音乐，从崔健到何勇到BEATLES，一首接一首。音乐声中我们大笑，我们咆哮，建筑工地上的灯火微弱地射过来，天是一片死式的黑暗，周围是骇人的寂静，我们的心是前所未有的活跃与跳动。在歌声过后，我们偶尔也会发现自己的眼角是湿润的泪水……

他们的第一场演出终于到来了，在海淀工人文化宫，效果怎样我不知道，但是我想那必定是极为有趣和震撼的，因为只要他们依旧有着那喧嚣的个性，只要依旧相信因为年轻，就要表现自己的力量，那这就足够了……

失落的三角地

这里曾经是北大的某种象征，那几片斑驳破旧的铁板记满了历史的激情与无情。我喜欢听老北大人讲三角地的故事。那么一小块呈三角形的地方竟像未名湖一样对于所有北大人有着巨大的磁场引力。北大青年的青春、激情、理想、骄傲、浪漫都在这块地方或者说是那几块铁板上得到了充分的发挥。毛泽东的那句话“指点江山，激扬文字”是对三角地最常见的形容，甚至从海内到海外，都把三角地作为中国形式发展的某种晴雨表，北大人的社会参与与责任意识在这里得到了淋漓尽致的展现。据说那里经常会有关于某个问题的争论，一张又一张的笔记写满了年轻人的锐气与激昂，他们关心着一切与他们相近与不相近的事件，他们制造着一切可以制造的浪漫……

这属于过去、昨天的三角地。历史的无情在这里又得到了完美的体现，仅仅几年后的今天，我们和那个激情的三角地已经产生了一条从无形到有形的鸿沟，这条鸿沟吞没了一切锐气与责任，一切浪漫与理想。今天的三角地充斥的是庸俗的商业气息，可怖的考试广告，生硬的讲座消息，甚至没有一条有趣的广告。

每当走过那条并不长的公告排时，我的心甚至没有一点期盼的喜悦，因为从前那惟一可以让我欣慰的电影广告也随着大讲堂的陷落而消失了。这里有的只有消息，一条又一条的消息，它铺天盖地地告诉你该怎么去赚到一万元，告诉你新东方的课程安排，告诉你霸必龙的最新菜单，告诉你哪个系的学生会又成立了，新的学生会主席和他幕僚又是哪些家伙，甚至还有似乎是叫东方学系的某学生会倡议文明修身的倡议书，下面列举了幼儿园孩子们的规范，荒唐得可笑……消息，消息，三角地像《精品购物指南》或者《购物导报》的广告版，花花绿绿，包罗万象，却没有一点思想的价值。

北大似乎已经没有了思想，北大人也不需要思想了。但即使是这样，我们的广告版三角地也时常处于紧张状况。这是一幅常见的画面：

人物：

一个满脸书生气的学生，

两个满脸剽悍之气的穿着蓝色制服打扮的人。

对话：

制服：哎，你干吗呢，乱贴什么呢？

学生：卖呼机的广告。

制服：你是北大的学生吗？

学生：是啊

制服：有证吗？

……

那两个穿着制服的人在三角地前反复徘徊着，他们的制服在阳光下笔挺而刺眼。

当然，我也曾经看到一些令我高兴的东西。那是一个青年教师写的一篇激动人心的《北大，魂兮归来》的文章，不知被哪个有良知的人张贴到了三角地，那么长的文章和那么小的字体却引来了那么多人的眼睛，那种景象我后来再也没有见过，我想已经很久没有人在三角地为一个问题而思考了，三角地也很久没有这种思想了吧。

昙花一现的美丽往往是惊人的，我现在还在怀念。最近的三角地流行的是关于规范海报张贴标准的给校长的公开信，那个据说是环境保护的协会认为北大的广告张贴太乱，建议统一管理。我开始为北大叹气，竟有人建议自我阉割，他的勇气令我叹服：北大现在最需要的不是规范，而是开放的环境去发展。一所大学的学生自由发展是大学成功的关键所在，只有当思想自由地发展撞击之时才能碰撞出智慧的火花。

图 书 馆

我不知道有多少北大人是因为这座四层楼里那些一架又一架落满岁月与历史灰尘的黑色的书籍来到北大的。那么多留着黑色头发的充满年轻的脸孔在据说有450万册之巨的图书中逡巡，寻找他们渴望的知识、奇遇、兴奋、浪漫、未来和欢乐……在这里他们试图回望昨天，描述今天，憧憬明天……而这些书籍又养育了一代又一代中国知识界的中坚力量。

北大图书馆还是这座校园的“自由精神”的典型象征。真正的知识不是由教授讲解出来的，而是自己摸索寻找出来的，北大的教授鼓励学生去那些书堆里乱闯乱看，因为这样“或许能够撞出一些门道来”。因此，那些讨厌课堂里冰冷的板凳的人在这里寻到了绝好的归宿。多少的北大学子满怀深情地回味过图书馆给他带来的欢乐和帮助，从《北大往事》里那些对于图书馆充满了浪漫主义色彩的文字里我们看到了真正的北大的自由精神。

图书馆越来越大了，李嘉诚的一千万美元的捐助使她成为亚洲第一大学图书馆，藏书超过七百万册。来图书馆学习的人越来越多了，占座成为图书馆里又一大景观。

每天清晨，在门还没有开之前，那些好学的北大学子就匆匆忙忙地集结在图书馆前，那些洗过的和没洗过的不同的脸孔交错在一起，相同的是脸上急切和没有睡醒的表情，他们的手里拿的是书、饭盒或者是半个啃得惨不忍睹的面包。这时候负责开门的门卫的表情是如此的镇定和冷酷，他们麻木而有些嘲讽地看着这些年轻的面孔。开门的时间终于到了，当门被拉开的时候，那些平日看起来斯斯文文的学子们在学习欲望的驱动下就暴露出他们的内在的原始冲动力。他们拥挤着、奔跑着向前，攒动的人头伴随着拥挤的呼喊向图书馆内的自习室涌去。

我想那种场面一定比西进运动更壮观，除了马车，他们具备了一切的激情与力量。那些先到达室内的人就用他的书包或者饭盒，或者什么随身的东西占据一个座位，像标竿一样宣称此处是我的领地。随后他们就将在这块领地内开始他们一天的学习。图书馆里有厕所，有饮料机，夏天有电扇，出门不远是学四食堂，周围有陌生的漂亮男生和女生，这里具备了一切生活和精神的必需品。他们经常是一坐就是一整天，在这里读书睡觉谈恋爱，而事实上，图书馆里发生的恋情比哪里都频繁，那些不断传来传去的纸条上写满了青春的躁动和热情……这种场面在图书馆里每天周而复始地上演着，它构成了图书馆另一个有趣的图像。

图书馆终于可以上网了，这座古老得甚至带有一点陈旧的图书馆和世界连接到一起了。在这里你可以查询到世界科技最尖端的信息，你可以随时找到《科学》杂志上的最新文章，也可以轻而易举地得到关于美国和加拿大的留学消息……充满了初生的生命力的因特网为图书馆带来了一点新鲜的冲击。

外文、港台期刊阅览室，理科、文科期刊阅览室，文学借阅室，这些都让北大学子兴奋不已、流连忘返。这里构成了一个独立的精神世界，我们可以让自己沉浸于历史与世隔绝，也可以让自己联结世界沟通未来，我们的精神在这里得到了前所未有的丰富，在这里我们试图为自己寻到一处精神的归宿。

录像厅的原版电影，这是图书馆里最吸引人的去处。404的录像厅里总是坐满了人，那些来自异国的文化情调让我们痴迷。好莱坞的经典场面、法国的新浪潮，还有那些和我们长得不一样的俊男靓女们，他们是多么有趣。我记得，我在这里看到了一生中最震撼的电影《死亡诗社》，电影中对于教育制度的有力抨击让所有的人都震惊了，我的血管里始终有奔腾不息的激动。那么多人都笼罩在这种激动人心的场面里，我们的心灵深处在不断接受着这种撞击……这里单间录像可以寻找自己偏爱的电影，每个单间有两个座位，似乎专为那些情侣和即将成为情侣或者幻想变成情侣的人而设置。北大人对于约会的场所似乎缺乏足够的了解，所以我不断地看到男孩子们邀请异性去看单间录像，而且以一种很堂皇的理由“练习英语听力”。据说在那个狭小的空间里，两个人是很容易产生亲近感的。

柿子林

在物理意义上它永远地在北大消失了，现在它的上面是尘土飞扬和机器的轰鸣声。但是，我们无法抹去它在北大历史上的痕迹。

它是过去的大讲堂前面的一片空地，上面间隔地栽上了柿子树，因此叫出了这么一个俗不可耐的名字，它一点也没有体现出北大人的睿智，可是这里确实是一个非常有趣的地方。

它是北大最风云的地带三角地旁的惟一一块空地，因此它是北大的中心活动场所。历史上的柿子林是以书市和集会出名的。

买书是北大人日常生活中的重要组成部分，买便宜书是所有北大人的心声。柿子林里就会有没完没了的降价书市，没完没了地掏走我们本来就单薄的钱包里寥寥可数的一点点钞票。可是，偏偏我们对于它是如此乐此不疲。

记忆中的柿子林的书市是简单而热闹的。那些书店随随便便地用几条包装绳拉在柿子树间，就拦成了一块自己的空间，然后把那些书就随便摆在地上。那时候逛书市是极有意思的，从一条绳子下穿过，随意地捡起一本书，爱不释手，再拿起一本，怎忍舍弃，于是挑来拣去，这些书都那么对我的胃口，而且都那么便宜，于是一便宜就便宜出半个月的饭票。这是那时候柿子林常见的场景：衣着朴素的年轻面孔上架着一副眼镜，他的手里是那么厚厚的一摞书，脸上洋溢着那个时代特有的向上的精神。据说在尼采热的时候，柿子林有过一天卖出两千本的尼采文集的记录……那时候的柿子林一定满是疯子，那些可爱的疯子。

柿子林也常有卖书的学生，那些旧书被良性循环至下一个年级。还有那些自制的刊物和书籍，80年代轰动一时的未名湖丛书就是从柿子林中的一辆破旧的三轮车流传开来的。在那个热闹的时代，那些散发着油墨香气的学生刊物满载着青年人的青春激情和理想，它们是北大最激动人心的活力。我甚至可以想像出那些坐在三轮车上或者席地而坐的年轻学子们高声叫卖的情景，那肯定是装出的老练里带着羞涩的。

偶尔，柿子林还会有跳蚤市场。那些在生活中被淘汰的东西被废物利用。高年级的女生边擦着眼镜边把那些不再流行的裙子转让给满脸稚气的新生们。网球拍、剃须刀、牛仔裤、运动鞋、录音机，甚至洗面奶在这里都可以找到广阔的市场……关于资本的流动性，北大人有相当的了解。

在某一年，这里甚至举办了LEE-COOPER的专卖活动。那间不大的棚子外挤满了人群，那蜿蜿蜒蜒的队伍甚至延伸到三角地的北大书屋。以摒弃商业著称的北大怀着极大的兴趣接受了这次纯商业的操作，因为一百元一件的世界名牌实在具有不可抵制的诱惑力。这个时代是无须拒绝商业化的，尽管有人认为那是柿子林和北大的最大的屈辱。可是，毕竟柿子是不能生长于真空之中的……

从前的柿子林还是一个集会的场所，这个黄金地带吸引了很多年轻的演讲家们在这里动情地表达他们丰富的情感，那时候还有很多人愿意聆听，很多人愿意坐在地上看着那些热血青年慷慨激昂，然后会有掌声，嘘声和谩骂声，充满了躁动……而且有很多次著名的活动是源于此地，或者从这里出发的……

大讲堂没有拆的时候，傍晚的柿子林里是一片又一片的自行车，大家进去看演出或者电影了。有几次自习归来看到那一排排自行车在黄晕的灯光下零乱的样子，我竟有一种说不清的感受。等到电影散场的时候，拥挤而出的学子挤满了柿子林，他们激动的谈论和口哨声，还有自行车的铃声让这块地方充满了动感的生命力。那时候天空还没有污染成现在这个样子，月光还算皎洁，那一棵棵的树在夜晚竟是如此美丽。我慢慢地看着他们离去，看着柿子林由喧嚣转向寂寞，这整个过程让我的心一直浸泡在类似月光的柔和之中。

秋天的柿子林里熟透掉落的烂柿子，散发出成熟的香气和腐烂的怪味，这也是我一直怀念的味道，这两种奇妙地混合到一起的特别的味道给我一种亲切的感觉。现在这些香气只能永久地存在于我的记忆里了，在我偶尔打开记忆的时候，它的香气就又让我沉醉。

塞万提斯像

这位瘦瘦的欧洲人，身着中世纪的有着类似今天少女裙摆的服装，挎着一把不长的剑步履艰难地来到北大。他的神态依旧坚强，他的目光依旧望着远方，但是他的铜身已经布满灰尘，他的长剑已经折断，他的全身散发出一种与北大那么相投的气味，这种味道带有明显的不合时宜地发霉的感觉。

这是西班牙的马德里市送给北大的礼物：塞万提斯铜像。我不知道为什么他们选择了这个一生受了无数坎坷，历经磨难之后终成大器的人作为礼物。在勺园边的草坪上的偏僻角落里，这座铜像孤零零地矗立在那里，满脸的惆怅和没有依靠，浑身充满孤独和失落……夏天来临的时候，草坪上坐满了青春的人，他们歌唱与大笑，可是他们的欢乐和音乐声似乎也没有感染他，他依旧是那么的冷酷，依旧是那么落寞，依旧保持那样的姿势，衣服上面落满岁月的灰尘。

透过这座寂寞的铜像，我总是能够看到那个骑着匹劣马，手舞长矛，满脸雄心壮志的堂·吉诃德先生兴冲冲地奔向风车的样子，然后就是惨痛的失败。可是面对伤痛，他却根本没有任何畏缩的痕迹，在短暂的痛苦过后，他依旧是那么兴高采烈，依旧充满自信地向那些风车冲杀。这个失落的骑士，这个不可救药的理想主义者，这个伟大的不合时宜的人，总是让我联想到这座著名的校园。一个世纪以来，这座人类历史上罕见的校园用她的勇气，用她的理想一次次地试图向那些破败的风车冲过去，一次次地遍体鳞伤，可是，她却从来没有畏惧过，也从来没有顾影自怜过，她只是在一次次地行动，一次次地冲杀，然后又一次次地受伤……她的理想在这个具有坚固传统的民族里一次次地碰壁，一次次地被那些庸俗的人嘲笑，可是她却从来没有学会放弃。或许这一次次不停的行动，和在骨子里奔涌不息的理想主义的血液才是北大给予中国最宝贵的财富。

世界上最有力量的人是最孤独的人，这是易卜生的不朽名言。这句话在北大曾经是如此地风行。这座铜像在那里孤独地站立着，北大也在那里孤独地站立着，他们不需要别人的理解，也不在乎别人的目光，他就是坚定地按照自己的方式在观察、评判这个世界，然后勇敢地用自己的努力去纠正这个世界的偏差。世界上最伟大的戏剧往往都是悲剧，所以堂·吉诃德可以不朽，所以北大精神可以不朽。当岁月洗去那些随波逐流的庸俗，这些人类最精纯的品质就会发出她本来的光辉来的。

有几次在夜晚路过这座铜像时，我的心里竟生出几许寒意。在远远的昏暗的路灯射过的一点点光伴着朦胧的月光照在他的脸上，映出了一股凄凉悲壮的味道。塞万提斯像不远处是三·一八惨案的纪念碑，这又是一次堂·吉诃德式努力的明证，那些当年和我们一样年轻的人就迎着那些刺刀和枪口无畏地冲杀，有力却无用地呐喊。在夜晚，这里明显透出一股诡秘和阴森之感。这种感觉隐隐地撞击我的心，让我产生了莫名的敬畏……

可惜堂·吉诃德式的精神似乎离我们这个时代越来越遥远了，更多充满了稚气的大一新生不理解地看着这座铜像，甚至有很多人在这里读了几年书，却不知道这座铜像是谁，他们每天漠然地从这里经过。北大人也越来越忽视这种浓重的理想主义色彩，他们恐惧不合时宜，他们急于让自己和这个社会接轨，而不是改变这个社会。“风车似乎实在过于强大了，所以我们还是放弃努力吧……”这是我听到的最令人心痛的话，有些记忆真的可以忘却吗？

于是，我常常觉得，那个欧洲人的铜像不应该放在那么偏僻的位置，他应该立于北大的中心位置，他是北大真正的同志和知音，我希望所有的北大人都能够理解这一点。我还希望那座铜像永远矗立着，但我不希望修复那柄断剑，因为断剑有时候更具有力量，那是我们曾经战斗过的标志和不可磨灭的伟大精神的痕迹。

那些灰色的楼群

很难有人一开始就喜欢北大的那些灰暗色调的宿舍楼群。北京的过度污染的天空已经灰暗了，尤其在那些没有阳光的冬日，那么灰的天空下更加灰色的楼群，那是一幅有些压抑的图像。在上课的时间里，冷清的空气和那些冷清的楼群让我的心也蒙上了灰蒙蒙的感觉。

可是，在大学里第一个寒假归来的时候，我竟发现自己对这些灰色的楼群产生了莫大的亲切感，那灰色竟成了我最喜爱的颜色。而且那些灰色也渐渐地摒弃了最初的压抑感，在那些充满了欢乐、梦想、争论、吵闹、躁动、激情的青春的感染下，它也逐渐欢笑起来。

我喜欢在阴暗的楼道里穿行，这里你可以倾听到这世界最具活力的声音。那些宿舍里嘈杂的响声让你的心也快乐起来，汉语、英语、普通话、家乡话在楼里肆无忌惮地交织在一起，互相攻击谩骂着。熄灯后的楼群更是充满了乐趣，那些白天没有来得及发泄的过剩精力就在夜晚的卧谈会上不可阻挡地爆发出来。家事国事天下事，我们都来关心一下；本科生、研究生，那些漂亮的女孩子我们都来回忆一下……我们可以谈论哲学，也可以探讨色情，那些功课上不需要的智慧我们就用来编制那些充满了喜剧与黄色的故事，百分之百的政治暴力加色情。去楼下的绿洲商亭买几瓶啤酒还有那种最便宜的花生米，我们来青梅煮酒，英雄就不要论了，我们不都是英雄吗？讲一讲你的初恋吧，趁着酒劲胡说八道一下吧，你的未来呢，出国还是挣钱？别喊了，大家都睡了，我们也睡吧，今天真的很痛快，明天继续喝……年轻的心就是这么充满生机，就是这么肆无忌惮，就是这么为所欲为……

那些楼群虽然具有相同的灰色，但是它们却被不同的性别的人居住着，然后在这些楼群之间就会上演无休无止的人类最古老也最永恒的戏剧。还记得大一时候的联谊吗，那是个多么可爱和勇敢的年纪，整天做出一副强说愁的年纪，不安的心总是兴奋的，逢人就说，我真的很寂寞。于是，一个宿舍不安的男孩凑到一起，要寻找一个同样寂寞却美丽的女生宿舍共同消除寂寞。鼓起勇气，憋红着脸，像刚刚恋爱的男孩一样羞涩地拿着一张海报跑到女生楼下："其实我也很寂寞，真想找你聊聊。"然后就整天忐忑不安地在宿舍等待那些白衣飘飘的漂亮女生来自投罗网。结果，除了每天战战兢兢却最终失落地等待外，他们还会被整个楼的女生嘲笑。

傍晚的时候，那些灰色的女生楼就会被涂抹上一层玫瑰的颜色。那些痴情和不争气的男生就端着饭盆帮助他们的公主打饭打水，一脸受虐狂似的衷心地等待他的公主的笑容。那些撕心裂肺的呼喊，情意绵绵的拥抱，如火如荼的亲吻，毕恭毕敬的嘴脸让整个女生楼布满了爱的味道。你走得近了，香风就会扑面而来，让你迷醉。一位女生家长来看他的"乖乖的"宝贝女儿时，看到如此多的男生在这里痴狂，不禁眉头直皱，"好一群狂蜂浪蝶"。那些外表冷酷的楼长大妈们就这样一天天冷漠地看着这幕戏的上演，也逐渐养成了凶狠地对待男生的习惯。

有时候这些楼也会成为课堂上的笑料。那次音乐欣赏课上，教授正讲到9岁的莫扎特就游历了欧洲很多国家时，就听到讲台下一声长叹："我都20了，还没有去过36楼呢！"其声调悲壮凄婉，凉彻肺腑。36楼是95级女生驻地。

据师兄说，从前的学生毕业时，满楼道的女孩子们都在打毛衣，一件又一件，至于打给谁，她们自己都说不清。而且那时候满楼里都是哭声，往往是一个人哭起来，所有的人就跟着落泪，要毕业了，要离开这些楼群了，要离开这里发生的浪漫传说了。更惊人的是，那时候的男生也照哭不误，32楼是整个中文系的驻地，毕业生们整整哭了一周，那些平时看起来大大咧咧，什么也不在乎的北大男生这时候心都软得一塌糊涂……临走前夜，男女生们同在女生楼前对歌，一首又一首的情歌不知唱给谁听……秋天到来的时候，北大是满园的黄色的银杏树叶。那时候，满地满天的金黄色搭配着灰色的楼群是如此的美丽，宛如童话里的世界。那幅景象永远地印在了我的心深处。

告别纯真的诗会

这所大学曾经以追求真理而闻名，远离世俗和喧嚣，曾经是高傲的北大人的重要标志。但是在这个媒体越来越试图渗入大众生活的每一个角落，而且我们的思维越来越依靠媒体的时代，她终究无法逃离被卷入其中的命运。而且由于她自身所曾经彰显出来的独特气质也注定了她的巨大社会新闻价值，因此她轻易地就放弃了自己的准则，更加轻易地成为传媒中的焦点。北大的学生社团已经快习惯利用北大这块已经百岁的牌子为自己带来名誉利益甚至未来了。随便一个什么样的活动，那些精明的学生干部们就会找来长长的一份单子，上面写满了各家新闻单位的电话和地址，然后买上足够的硬币，你就一家家的打吧，亮出北大的招牌，声明可以促进哪种文化事业，在北大你总是可以和文化产生联系的。总会有人感兴趣的，毕竟是北大啊。于是那些背着照相机和摄像机的记者们来了，你对着他们侃侃而谈，一副北大青年才俊的感觉。于是，活动会很成功，因为它上报纸了，它上电视了，于是，你拉的那些赞助就都可以兑现了，于是……

这是北大最常见的活动方式，那些张贴出的海报上都会注明有哪些媒体机构会出席，这似乎也成为活动成功与否的关键问题了。而北大的学生们也已经快习惯被包围在媒体之中了，甚至对此有些迷恋了。

三角地常有关于招聘的广告，其中电视机构的招聘最具诱惑力，那长长的队伍里满是那些长得漂亮又自视才气的男女。这是一个充满了诱惑的机会，北大人似乎更倾向于在焦点下生活。这些似乎都无可厚非，在开放的时代、信息的时代和把人格都可以推销的时代里，你没有理由或者也不能够成为自我封闭者。但是，这里毕竟是大学，这里是一个应该拒绝盲从的地方，这里是一个表现独特的地方，这里应该是可以让你静静思考的地方。尤其是那些气质上与大众性、流行性相去甚远的文化艺术，当它们被人为地和传媒结合在一起的时候常会有一种惊人的滑稽。

未名湖诗会是以它的先锋性闻名的。在崇尚诗歌的80年代，它在北大内具有巨大的影响。进入90年代，诗歌迅速成为一种尴尬的文学题材，而未名湖诗会也逐渐成为一种圈子内的人士的聚会。在那些破旧的教室内，诗人们朗诵着他们的诗，顽强地表现着他们的生命力。

这是北大百年校庆之际的诗会，在各大媒体纷纷爆炒北大之时，它也有了特别的新闻价值。诗会由往年的二教改到了正大国际会议中心的多功能厅，这是北大最豪华的场所。三角地特地贴出了大幅的广告，上面写了出席诗会的十几家著名的新闻机构的名字，充满了煽动性。而且这种本来应该是自发的活动竟然演变成了像演出一样的凭票入场。于是这场诗会终于获得了轰动性的成功。那些没有票的低年级的小男生小女生在门口拥挤着，期待着，他们焦急的神情像在等待刘德华的演出。

在室内辉煌的灯光下，闪光灯不断闪着，在人群中拥挤的是摄像机的镜头。那些根本不知诗歌为何物的记者们不断地提出要见一见组织者的要求，他们要寻找新闻。由于太热，空气飘浮着强烈的躁动，加上设施的豪华，浮华的味道充满了各个空间。

诗会里始终缺少一种参与感，台下虔诚的观众像观看《泰坦尼克号》一样专注地望着台上的诗人们。他们也没有被感动，因为那只是一种表演。整个过程我记得最清楚的一句话是："海子的诗歌不适合在这里念的。”为了纪念这位诗人的诗会却距离这位诗人的气质是如此遥远。

那些朗诵的人也似乎由于要面对镜头因而会面对整个电视观众群的缘故也为自己蒙上了演员的色彩，我突然发现这些诗人其实都具有表演天赋。从前的未名湖诗会总会有些异端出现的，所以它往往应该具有某种先锋特质。那是种真正探索性的东西，因为谁也不在乎什么。面对镜头了，中国人的表演欲自然就产生了，诗人们还会产生什么异端吗，他们还怎样进行探索？那些远道而来的诗人们随便拿着他们的旧作就念上了。那些赢得满堂喝彩的诗作是那些中国人最擅长的文字游戏。用诗歌带来笑声，不断的和洪亮的笑声，都快成为那些朗诵者的追求了。我觉得他们当个诗人太亏了，他们本来是该成为喜剧演员的。

站在人群中，我突然有一种恐惧，大众传媒真的改变了我们的生活方式吗？在它的笼罩下，我们还会有深刻和个性吗？为了台下的观众，为了那些读者的阅读快感，这些本来应该棱角分明甚至不为人理解的东西竟一下子转向成一种雅俗共赏的游戏了。在那些包围我们的报纸和电视之中，我们是不是还可以保持思想上的特立独行呢，难道一切都要向媚俗过渡？在北大走到一百个年头之时，她的传统真的出现了一种巨大的变化吗？要知道北大在历史中从来都是充当一个不合时宜的逆流者出现的，她总是爆发出与众不同的声音，她的行为总是具有某种先锋的实验性……可是，今天呢？

类似未名湖诗会的文化现象在百年之际的北大不断上演着，所有的文化节都不遗余力地在吸引媒体的注意，我在校园里不断看着镜头的晃动。所有的文化，不管你热门还是冷僻都被镜头演变成流行文化和大众文化。大众文化是拒绝思想的，他们需要的是不断的消息和文化快餐，然后迅速地转化成垃圾。这是现代社会的一大弊病。

一个社会必须需要一个群体的独立思考，他们摒弃外界的干扰，用人类最原始也最理想的思维方式思考，把我们向一个健康的方式牵引，所以他们必须具备一种冷静和寂寞的思维环境，北大曾经是这样一个场所。但是，我们的今天和明天呢？

结束语

北大里可说的东西真是越来越少，想了很久也只是这么几句话，而且乱七八糟地堆到了一起，其中大部分是批评性的，没有好玩只有忧虑，北大快变成没有故事的北大了。我的学兄总是说我有某种北大情结，因为我总是希望北大是个充满传奇的地方，让她的传说感染每一个人，而事实上，北大越来越像一个平庸世俗的好大学，而平庸世俗的好大学是不需要传奇的，比如清华。

做个名士

大二的时候特别痴迷魏晋风度，总觉得像阮籍一样翻个青光眼，像刘伶那样整天带着锄头，到处乱喝酒，嚷嚷着死哪儿埋哪，再或者像谢安一样明明紧张得不行还装作很镇静的样子，一个劲下棋聊天，是很带劲的举动。我老觉得他们那样活着特别过瘾。大二的时候还是个希望与众不同的年纪，我老想把自己弄得和周围庸俗的环境格格不入。况且，在校园一堆平凡的面孔里，猛然冒出一个名士肯定特招女孩喜欢。

我就开始打算，该怎么成为名士。我连白眼都不会翻，更何况青光眼，一喝酒就上脸，而且是个性子挺急的人，就赶紧从《世说新语》里找那些名士们还有什么特长。书上说，名士们都善于谈玄，就是胡说八道，而且要透着自己有品位有创造性，像刘伶说的“你干吗跑我裤裆里”就是经典之作。于是，我每天催着室友早早熄灯上床，灯一灭我就开始和他们切磋聊天经验，我们做各种文字游戏，力求把普通几个字组合出惊天地泣鬼神的效果。几周下来，我一张嘴就是稀奇古怪的话，他们都说我特像个诗人。我讨厌诗人，因为在这个年代诗人等价于骗子。我只好换一种方式，我练习吟啸，不会吟啸不算是真名士。吟啸好像是发出的一种强烈的鼻音，我就把聊天的时间改作了这种鼻音的练习，整晚整晚像牛一样地叫，开始大家都以为我是为了练习美式英语的发音，也姑且容忍。但是时间长了，谁也受不了宿舍里成天拴着头牛，于是我的吟啸生涯就在一伙俗人的干涉下告一段落了。

最后我终于找到了一种既不影响别人又可以做名士的方法，就是每天做出一副清高的样子，鼻孔向天上翘，眼睛向下扫视别人，走路不紧不慢，目中无人。我的个子本来就很高，以这样的驾式在人群中一戳果然很是惹眼。但多数是一种诧异和不解的眼神：他干吗这么走路。我，名士嘛，何必管他人的不解。几天后，我的一个哥们告诉我，那天在学五食堂老远看到我，竟有王谢之风。我心中顿时大乐，王谢可是魏晋名士中最有名的两个家族啊。而且他补充说，我往那一戳，他就感到我周围的人是那么庸庸碌碌，我一听这话，赶紧拉着他的手，大叫“知音难觅，知音难觅”。

之后，我就更加信心十足地翘着鼻孔走了一个月，直到一天一个朋友告诉我本来一个漂亮女孩对我产生了兴趣，在路上想和我套磁，可一看我的样子就打消了念头。悔恨是最让人痛苦的，痛定思痛，之后，我就恢复正常走路了，尽管还不太习惯。

最近看到魏晋人写的文章和诗歌，顿觉才气四溢，我才明白名士风度后是过人的才华，因为深厚的底蕴，他们表面的毛病才可能成为风度。我一下子就自惭形秽了，我开始泡图书馆了，我想当我可以写出和他们一样的好文章之后，也自然就有了风度。最近《新周刊》上说，北大是个培养魏晋风度和屠龙之技的地方。我想这风度还应该在有了屠龙的本事之后再说吧。

嘘声

这种曾经让我迷醉的声音在北大已经消失殆尽了。如果说伟大的传统往往隐藏在最微小的细节内的话，那么这似乎也意味着北大精神的一种消亡，尽管这种精神有着正负两面。

两片嘴唇，分开小小的缝隙，当空气因为空气动力学与声学的原理，转化成一种奇怪的声波时，它并不怎么激动人心，最多只是唤起了你儿时的某种回忆，或者是一种口唇期的状态——空气与嘴唇的轻微摩擦给你带来了某种浅显的快感。但是，当你置身于人群之中，并且惊喜地发现他们都与你一样操持这种动作，而那轻微的声音此时转化成一种巨大的几乎震慑人心的声响时，你就会不由自主地卷入这种快乐之中。欢畅的空气痛快地滑出口腔，更重要的是周围那些和你一样年轻的面孔，那种无法抑制的青春期的力量，那些欢笑的眼睛，这构成了一个多么奇特的镜头。它蕴涵的是一种青春的挥霍，或许还有暴民式的放肆，它让人无所顾忌地快乐。

这种声音让我第一次模模糊糊地意识到我希望的北大精神。对于90年代中期入学的我来说，北大精神已经进入了历史的灰尘之中，它停留在80年前的蔡元培时代，它是张中行笔下的红楼点滴，它意味着一种藐视常规的自由，意味着一种堂·吉诃德式的勇敢。但这与我无关。后来我听到了嘘声。那是在一间宽阔的教室内，一位乏味的权威正在表达他的无聊看法。在经过最初的忍耐后，开始出现了零星的嘘声，它打破了讲台上的专制，在面对这种微弱而充满喜剧性的声响时，权威的声音即使借助了麦克风依旧显得无力。接着，嘘声的音量开始不断增加，越来越多的听众加入其中。台上的权威终于忍耐不住了，他灰溜溜地下了台。在嘘声之中败下阵来的人颇有一些，也因此在相当长的一段时间内，嘘声的强弱成了检验讲演者水准的尺度。那些沽名钓誉者说，北大的学生太自以为是了。相比于嘘声的尖锐，这种无聊的抗议是如此脆弱与不堪一击。

嘘声成了捍卫我们心灵的一个重要手段，它保证我们拒绝灌输而按照自己的口味选择的权利，这是老北大的传统。尽管这种手段中带有过于轻狂的一面，在很多时候，它甚至成为了一种情绪宣泄的方式，蕴涵了过多的青春期的躁动。关于嘘声的争执一直在校园进行着。是“宽容”还是“拒绝妥协”，这条界限总是很难划清。作为一所大学，宽容的精神当然重要。但是，我们却发现，在现行的环境下，我们宽容的不是异端的思想，而更多的是谎言与陈词滥调。而这种所谓的宽容也更多是要求把学生变成一种没有生气的“乖宝贝”，而不是有理性有原则的自主的人。那么不宽容呢，嘘声又随时朝着一种不负责任的自由的方向发展，很多时候，嘘声没有针对的对象，它只是为嘘而嘘。

没有原则的宽容与没有理性的自由，成为嘘声发展的两个极致，这也是我在聆听最初嘘声而带来的兴奋之后感到的悲哀，我们的教育从来就没有试图把这两者结合起来。即使在我们所无限景仰的老北大历史中，这两种情绪也是相互接替地斗争着。

但是，嘘声毕竟能够凸现出一些北大所特有的精神气质，但这种气质却被强行地压迫夭折了。在我聆听了一年之后，校方开始大面积地利用行政手段来压制学生传统。在演出或者讲演的过程中，发出嘘声的同学被记以行政处分。在1995年的新生汇演中，身着蓝衣的校警在大讲堂内如临大敌，他们到处寻找嘘声的源头。于是，这变成了一场猫捉老鼠的游戏，大一新生的我很为这个场面而激动。此起彼伏的嘘声，学生与校警之间的对峙局面，让我想起了60年代的学生造反运动。这场游戏最终以学生的失败而告终，在接连几位不幸者遭到了不正常的重罚之后，嘘声在校园内消退了。以至于一年后，更多人已经忘记了北大中曾经如此风行这种声音。

后来我听说那位以中国传统文化继承者而著名的学者来到北大，这位学者曾有过“谁骂我，谁就是与盗版书商串通”的精妙言论。他在北大受到了热烈得过分的欢迎，据说这所学校曾经以批判性著称，据说这里的嘘声是最鄙视虚伪的，这种据说已经成为传说了。那些1996年以后进入北大的学生越来越听话，他们甚至在自己的心灵受到污染时，没有欲望去反抗。

十年之后，当我们这代人开始记录“燕园点滴”或者“北大旧事”时，我希望有人可以重又回到青春期的躁动状态，记忆起曾经如此动人或者讨厌的声音。到那时，已经被风霜抹去锐气的我们，会变得保守，会变得害怕别人的嘘声，但是，会用另一种眼光来看待嘘声，但是有一点是坚信的——这种声音不应该用行政命令强制性消除。

晒太阳

据说一天第欧根尼在晒太阳的时候，亚历山大大帝亲切地来慰问这位智者，您需要什么帮助吗？第欧根尼爱搭不理地回答，别挡着我的太阳。这个可能是杜撰出来的故事被很多人用来说明知识分子的独立人格。而我对于第欧根尼的话直接的反应，晒太阳是智慧的象征。我估计那时候的第欧根尼还有其他古希腊学者们没事就爱找个地方蹲着晒太阳，可能连小板凳都懒得搬。然后边晒边和别人聊点什么。希腊所处的爱琴海一带本来就是个阳光地带，天气可能总是晴的，辉煌的希腊文明就是在这里被晒出来的吧。

当然，我对于这晒太阳的推崇是为了如下一个最简单的逻辑推断：晒太阳可以孕育智慧，我喜欢晒太阳，所以我可能是智慧的。北大里大概是图书馆、静园草坪、三教都是适合晒太阳的地方，它们在不同的季节发挥着美妙的功效。

北大的新图书馆由于宽敞，桌椅舒服几乎适合在任何时候晒太阳。早晨起来，拿着一两本经典名著，坐在二楼的大阅览室内，窗外的太阳正在发出嫩嫩的光，它柔柔地穿过玻璃，披在你身上。梭罗说你应该把清晨的时光献给阅读伟大的著作。的确此时头脑正是最清晰的时刻，阳光几乎穿透你的心灵，让你变得透明起来，而这正是接受那些不朽思想的最佳时刻。这可能也是一天中最能享受阅读快乐的时刻，当你突然为那位古人的言行而快乐时，不妨把头抬起来，迎着太阳光，纵情地笑一笑。管周围的人怎么看你呢，况且早晨的图书室总是地广人稀。阳光与人文传统正在把你包围，在这种状况之下，一颗年轻的心灵是不可能不涌现出某种伟大的情感的，甚至是一种英雄主义的气概，它让你血脉贲张，让你迫不及待地去实现这些理想。所以，我真心建议校方建一所巨大的玻璃房子，再也不要把宝贵的清晨安排成什么公共英语或者高等数学。让所有的青年人集中到这些玻璃房子中，让阳光刺醒他们年轻的眼睛与心灵，我们一起朗读李白的诗篇，一起诵读希腊的成就，这似乎比一切工具化的教育更有效。年轻的灵魂最需要的是理想主义、生命的激情与阳光的照耀，这种情感会促使他们正确地选择自己的生活，对于世界充满了乐观的希望。

到了中午，太阳爬到了更高的位置，你也应该爬到四楼的期刊室内。这时候，太阳已经失去了最初的纯真了，它有点猛烈了。这种光线让人的头脑有点昏沉，捧起一本《大西洋月刊》或者是《新共和》，总之是一本看上去显得你很有品位的杂志，它们可以帮助你休息和虚荣心，至少可以装模作样地把你和那些阅读《读者》的人区分开。显然，你一会儿就要困了，阳光晒在身上暖洋洋的，你也无需和困倦作斗争，趴在那些著名的期刊上睡一觉吧。或许在睡眠中，你可以会见那些刚才阅读过的人，那些密密麻麻中英文或许拉丁文的文字可以化作一个软软的床垫，而那些伟大的思想伟大的人物可以成为一个鹅毛般舒适的枕头，世界流行期刊则是那些帮你放松的按摩，这是一场多有意义的睡眠啊！

对于寒冷的冬天来说，三教的南面一排教室是晒太阳的理想场所。北京的冬天冷且干燥，且常常北风怒吼。这时候，如果你踏入了三教那些教室，你立刻会感到一阵无法言说的温暖。记得大三那年的政治课，我总是早早地去抢占最后一排靠窗座位。三教的教室被密封得极好，暖气供应得极充足，以致我们可以穿着衬衫也不觉冷。于是下午两点的课开始时我就开始趴在桌子上，心满意足地听着窗外北风的吼叫，然后我眼皮一闭，也不管老师在讲什么高举什么理论的旗帜，那一切似乎都极具催眠作用。这才是生活啊！有时候，我一觉醒来，发现和我一排的同学全都趴在桌子上，姿势各异，但无疑都在快活地享受着阳光的照耀，心甘情愿地做了睡眠的俘虏。最夸张的是，一次上课当中，一位睡梦中人竟然开始说梦活，肯定是阳光让他太舒服了，以至于得意忘形而开始胡言乱语。他似乎在叫一个姑娘的名字，他的含混却宏亮的声音顿时让政治课老师一时哑语，然后一场哄笑惊醒了另一片梦中君子。

对于不刮风的秋天与春天来讲，静园草坪几乎是一个美妙的阳光浴场。翻美国大学的画报，那些著名大学几乎都有一片片的大草坪，春天到来的时候，被捂了一冬天的学生们，让自己暴露在阳光下，纷纷把草坪当作了海滩。春天的静园也有这种功用，不过北京的风沙实在可恶，能够晒太阳的春天相当珍贵。这时候，草刚刚开始绿，它们让我们嗅到了生命的味道。中午吃过饭，走过静园时，会发现草坪上一片各种颜色的“尸体”。有的是一对男女拥抱在一起，或者一群人躺在那里聊天，也有单独的人在那里看书。大约到了一点左右，聊天的声音越来越小，他们肯定正在体验睡觉的美妙。一个小时过后，大部分人开始坐起来，大家开始继续读书说话。

这么一片草坪，不用来晒太阳简直是暴殄天物。每当天气好时，我一定要努力抛弃一切事物，当我的脚一跨入草坪时，立刻感到一种归属感——似乎我天生就应该躺在这里。我想起了一位不知名的俄国诗人的一句诗：“我来到世间，就是为了晒晒太阳。”透彻精辟，妙不可言。

有时候会在静园的阳光下碰见朋友。于是开始一起快快乐乐地胡说八道，比如有人建议把这里改成天体日光浴场。当话题聊光之后，我们就开始四处寻找漂亮的单身女孩。如果侥幸发现一位躺在那里的姑娘，肯定会有人提出去帮她擦橄榄油。我们甚至模拟了好莱坞影片中的这种场面，只是当需要实践时，我们总是缺乏勇气，一是没有橄榄油，用食用油来替代终究不太好；二是姑娘们似乎总是穿得多多的，不愿意把自己的肩膀让别人来抚摸。最终，还是我们当中的一个家伙最先沉不住气，他把自己的衬衫脱了下来，说是见见阳光。我们冷漠地看着他的肩膀，一点按摩的欲望都没有。

我在北大太阳肯定是没有晒够，我总是希望能够去更多的大学寻找阳光的踪影，顺便发现一下智慧。记得第一次看到哥伦比亚大学的图书馆照片时，我一下子就被那些台阶惊呆了。照片中，正好是阳光明媚，那些青年男女在台阶上散坐着，看起来放松之极。于是，我决定将来申请哥大时第一句这样写：我渴望去贵校的图书馆前的台阶上晒太阳，因为北大图书馆的台阶太少了……

灵魂导游者

我对于1995年的9月印象深刻。那是个不太炎热的秋天，19岁的我背着一个破烂军挎书包在北京大学第三教学楼里乱串。这时候，我刚刚成为不可一世的大一新生。因为第一个月没有安排正式课程，于是，我开始在三教里寻找消遣。

我无比怀念那时候自己拥有的勇气与热忱。我常常是上课时间在楼道里逡巡，一双拖鞋和我左摇右晃的身体完美地搭配着。我会一个教室挨一个教室地观察授课教师的样子，或者是教室里女生的漂亮程度，只要有一方让人满意，我就会摇摇晃晃地推门进去。看一眼老师，或者干脆谁也不看地走到最后一排，直挺挺地坐下，开始听课。这种举动在大多数情况下，只是暂时中断了老师的授课，有几天，我甚至迷恋上被众人注视的感觉。

当然，除了观察女生外，我在课堂上得到了当时自己无法意识到的收获。在一个月的时间里，我听了十几门课程，其中涉及了文学、历史、政治、法律、计算机，甚至还有一门有机化学。当然，大多数课我都没有听完，我常常是在把凳子坐热之前就离开。这些课程，让我生硬地知道了一些名词，听到了一些朦胧的概念……

我怀疑，这一个月耗尽了我对上课的所有热忱。因为在接下来的四年时间里，上课只给我带来了无休止的厌倦与疲惫。我和宿舍里的同学们，积极去抢占教室的最后一排位置，然后通过睡眠与交流色情笑话熬过漫长的50分钟，大多数时间里，我们干脆逃避上课。我总觉得，讲台上那个正在说话的人，与我缺乏关联，他讲的东西只是为了帮助我通过考试，获得某项资格证书。

快结束大学生活的时候，我阅读到阿兰·布鲁姆的一段话，这位芝加哥大学教授认为作为老师，他得到的最大奉承，是他最欣赏的一个学生在游历意大利时寄给他的一张明信片，上面写道："你不但是一个政治哲学教授，而且还是导游。"阿兰感慨道："作为一个教育者，没有什么比这能更好地表达我的动机。他认为我已经为他的所见所闻作好了准备，然后他可以独立地思考了……在我们的时代，教育应该去发现学生们渴望完美的任何东西，重建一种知识体系，能让他们自发地去追求完美。"

这段略显啰唆的话精确地说明了我厌倦的原因——我缺乏灵魂上的导游者。我回忆起入学的第一个月，如果说得夸张与抽象一点，那应该是颗充满稚气的灵魂在三教里游荡，它本能地在寻找着些东西，它渴望与某些目标发生亲近。我想起来了，我当时执着地在三教里游荡的一个主要原因，源于对大学的幻觉。

对于一个懵懂的19岁少年来讲，前方的道路光明却无序。他希望在这充满分叉的路口寻到一条归属自己双脚的路。而在此之前，我阅读到的一切书籍都向我暗示，大学是这样一个地方。在这里，有许多充满智慧的长者，向你传达他们积累多年的经验，帮助你辨明方向。他们可以激发出你的热情，激活你的心智。我怀疑，我不知疲倦地在三教里乱串，正是出于这一本能性的渴望。

显然，我渴望寻找方向的灵魂遭受了粗暴的冷遇。我的老师似乎更习惯于让我的大脑塞入各种公式数据或者理论。他们没有热情或者没有能力，赋予这些公式数据理论以意义，更糟糕的是，他们似乎压根看不出台下那群头发乱蓬蓬、满脸一触即发地热情家伙们，是一颗颗灵魂，而这些灵魂是如此渴望被引入某种奇特的旅行之中……

我不知道阿兰·布鲁姆是如何去充当这个灵魂的导游者的。但是后来，我读到一本有关哥伦比亚大学教授艾德勒的书。这位教授的授课方式是这样的，他每周布置一本经典著作让学生阅读，在下周的课堂上，将就这本书展开讨论。每个学生都必须阐述其独特的观点，而艾德勒像一位窥探者一样，深入每一个发言者的内心世界，逼迫它进行更深入地思考，诱导他进入一个更宽广的空间。于是，每一次讨论都演化成了一次心智上的格斗。

这是一种怎样的高峰体验。我甚至可以猜想出，那些与我年纪相仿的家伙，如何在课堂上时而慷慨激昂，时而气急败坏，时而不知所云的模样。但正是在这过程中，他们最大限度地探索了各种可能，让自己的思维在不断撞击中成熟起来。这也正是阿兰·布鲁姆所说的让他们获得思考的能力。

当然，我并非奢望每一位老师都能具有艾德勒能力。但是，有一点是确凿无疑的，我们的大学教育者从来就没有被赋予灵魂导游者的意义，他们更多的从事的是知识的灌输者。于是，一届届地学生茫然走进校园，然后更加茫然地走出校园；在进入大学时，他们怀着某种渴望，走出校园时，却带着深深的失望。

大二的一天

不知不觉我就大二了，没注意啊，又苍老了一岁，也好，那满脸好奇的稚气总算消退了，不用贴上标签似的走在燕园的哪里都被人小看成新生了。因为年龄长了，思想可能也伴随着成熟了，据说会毒害青年思想的图书馆的港台期刊阅览室也可以进了，长大也不坏。当然大二了，新生的锐气也消磨没了，再不会满怀喜悦地去听讲座，再不会万丈豪情地去畅谈国际民生问题，再不会积极可爱地去参加社团活动，大一时对漂亮女孩的不成熟的期望也藏到心里去了，只是偶尔躁动一下，搅得自己心神不宁。还有理想，刚进校时，咱的心气比天高，一年了，也该正视自己了，就是一俗人，希望越高，失望越大，其实大学嘛，好好修养生息四年的地方……人家不是说大学有四个阶段吗，大一呐喊，大二彷徨，大三沉沦，大四朝花夕拾吗，是啊，大一的确是喊累了，到底人生该是怎样？我的追求呢？我的抱负呢？我又糊涂了，果然彷徨……

不是我不明白，这世界变得快。

哎哟，天又亮了，学校那个该死的喇叭又他妈的响了，大清早的，中东和谈跟我有什么关系，加利要下台了，下就下呗，何必早晨六点半就告诉我呢，大冬天的，被窝一刻值千金啊。学校真是不体恤民情，上课时间安排那么早，大好青春年华，却弄得整天睡眠不足，跟个睡死鬼投胎似的，怎么能精神百倍去迎接挑战。啊欠，好漂亮圆满的口型，起就起吧，不足的觉高数课再补吧，高数教授真不错，不爱点名，而且讲的内容真是太催眠了，想想这些，心里就一阵甜蜜……

被子还叠吗？我看不用了，反正中午还要回来睡，人不能总是把精力浪费在不必要的重复事件中，多不划算。年轻人，邋遢一点是个性，整日一尘不染的，跟个姑娘似的，多没味道。我看其他那几个小子也没叠，更不能突出自己了。牙还是要刷的，糟糕！昨天又忘记买牙膏了，又得用小五的了，这家伙老使“中华”，害得我也只能用“中华”，凑合用吧，总比没有强。SHIT，今天的“中华”也快没了，瞧它那干瘪的身材，我记得它昨天还挺丰满，曲线圆滑，怎么衰老得这么快，肯定是小六他们捷足先登了，这帮小子，下手快而狠……去对面借吧，是借，尽管从不还……

水池边上堆满了人，懒鬼，都不早起，跟我抢水龙头……厕所里也客满了，全忙着清除昨天的负担，轻装上阵迎接新一天的挑战。人有三急啊，面对自然的召唤，等待的人心急如焚，焦虑之情，痛苦之状，写满脸庞。生活处处有折磨，这是哪位哲人的话，真是太有道理了……

吃饭，早餐还是要吃的，吃饭可是人生一大乐趣。占有另一种生命的肉体，让自己的占有欲得到充分满足，不亦快哉！嗯，我对面那个女孩似乎还不错，不过吃相实在是糟糕的很，现在的女孩太不注意自己的仪表了，尤其是理科女生，明明先天不足，还不后天补过，偏偏又放肆如斯。今天的油条，枯瘦得像千年的僵尸，没有一点油水，还糊了吧叽，食堂的大师傅真有水平，净做些食之无味弃之可惜的东西。

高数老师总是勤奋得让人汗颜，除了几个习惯占座的物理系女生就数他到的早。都五十多岁的人了，上来就是满满一黑板公式定理，而且课上一句废话不讲，一节课下来唇干舌燥，满身的粉笔灰，除了肃然起敬，我实在是无话可说了。可老师再辛苦，总是给人感觉缺乏乐趣，僵化的公式加上僵化的说教，睡意又浓了。人该顺其自然，庄子说的，既然困了，就睡吧，何必死撑着听课，反正听不懂。

大梦谁先觉，太阳当空照，我的精神又来了，关键是高数课下了。去晒晒太阳吧，高数课完了的时候我的心情总是特别好，还有这么好的太阳，真想找个姑娘聊聊天，算了吧，看看周围的女孩，都是长成那个样子，这也不奇怪，但凡长得水灵点的姑娘谁能考北大物理系，大好青春时光却要做孤家寡人，除了怨恨自己命苦还能说什么呢。想起清华同学的一首民谣，其中两句是“清华某女一回头，震倒两座教学楼，清华某女再回头，滚滚长江水断流……”言语不无夸张戏谑，却也是满含无奈与辛酸，其实北大比起清华又能好多少呢。天将降大任于斯人也，必先苦其心志，这是惟一能自我安慰的，清华、北大的学生学习那么好，为什么，这是有深层次原因的……

英语课还是蛮有意思的。一个长得不错的女研究生代课，个子高高的，线条不错，还留有披肩发，我对披肩发向来印象良好，周慧敏、关之琳都是吧。英语也比高数来得容易，动嘴说就是啦，跟聊天没什么两样，再说一个女孩子总比高数的老教授给人的视觉效果良好多了……

今天的内容是学唱英文歌曲，据说很练发音，这个女孩子还挺有花样。问我想唱什么，随口答道《DANGEROUS》。迈克儿·杰克逊的味道，老师恐怕不行吧！果然，今天只能学《昨日重现》(YESTERDAY ONCE MORE)，又是“沙啦啦啦啦啦”，平时听还听不够，竟然要学。不过总比背单词强。还真别说，这小姑娘唱歌还真不错，挺柔和抒情的，唱的时候长发一甩一甩的，赏心悦目啊，真恨自己晚生了几年。爱情是没有年龄界限的，这是谁说的，这是在中国，好像这句话不是太适用，真找个研究生女朋友，我那帮哥们儿还不得骂我有恋母情结。

又在胡思乱想，人性本恶啊，稍不留神就要堕落。下课了，看看英语老师，因为唱歌而微红的脸，依旧的飘飘长发，自己竟有点儿犯罪的感觉。有什么事吗？看到我发愣她竟问我，没什么，我赶紧溜吧……

好在该吃午饭，午饭是支持上午四节课的最大动力，所以一下课，瞧这些男男女女们都放弃了平时好不容易装成的绅士风度和淑女作风，朝着食堂大步流星地只争朝夕，比我还急。食堂里的人好像比饭还多，没买着饭的一个个急不可耐的样，买上的家伙满脸一副成就感，踌躇满志的，放开大嘴不怕噎地吃上了。想起当年西南联大的食堂里的一副对联："撑大肚皮吃饭，放开眼界读书。"50年过去了，对于吃饭这一条，北大依旧牢记在心，时时刻刻不忘遵守，而说到读书，实在是放不开眼界了。想想真逗，西南联大那帮家伙平时饭也吃不饱，书却念得那么好，杨振宁他们好像都出自那时候，现在呢？我老吃小炒，还老提心吊胆地怕不及格，很多事情都是惊人的奇怪啊……

又可以午睡了，床，我亲爱的床，老是有魔力把我吸引上去，姑娘和床两者不可得兼的时候真是不知道该选哪个。据说法国的笛卡尔那家伙一天有14个小时是在床上度过的，简直能与婴儿媲美，所以这小子发明了复数，还成了思想家，还有《欢乐英雄》里的王动，凭什么厉害如斯，在床上躺出来的，不会休息的人必定不会工作，千古名言。睡吧，踏踏实实心安理得地睡吧……

下午又是中革课，一个酷爱点名、以记他人旷课为乐的年轻小伙子讲授。时针指到两点的时候，教室里开始陆陆续续进人了。先抢占有利地形，直奔最后一排最偏的一角，前三排是死亡地带啊。又是一长串的名单，呼应的声音此起彼伏，不断有相似的声音出现。狡猾的老师对可疑的名字又点了一遍，于是出勤率又狂降不少百分点。老师开始成就感十足地讲解放战争了……逃过这一劫的人也开始满脸喜悦地梦周公去了，或躲在一边听音乐，又是排行榜，凑合听吧。对，高中时那个邻班的女孩长得真是挺水灵，好久没问候了，写封信表示下关怀吧，反正闲着也是闲着……

没有伴的夜晚总是很难挨，月亮挺亮挺胖的浮在天上，想想吴刚这家伙也不赖，虽说住的偏点儿，可毕竟还有嫦娥作陪，绝色美人啊。未名湖边上正杨柳岸晓风残月呢，帅男靓女们正在进行爱情必修课呢，真是香风醺得人人醉。我该怎么办？去上自习？对，去上晚自习！此时此刻才能表现我的勤奋好学。遥望着女生楼的灯火，咽了咽口水，中国为什么那么穷，资源配制不合理啊，除了无奈，还有什么可说的……

总算熬到九点了，打道回府，从教室归来的感觉总是很带劲。今晚学什么了，让我好好回忆一下，真不大清楚，学习嘛，重在参与，不要总把精力放在一题的得失上。又可以回宿舍聊天了……原来大家都回来了，有什么新收获吗？不是问你光学，我的意思是看到什么耐看的姑娘了吗？看见了，怎么没跟她搭讪，这么好的机会也错过，你知道咱北大找出个中看点儿又没主的女孩不容易，怎么没胆量，你就说是我的兄弟呗，她不冲你，就是冲我也会给你面子啊，太没用了，打小看你就没什么出息，到了北大也没什么长进，白跟了我这么多年了，真是……

去锻炼吧，现在的女孩都喜欢施瓦辛格型的，像你，我劝你还是守身如玉吧……

去看打游戏吧，新到的《金庸群侠传》，挺有意思……

聊聊你的初恋吧，一直没听你说过，别憋在心里到时发霉了……

208又开大学生健康教育讲座呢，那个叫朱什么的，特能白唬，据说还有第一手教材，不能错过……

要不咱们喊一段英文吧，看《勇敢的心》了吗？梅尔·吉布森那段演讲简直太棒了，不知道迷倒了多少痴情少女，我得练练，“I am William Wallace……”别喊了，家属楼的小孩子都被你吓哭了，这附近哪有家属区啊，不是昌平有吗？……

该熄灯了，睡吧，明天还得踢球呢，现在就睡，你睡得着吗，再聊会儿，怎么小P还没回来，又跟他女朋友涮夜去了，哎，有人陪的男人真幸福……

该睡了，12点了，有点儿饿，小六你那儿有饼干吧，拿出来，别藏着了，省得明天再坏了。差不多饱了，有点困了，我的枕头真舒服啊，真希望明天早晨断电停水，老师出不了门，再让我睡个三天三夜……

迷失于阅读中

流动的圣节

1961年初，海明威在接受了电休克疗法之后，加速了《流动的圣节》的写作。这位身体随时处于崩溃状态的老人心中似乎已经明了：这次，他陷入了比“桑地亚哥”更艰难的困境，疾病与衰老这条大鱼正在大口大口地吞噬他的生命力。

海明威选择的搏斗方式是对于青春的回忆。对于这个即将死去的老人来讲，还有什么比1921—1926年的巴黎生活更让人怀念的呢？当那个22岁的年轻美国记者兼作家踏上巴黎的时候，尽管他迷惘、贫困、默默无闻，但只要年轻，这一切算得了什么？年轻让他的食欲很好，因为常常陷入饥饿，所以才品尝到冰凉的啤酒、油煎土豆和又粗又大的法兰克福红肠的绝妙味道；因为年轻，所以性欲很强，所以在傍晚“我们读读书，然后上床做爱”；因为年轻，他那么渴望得到成功，所以，他在一间不保暖的旅馆里这样为自己打气：“别着急。你以前一直这样写来着，你现在也会写下去的。你只需写出一句真实的句子就行。写出你心目中最最真实的句子。”

“我坐在一个角落里，午后的阳光越过我肩头照进来，我在笔记簿上写着。侍者给我端来一杯牛奶咖啡，等咖啡凉了，我喝下半杯，放在桌上，继续写着……以后有的是日子，可以每天写一点。其他的事都无关紧要。”我无法想像60岁的海明威在做出这样的回忆时怀着怎样一种复杂情感。他在巴黎寻找他的文学理想，与形形色色的人相逢交谈争吵，像《太阳照常升起》里人物一样在苦艾酒的滋润中成长，为了不起的菲尔茨杰拉德解除性苦闷，还有被一位斯泰因称作“你们都是迷惘的一代”……这一切在40年后回忆起来充满兴奋与忧伤：“巴黎是一座古老的城市，而我们很年轻，这里什么都不简单，甚至贫穷、意外所得的钱财、月光、是与非以及那在月光下睡在你身边的人的呼吸，都不简单。”

像海明威所有的作品一样，《流动的圣节》是对于现实的一种报复。传记作家肯尼斯S．林恩对此这样评述道：“他似乎又一次击败了他的无能和愤怒，用写作的魔法驱逐了它们，用对街道、咖啡馆、佳肴、美酒、朋友和妻子的回忆来治好了病。长时间的工作使得1921年至1926年的巴黎对他来说变成了一个象征，代表着过去的他。”

这段评价暗示了《流动的圣节》的真正动人之处。真正激动人心的不是巴黎，而是海明威留在巴黎的青春。我接着读到1964年《先驱论坛报》对于《流动的圣节》的专栏评论：“然而尽管他一一列举了佳肴、美酒、巴黎的街道……甚至在描写中弥漫着一种极其幽默的气息，可里面还是一种混沌与死亡即将逼近的格调。”

这句话终于揭示了《流动的圣节》的内核——面对死亡时，对于灿烂生命的渴求。巴黎与青春本身相比于这种渴求已经黯然失色。这本书打动我们的，是一种充满惋惜与向往来回望生命的态度。在缓慢的叙述节奏中，海明威鼓足了最后的勇气，参与了这场惊心动魄的搏斗。他必须用他尚能清晰活动的大脑和仍然灵活的手来抢救他不断流逝的生命。他把每一个青春时的细节都铺展开，希冀它们能滋润已经干涸的身体与灵魂。

我在阅读这本书时，时常会猜想海明威自杀时的情景。在那只12

毫米的双管英式猎枪抵住他的嘴时，他眼前闪过的是20年代的巴黎吗？那时候，他从来没有想过自己会衰老吧，那个年轻的美国作家会觉得明天是永远过不完的……青春对于那时候的海明威来说，不过是个习惯式的语态，他可以放肆地挥霍他的时间、才华与精液，还有刻薄……

这一切对于那个写作《流动的圣节》的已经衰弱之至的顽强老人来讲，具有怎样的诱惑。也只有此时的海明威才能赋予在巴黎的青春以永恒的生命力，没有苍老、衰弱相映衬的青春是缺乏真正触动心灵的力量的。

1918年，19岁的海明威在米兰说："与其在年老体衰、万念俱灰时死去，还不如在这无不充满幻想的幸福的青年时代死去，让生命在灿烂的光明中消逝。"

40年后，海明威对他的朋友这样讲："假如你有幸年轻时在巴黎生活过，那么你此后一生中不论去到哪里，她都与你同在，因为巴黎是一个流动的圣节。"

62岁的海明威就带着这个流动的圣节离开了人世。在开枪的刹那间，这个老人的脸上该洋溢着怎样的幸福与欣慰：他又看到了那个无不充满幻想的幸福的青年时代，那时的生命是如此的灿烂光明……

溶解在香水里的惊心动魄

奥斯卡·王尔德曾经在一篇对话里提到，音乐向我们揭示了我们迄今为止没有经历过的个人往事，促使我们悲叹我们没有遭遇过的不幸和没有犯下的过错。在这位天才诗人看来，每一个跳动的乐符背后，可能都蕴涵了无限丰富的情感与事件。

对于小说《香水》的阅读，让我体验到王尔德式的情感，只不过，在这里每一滴香水取代了每一个乐符。在北京有点平庸的春天，这本混合了欲望、罪恶、腐臭当然还有香味的小说，破除了现实与历史、真实与魔幻之间的界限。这是一次惊险而怪异的阅读旅程，我利用鼻子而非通常的眼睛完成了整个过程。小说散发出的诡异味道有效地把我拖入了另一个空间，在这里，我嗅到了18世纪巴黎的味道，少女身上的醇香，罪恶与美丽的完美结合，还有掩藏于每个人体内、随时等待爆发的欲望……

对于主人公巴蒂斯特·格雷诺耶来讲，这个世界不过是各种气味的混合，而他那灵敏得不可思议的鼻子正是这个王国的主宰者。在现实世界里，他的生活不堪如一只扁虱；而在气味的世界里，他是绝对的贵族。他反抗世界的惟一方式就是对各种气味的占有。

一次偶然，格雷诺耶痴迷上了美丽少女的体香，而永久地占有这种香气的惟一方式，是利用精绝的香水制造技术，将少女的气息牢牢地束缚住。在一座小城里，一连25个美丽的少女，被突然用棍棒打击而死。当全城人都陷入一种令人窒息的恐慌时，香水奇才格雷诺耶不慌不忙地把那可能迅速消失的少女的香气收集起来，制作成香水。他丝毫没有罪恶感，他只知道他需要她们的香气。这些刚刚开放的少女所散发出的卓绝味道，伴随着死亡的到来达到了令人窒息的程度……

作为阅读者，在一连串谋杀间隙，我在与小城居民陷入同样的恐惧的同时，也陷入了一种强烈的矛盾之中。我在感到恶心与唾弃之余，竟然对于下一桩谋杀，怀有了某种异样的期盼。我的内心深处隐隐地默许着格雷诺耶的做法，因为他正在完成一项前所未有的工作，他在制造着人类历史上空前的香气与美丽……而这种美丽与香气在暴力与恐惧的映衬下，具有惊人的感染力。美丽与邪恶的共生这已经成了人类文化史上永恒的主题。罗伊F.鲍迈斯特尔对此分析道："邪恶的一个根源就是人类对于理想的不断追逐。当人们坚信他们站在正义一方，而致力于改善世界时，他们经常理所应当地运用强硬的手段来对付反对势力。"

对于很多唯美主义者来讲，美丽是这个世界存在的绝对前提。所以，对于美的理想绝对追逐，就常常转换成一种暴力。对于格雷诺耶来讲，他追逐着这世界至高的香气，因此他获得了藐视生命的特权。如果你耐心地回望整个人类历史的话，你肯定会发现那么多格雷诺耶充斥其中——比如希特勒屠杀犹太人的目的是为了更干净的人种……《香水》中描述的不过是将这些情境极端化……

格雷诺耶在谋杀掉第25个少女之后，终于被抓获了。在即将行刑的时刻，这本诡异的小说终于迎来了它惊心动魄的高潮。当充满仇恨的群众围绕在刑场之时，格雷诺耶悄悄地释放出了他制造的致命的香气。书中开始出现这样的描述："聚集起来的一万名男女老幼，像被情人的魅力征服的小姑娘那么柔弱。一种强烈爱慕的、温存的、完全幼稚可笑的爱恋突然向他们袭来……他们喜欢他。”接下来的场景是：香气把刑场变成盛大的狂欢，男人与女人在香气的诱惑下，突然放弃了所有的道德观念，他们迫不及待地把刑场变成了一个巨大的露天纵欲场所……

而我们的受刑人格雷诺耶带着嘲弄式的笑容站在一旁，他是这场戏剧的导演。他终于依靠香味，成功地控制了人群……而如果我们更深入地打量这个怪异的情节，我们会发现，在广场上放纵不过是人的欲望的一次爆发罢了。这些欲望曾经被文明的教养深深地覆盖起来，而香水仅仅充当了诱发这些欲望的诱发剂。

这是一部令人有点恶心的小说，它让我陷入了某种异样。当我的肉体行走在21世纪的北京街头时，我的头脑却停留在18世纪的巴黎。作者帕·聚斯金德说，那时候的巴黎是个充满臭气的地方。在这样一个地方，一个叫格雷诺耶的虚构人物，制造出了震慑人心的香水，在每一滴香水后面可能都隐藏着一个美丽少女的生命，隐藏着一种奇异的味道。

这也是一部有关欲望的小说，如果更深入地考察下去，香水不过是人类潜藏欲望的一种诱发剂。我们使用香水，要么是为了掩藏欲望，要么是为了诱惑欲望。那个格雷诺耶则是利用香水完成他报复整个世界的欲望。我相信，作者想借助这本小说重复弗洛伊德的结论：人们的欲望随时可能冲破文明的束缚，相比于这些被掩藏的欲望，人类的文明是何等脆弱。

这个故事有效地挑逗了我的热情。在北京肮脏的地铁里，在人群拥挤的西单街头，当然最重要的还有豪华商场的香水柜台前与散发着浓郁气息的Party里，那个若有若无的格雷诺耶不断地催促着我。他希望我能够攫取那些美丽与香气，希望我发现在每个女人所散发出香气背后所隐藏的故事……我陷入了一种紧张的欲望之中，我沉湎于其中，痛苦并快乐着。

我想我迷上了香水的气息，但是，我却缺乏格雷诺耶的能力。况且这是乏味的现实空间。在空气污浊的写字楼里，我偶然会想起那个生活在16世纪的意大利人毛里蒂乌斯·弗朗吉帕尼，是这个天才偶然发现：香料可以溶解在酒精里。通过把嗅粉同酒精混合，并因而使其香味转到挥发性液体中的方法，使香味从物质中脱离出来，变得生气勃勃。正如帕·聚斯金德在《香水》中说的："这是一个划时代的成就。它完全可以同人类最伟大的成就，比如文字与几何学相比。"

这句话在充满丑陋与震惊的全文中，充当了最美妙的音符。在我充满激情地向读者描述了香水中蕴涵的欲望与罪恶后，我想我还应该再次强调香水蕴涵的一个关键点——它为我们提供了反抗现实生活的一种最简洁手段。如果说阅读是通过文字，把我们拽入另个空间的话，香水则是通过他的气息让我们获得同样的效果。我是如此着迷于如下一段描述，它阐明了一个普通人可以通过香水获得的最佳享受：

香水店老板巴尔迪尼在第一次闻到格雷诺耶配置的香水时，他看见自己"躺在一个有黑色卷发的妇女怀里，看到窗台上玫瑰花丛的侧影，一阵夜风吹过窗台；他听到被驱散的鸟儿歌唱，听到远处码头上一家小酒馆传来的音乐；他听到紧贴着耳朵的窃窃私语，他听到'我爱你'，发觉自己由于幸福而毛发直竖，就在现在，在现在这一刻"。

在路上寻找灵魂

1950年夏天，克鲁亚克在墨西哥城开始了《在路上》的写作。显然，开端并不令人愉快，严重的痢疾让这个28岁的年轻人的英俊面孔时常扭曲，他需要大量的大麻与吗啡让自己舒服些。我时常怀疑，克鲁亚克是坐在马桶上，用一架丑陋的打字机开始他的灵魂流浪之旅的，而卫生间里是大麻烟的烟雾腾腾。整整的三个星期里，在一张长达250尺的纸卷上，克鲁亚克打出了没有空格、没有楣边甚至没有标点的文字。这种畅快的气势似乎只有痢疾与大麻的共同作用才能带来。

我常觉得，阅读《在路上》其实是对克鲁亚克的误读。在傍晚，在明亮的灯光下，在温暖的房间里，这些适合阅读的时间与地点正好背离了“在路上”的精神。我宁愿把这本缺乏条理的书看作一本行动指南，它号召着我勇敢地站起来，告别那因为过于熟悉而变得庸常的生活环境，踏上一条不知目标的道路，并在路上达到生命中快乐的巅峰。我始终假想自己在那种环境中阅读它，那是一条在长江上缓慢行驶的轮船，我被拥挤在地下室的一个阴暗的空间里，灯光时明时暗，因为寒冷，我蜷缩在角落里，但我牢牢地抓着这本书。这是个有点怪的场景，它与美国西部那辽阔开放的地带相差甚远，而缓慢的轮船与狄安的每小时90英里的快车也相去甚远。

这或许是中国版本的在路上吧。

很显然，主人公狄安是一个注定的流浪者，他的父母在颠簸的车上让他降临到世间，而接着成为一个年轻的囚徒，他必须凭借不断地奔波才能让自己平静下来的人。狄安的野性与自我无疑是打破平静生活的尖刀，令人感到无比畅快——“狄安的智慧……更能给人启发，也更为完整，绝不故作斯文，令人乏味。他那种越轨的‘劣迹’甚至也并不招致愤懑，被人鄙视。那是美国式的欢乐对人生持肯定态度是情感的疯狂发泄，具有西部特征，犹如西部吹来的狂风，发自西部草原的一曲赞美诗，令人感到清新……”而“我”，萨尔，一个作家，一个在内心深处潜藏着躁动不安气质的家伙，狄安的出现则将这种躁动不可阻挡地激发了出来——于是我们上路了，带着无限的憧憬。那些陌生的地方，陌生的姑娘，陌生的性，未知的冒险，这些或许可以给厌倦的灵魂提供归宿——“在旅途某处，我知道会碰到姑娘，也伴随着幻想，会发生一切的一切；可在途中，我准会大有所获。”

从东部到西部，再从西部到东部，拦住那些呼啸而过的货车、卡车、轿车还有公共汽车。尽管我身无分文，但是我一定要去一个地方，我有体力可以付出。迫不及待地寻找途中的姑娘，或许我们可以相互慰藉，性是如此让人着迷，不是吗？还有那些稀奇古怪的朋友们，我们莫名其妙地碰到了一起，我们都热爱漂泊，因为我们不愿意被束缚起来。丢掉一切无聊的担心，让本能的需要占据我们的心——“迎着社会现实冲刺，渴望面包爱情，不要因为这事或那事而顾虑、担心。”

这极端的放任主义让青年读者们欣喜不已，而疯狂似乎正是战后一代寻求精神安慰的最佳途径，极端的感官刺激不正是帮助我们逃离现实的残酷的最棒的东西吗？这似乎比萨特的悲观论调更来劲。当1957年，《在路上》出版后，《纽约时报》称之为“垮掉一代”的圣经，而克鲁亚克则是他们的代言人。

克鲁亚克在替谁发言？早在1952年，《纽约时报杂志》就对这一代做了描述："'垮掉一代'成员个性异常鲜明……他们是在一个令所有人极度不安的糟透了的经济萧条期长大成人的……他们的青春伴随着战争的混乱……他们既有情绪最低沉的时刻，也有情绪最振奋的体验……他们渴望自由，渴望能在和平中生存，然而所有这一切都因为战争而破灭，他们不得不混迹于黑市交易，沉溺于爵士乐、吸毒、性放纵、打零工，醉心于萨特作品。"

追求放纵感官是萨尔们逃避社会不幸的方法。不管是狄安还是萨尔，他们的内心深处都潜藏着对于纯真美好事物的向往。我喜欢萨尔和那个墨西哥姑娘的相爱过程中的纯真，萨尔还会不断地问那些萍水相逢的姑娘："你想在生活中得到什么？"萨尔接下来的想法让我感动不已，"美国的青年男女一旦有机会在一起时他们真的很悲哀，他们得故作老练，无须在行事前进行任何恰当的交谈就立即沉溺于性爱中。没有温存的交谈——真正发自内心震撼灵魂的绵绵情话，就匆忙做爱了。要知道，生命是神圣的，生命中的每时每刻都弥足珍贵……我渴望到更遥远的地方去寻找我的生命之星。"

当然这些美妙的感觉被在那些路上的冒险所掩盖。他们似乎在通过这些接连不断的性与历险来掩盖这些对于生命的追问。在很多时候，他们对于自己的行为甚至感到动摇，萨尔会说："他们并不快乐，因为与这个社会格格不入。他们是这样的，仿佛在阴森的石头地窖中生活，现在正走上地面，是卑劣的美国嬉皮士、新出现的垮掉的一代。"而未来呢？真的是"倒霉的日子终将到来，你们攀着的气球，再好也不会不往下落，何况那还是一只莫须有的气球。你们会飘到西海岸，可回来时，就得他妈的狼狈不堪，自讨苦吃"。外表的放荡与内心世界的脆弱就这样奇妙地混合在一起，这或许也是"垮掉一代”最动人之所在。对于生命希望的渴求，让他们不断地在路上。

尽管《在路上》已经与30年前那一代人紧紧的联系在一起了，但是它肯定还触及了之后一代代青年们共通的情感。即使像我这样的社会主义好青年，我还没有机会成为物欲横流的一代，对于爵士乐也没有多大的兴趣，至今也还不会开车，更没有魄力去打破现实社会的枷锁。但是，狄安、萨尔、邓克尔，这些家伙让我心驰神往，他们体现了反抗生活设置的勇敢，对于希望的追求。而这一点似乎也正是我们所最缺乏的。但同时，我们也是一群虚伪的崇拜者。在路上，除了要蔑视外界给你设定的规范外，还必须勇敢地挣脱出内心世界的软弱与安逸。当我和朋友可以大段大段地背诵书中的章节时，却谁也没有勇气真正体验在路上的感受。我们身上的中庸性，妨碍了我们对于自由、对于生命的极端享受。我们驯化的教育背景，我们生命意志的软弱已经注定了，我们只能在对“在路上”的憧憬中度过青春时光。

放纵的确需要勇气。或许偶尔我们可以在梦中看到自己，在一辆超过100英里的车上，与一个面部模糊的姑娘疯狂做爱，直到第二天需要洗床单为止……当然，我希望在梦醒之后，扪心自问：“我到底需要什么？”

惊恐的转移

在新书《无知者无畏》的招贴画上，王朔被尴尬地悬挂在那里，除了那张著名的表明不屑的脸以外，他的整个身躯被简化成了一件单薄的T恤衫。这是一本令人失望的书，尽管王朔在其中仍然表现出了令伪善的中国人汗颜的勇敢，但这勇敢却被太多的嘲讽与不恭稀释了。我在阅读这本书时，常常面有难色，我吃惊地意识到，我已经不能再接受那种姿态了。这一点给我带来的冲击远远盖过了王朔给我带来的失望。

那种姿态曾经那么打动过我。高中时，我们最热爱的活动之一就是模仿《顽主》里的场景。比如，耳朵眼胡同，比如“哥们就爱俗的”……快乐而且过瘾，这是王朔曾经给我的主要印象，他对年少的我是如此亲切。所以，当1995年，那场著名的“人文精神”讨论时，我模糊不清却坚定不移地站到了王朔这一边，我粗暴地认为那些学院派知识分子是一种故作清高。尽管，我从来没有认真读过王朔的任何一部小说。我本能喜欢的，是他的诚实。

5年时间里，我由少年成长为青年，时间给我带来的最大改变是，我开始觉得快乐和过瘾并非是生命的关键。生命中应该有一条更为宽广与缓慢的河流，它的源头联结着历史的深处，缓缓地穿越我的一生，并流向下一个年代。这条河流中蕴集着的是人类一些永恒的情感。对于几代中国人来讲，这条河流曾经被污染过，它曾经被一种虚假的情感所充斥着。而王朔在某个特定的时期，勇敢地指出了这种污染。很可惜，他的方法在杀伤力极强的同时，也带来了无法忽视的副作用。

我成长的历史，也正是不断地发现这种副作用的历史。我越来越无法容忍王朔语气中的嘲讽与故作的不正经。当越来越多的人以一种王朔用腻的腔调来呼吁王朔不要假正经时，我希望王朔正经起来。不管是《我看金庸》还是《我看王朔》，王朔的真诚与严肃，都被过于玩世的语言所削弱。而当我目睹了参与这场混战的人群的素质之低时，我越来越意识到，我们需要的已经不再是嘲讽，而是深沉的建设了。

至少，我想先建设自己。从1995年到今天，我的身体膨胀了10公分，也因此，我越发清晰地感受到，我体内精神资源的稀缺，体内那条河流的狭窄。所以，我开始阅读一直忽略的古典作品。那些严肃而深沉的文字与情感在我23岁这一年，突然变得亲切无比。它们给我提供了一个如此广阔的境界，它们没有给我带来笑声，却不断地让我投入到一种心灵的激情之中……《无知者无畏》让我清晰地感受到，我欣赏趣味的逆转。两种说法可以解释我的现状，一种是，我在变得保守，变得自以为是的崇高；另一种说法是，我正在度过青春的浮躁期，我达到了一种更高的情感层次。我选择了后者，尽管这要冒被别人嘲笑的危险。

高贵的厌倦

“忧愁的态度不能算是优雅；你需要的是一种厌倦的神情。若是你发愁，那是因为你有欠缺，在某些事情上失败了。这是表现自己的低下。反过来如果仅是厌倦，低下的却是徒然讨你欢心的那个人了。”在《红与黑》中，柯哈莎夫王子这样教导失恋的家庭教师于连。

于是，于连展开了一场惊心动魄的心理游戏，他通过追逐恋人的朋友来刺激其恋人，以达到最终的效果。这一段喜剧残酷的描写迷住了我。“厌倦的神情”，我总是不自觉地陷入对这种表情的猜想。当这个叫于连的年轻人，走进充满嘈杂的贵族沙龙时，他脸上该是一副什么样子，那里面有自尊，有不屑，有自卑，还有永远无法消失的羞涩与虚荣。这副面孔曾经安在卢梭的身上，依靠这种充满矛盾与高傲的表情，卢梭征服了宫廷的贵妇们。于连则彻底打败了自以为是的德拉木尔小姐。

我曾经坚信厌倦充满着穿透人心的力量，是一种贵族式的情绪。因为，只有你有能力睥睨一切时，你才具有厌倦的能力。所以，拜伦比于连更早地打动过我。这个旷世奇才在《唐璜》中，让自己以怎样的一种厌倦形象出现的。年轻的我，曾经为他如此轻易又如此众多的征服女人，而心潮澎湃。是厌倦使拜伦获得了这样的能力。

然而，不管是于连还是拜伦，他们却似乎没有通过这种征服获得过幸福。于连迅速厌倦了贵小姐；而拜伦拥有过无数女人，却从来没有真正的爱情，他似乎必须通过不断地给予肉体以刺激，才能勉强说服自己生存下去。比起拜伦，于连与卢梭仅仅是浅层的厌倦者，他们只是用冷酷来掩藏自己的怯懦，用厌倦来隐瞒自己的欲望……而拜伦的深层厌倦，则似乎只有通过死亡来治疗，因为这个天才根本无法容忍自己仅仅作为一个人而存在。

对于厌倦的迷恋在我21岁那年，达到了顶峰。我幻想自己从宿舍楼上，笔直地跃起，并以美妙的姿势在空中划一道圆满的弧线，因为死亡可能比仅仅作为一个学生活着更惊心动魄。这种想法，在两年后的今天成为了遥远的回忆。我不知该为自己悲哀还是庆幸。我想说服自己，那是青春虚幻症的典型代表，对于自己无法拥有的品质，具有无限的憧憬，或者更直接地说，那叫幼稚；但我同时又无法避免地责备自己，我已经失去了追求更高峰的生活品质的愿望，我越来越容易对生活表现得满足，我的精神正在变得平庸，只有平庸的人才容易满足现状……或许这种内心的争执，意味着我依然在成长，依然厌倦着。

水样的春愁

郁达夫在他13岁那年，考取了杭州的学堂，因此他要离开小镇那个刚刚开始熟悉的漂亮姑娘了。多情甚至滥情的郁达夫经历了沉沦的青年之后，开始了对于少年的回忆。《水样的春愁》是中国文学史上最动人的文字之一，那种单纯而洁净的少年情怀，掺杂了明显的羞涩和恰到好处的忧伤。

比起少年维特的矫情，这个东方少年更舒畅地进入了我的心灵。阅读这篇文字时，我14岁，似乎也正处于类似的情感中。我找来杭州的地图，我看着那条弯曲的富春江如何蜿蜒地流过那个叫富阳的小城。我拼命地将自己的身份转化成那个羞涩的13岁少年，在北京凛冽并掺杂着大量黄沙的春风里，我幻想着自己流淌在缓慢的富春江水里，也幻想着那个赵姓的姑娘。不知为什么，我还固执地认为，那个女孩脸上一定点缀着浅浅的雀斑。尽管整篇文章的叙述是那么缓慢，它在结尾处还是给了我一个极大的刺激。

在临走前的晚上，喝了少量酒的郁达夫走进了姑娘的家，正好家里没人。蜡烛在这时灭了，只有月光溜进了屋内。少年趁着酒神对于他的挑逗，大胆地握住了姑娘纤弱的手。经过犹豫或者说象征性的拒绝后，少女的手安静地躺在少年的手中。

这两只手的纠缠，也纠缠了我的心。这个简单的动作，蕴涵了怎样的惊心动魄。在三个少年人心中同样激起了一场巨大风暴。两个当事人被一种极度的喜悦与刺激所左右着，而作为阅读者的我，似乎同样参与了这场重大的阴谋，当然，在阅读的紧张之时，我还感到了一种莫大的失落感——为什么我不是那个少年。

在很长时间里，我陷入了水样的春愁。我被一种紧张与忧伤包围着。我时刻在期待着，出现那只让我盈握的小手，在偶尔晴朗的月空下，想像着那个细微却惊险的动作。今天看来，这个动作已经对我的成长产生了历史性的影响。我的整个成长被蒙上了现实的羞涩与内心世界渴望激情的双重幕布。

距离郁达夫的春愁将近一个世纪了。那种纯净的情感，被今天的现实映衬得更加可贵。这是一个少年们拒绝含蓄的时代，同样十三四岁的孩子们早已不满足仅仅是拉一下手，更不会理解那个简单的动作蕴涵着怎样地惊险与快乐。当然，我并没有责怪他们的意思。我只是无限地怀念那忧伤与羞涩，它是我们心灵依旧敏感而非麻木的标志。

电子时代的阅读

你们还会读书吗？这是上一代对我们的忧虑。比起印刷媒体，我们读的更多的是电视与计算机的显示屏。我们阅读的更多的是图像，而不是文字。我们中的大多数对于所谓泛着油墨香的书籍不感兴趣，甚至觉得那有点脏。梭罗希望我们把清晨的时光献给《伊利亚特》，献给《圣经》。可是每天早晨，我们在努力睁开双眼之后，是打开电脑，去“新浪网”上看一看今天的新闻。这纯粹是浪费时间，这些信息会伴随着早餐的结束而被消化掉。但是，我们似乎又不能放弃这种徒劳的努力，因为阅读新闻似乎已经成为我们确立自己存在这个时代的重要方式，我们怕睁眼醒来突然已被这个发疯了前进的世界遗忘。

阅读正在发生变化，我们还无法确定它的优劣。印刷品的文字出现速率，铅字对于我们的眼睛与大脑的刺激程度，都证明了它是一种适合思考的，它给予大脑以足够的从容去解构它。电子媒体似乎颠覆了这一切，跳跃的文字，不断出现的画面，它在抑制我们的思考机制吗？一个有关电视的实验，让我们这些被电视哺育大的人忧虑。加拿大的两位科学家将观看电视的人大脑神经与测试仪器连在一起，得出结论：电视主要是在和我们的身体而不是心智对话。具体来说，人类的心智至少需要半秒钟才能为复杂的刺激提供适当的感觉闭合。而电视拒绝给我们这半秒钟。媒体研究专家克卢格曼早在70年代就认为，书籍是与我们左脑交流，而电视是与我们的右脑交流，而左脑通常是负责理智的部分，电视使我们头脑中理智的部分休眠。因此，对于习惯电视画面的孩子来说，阅读印刷媒体是痛苦的，几乎令人无法忍受，它无法适应我们目光跳动的习惯。

电视使我们肤浅，为了迎合我们短暂的注意力，电视节目必须抛弃深度。一位评论家傲慢的结论无疑正戳中了我们的痛处："电视正在向我们以前占统治地位的、有文化修养的精神气质发起挑战，并代之以自身触觉的和集体的口语状态。它威胁到了我们通过读写获得的神圣不可侵犯的自主权。"

阅读是高贵的，这已经是上千年的传统了。在中世纪，高高的城墙将教士的生活与民众区分开，那些高贵的教士知道如何阅读，如何直接与上帝的训诫沟通。阅读的能力象征着权利。很难说，谷登堡的发明打破了这一切。经过谷登堡印刷术印刷出漂亮整洁的《圣经》，打破了教会对于上帝的专一的诠解权。它或许还直接促进了中世纪的结束。但是阅读的高贵性和会阅读者自以为是的特权却保留了下来。无疑这种自以为是的特权传统是重要的，它保持了我们历史中最精华的东西得以流传下来。

如今，电视正对这种传统进行一场几乎是颠覆性的嘲讽，并且大获成功。电视是一种口语化的，是更接近于我们日常生活的，也是更琐碎的。我们靠着"还珠格格"这样的东西成长，这是一个快乐却令人忧虑的成长过程。而接着呢，计算机将培养我们新的阅读习惯。这是世界上空前强大的图书馆，你可以找到各种五花八门的资料。它们参差不齐，同时你又没有足够的时间去鉴别它。比我们更小的孩子将依靠这些庞杂的资料成长。据说，计算机是对电视的一次逆反，计算机是互动的，它不像电视一样单向的流通信息，它可以让使用者有所反应。从这种意义上来说，互联网上的阅读是传统意义上阅读的一次真正革命，它融入了参与性。但这一切变化的前提依旧是，我们正从占支配地位的识字文化返回到口语文化。而传播学巨擘马歇尔·麦克卢汉则更加推断，在未来的电子社会中，对于由口语控制的信息体系来说，无知将成为一种有价值的商品。因为无知者更具有可塑性，他们不受过去的规范来限制，所以他们有更大的发挥空间，可以更容易地学习新技术。

我们习惯上的阅读可能即将被唾弃。尽管，我们可能依旧在昏黄的灯光下，懒懒地躺在床上，拿着一本印刷精美的书籍，去享受印刷文字的快乐。但是，我们可能不得不承认这幅动人的图景可能即将像那些已经消失的古董一样让我们留恋。而我们的那些孩子们呢？我们还可能理直气壮地去指责他们，为什么不好好读书，为什么不读一读古典名著？

美丽的新世界

“但是，我喜欢不舒适的生活。我要上帝，我需要诗歌，我需要真实的危险，我要自由，我要变老、变丑，甚至变得性无能的权利，我要犯罪，我要痛苦、忧虑……”

发出这声音的是伯纳德·马克斯，一个生活在“美丽新世界”中却不知满足的人。在这个世界里，福特的《我的生活和事业》取代了圣经，孩子的儿歌是“福特开着小汽车，世界变得多美好”，这个世界推崇的是“共有、划一、安定”，一切犯罪都彻底从这里消失，最重要的是，这里的人类是通过无性繁殖的。一个叫“中央伦敦孵育暨制约中心”控制着整个国家的人口，他制造着肩负不同任务的人种，阿尔法、贝塔、伽玛、德尔塔和艾普西龙，他们的智力水平逐级下降，如艾普西龙，他是作为国家劳动力的需求而制造的，几乎不需要智力，而中心可以这个需求使他的智力程度保持低水平。

由于这个世界是被技术严密设计的，这里的人从不知道什么叫痛苦，他们过着极有规律的生活，从不会有自发的情感……

这是阿尔多斯·赫胥黎营造的《美丽的新世界》，这个牛津大学的毕业生尽管有个崇拜科学的爷爷托马斯·赫胥黎，但显然他对当时正在流行的“科技崇拜症”抱有明显地不信任感，他似乎同样鄙夷柏拉图的《理想国》或者莫尔的《乌托邦》。于是在1932年，他催生出了这样一个将高度发达的科技与专制主义结合起来的产物。这一年，福特的T型车已经在世界广为流传，而他发明的装配线正在不停歇地上演卓别林的《摩登时代》，而斯大林正在把那些与他理念不同的人驱赶到古拉格群岛，有理由相信，技术至上主义与专制主义正在世界肆无忌惮地展开……

于是秉承着英国人强烈的人文主义色彩，38岁的赫胥黎以他特有的尖刻词语，冷漠地猜想了这个“美好的未来社会”。然后，借助这个叫伯纳德·马克斯贝塔人种，锐利地撕破了技术时代表面的美丽面纱。故事从参观伦敦中心区繁殖和分类场开始，而这个马克斯先生是由于无性繁殖的流程中的一个不幸的疏忽造成的——他在胎儿期间酒精进入了他的血液循环。于是这位先生显然与幸福的时代不合拍，他甚至用老掉牙的方式爱上了一位莲娜·克罗尼的阿尔法女人，并放弃了“新世界”中流行的性爱游戏规则，而想与她成为那种早已消失的“恋人”。于是，他带着她乘火箭去了新墨西哥的原始保护区。生活在原始保护区的“野人”看起来很痛苦，生活的环境肮脏，女人要忍受分娩的痛苦，他们会得病，会变老，会有让人讨厌的争斗……但是，这一切却让骨子流着酒精的马克斯激动不已，于是他喊出了开头的话。

故事的结局让人悲哀，是因为这个世界的元首害怕“野人”来破坏他们统一的思想。像后来的乔治·奥威尔一样，赫胥黎对于未来世界是悲观的。只不过奥威尔对于世界的恐惧语言更多地是针对极权主义，而赫胥黎则是技术。这种对于技术的恐慌让人想起了施宾格勒在《西方地没落》里对于技术的描述：“技术是像我父上帝一样永恒和不可变化的，它像上帝之子一样拯救人类，它像圣灵一样照耀着我们。”

我们对于这个上帝的信服，是因为它能迅速给我们带来现实的快乐，汽车、电话、计算机，而不需要像从前那样整天祈祷是为了缥缈地来生的幸福。技术是一个功利化的见效快的上帝，并且毫不拒绝地让我们纵欲。于是最终，我们必然被技术本身所异化，让自己丢失掉人类最重要的特征，就像《美丽的新世界》中元首所说的："今天的世界是安定的，人们很快乐，他们要什么，就可以得到什么，而他们永远也不会要他们得不到的。他们富有，他们安全，他们不惧怕死亡，他们幸运地对激情和老迈一无所知……"按照弗洛伊德的说法，人类的快乐永远产生于强烈的对比之中。所以，所有的读者都知道美丽的新世界，美丽得不适合居住。几十年来，没有谁比赫胥黎更成功地对技术进行质疑，于是在克隆羊出现时，这本书被广泛地引用着。我们有理由感谢赫胥黎先生的想象力与阴冷的文风，尽管他营造的世界有点滑稽，离我们依旧遥远，但是，他却以他对于"人"的关注来不断提醒我们，技术给我们带来偏差的可能。

静谧的激情

我在快速地翻阅本雅明的文集时，歌德的一句话从密密麻麻的字符中跳跃出来，准确无误地抓住了我。这个德国老人说道：“在这个躁动的时代，能够躲进静谧的激情深处的人确实是幸福的。”我不知道这句话的语境，但语言的动人正在于它具有穿越历史的力量。

“静谧的激情”，这个短语完美地解释了我心中一直以来隐隐刺痛的原因。对于每一个成长于90年代的少年来讲，不管是“静谧”还是“激情”都是被遗忘的词语。这是一个前所未有的开放时代，比起每一代中国青年，我们都获得了一种空前的视野。我们几乎可以看到任何我们渴望的东西，在现代技术的帮助下，我们的青春在一个没有禁区的环境中度过。但是，这种铺面而来的丰富，也一下子让我们年轻的灵魂不知所措。

我们的生活就像网页上永远没有穷尽的链接一样，从这一点到那一点，我们无法把精力集中在任何一点上，而青春与才情就消耗在这没完没了的跳跃过程中。我们的周围是如此喧嚣，我们的偶像是互联网世界风起云涌的惊世富豪们，而后现代主义者告诉我们，这个世界是由偶然造成的……在这样的环境中，我们失去了让自己静谧的能力。我们必须不断让自己置身于吵闹声中，不管这种吵闹是真实的，还是虚拟的。因为只有这样我们才可以感到安全。因为没有静谧，我们必然也就失去了获得激情的环境。激情是以全部身心的力量，选择狭窄的突破点，才可能实现的。而我们的肉体与心灵上带有了太多的接触点，有了太多的兴奋带，所以，我们最终丧失了激情的可能。我们可能是快乐的，但这种快乐可能也永远是不痛不痒的。

所以，我们快乐，却不幸福。幸福需要的是一种心灵的力量，它让你如此地专注你的兴趣，它可能是爱情，可能是理想，甚至仅仅是一个简单的玩具。于是，在这个时代里，我们最终沦为了浮士德。在我们年轻的身体中，充满了各种知识与技能，却惟独没有了灵魂。所以，我们的身体虽然丰满，却没有脊梁来支撑。

欲望的声音

“人们听到肉体的声音，我会说欲望的声音，总之是内心的狂热，听到肉体能叫得这么响，或者能使周围的一切鸦雀无声，过着完整的生活，夜里、白天都这样。如果你没有体验过绝对服从身体的欲望的必要性，就是说，如果你没有体验过激情，你在生活就什么也体验不到。”那个总是左手拿着烟，在18岁就已经老去的玛格丽塔·杜拉斯用她特有的黄昏式的口吻这样说着。这个似乎永远陷入欲望中挣扎与绝望的法国女人揭示了本世纪最惊心动魄的主题——对真正的爱的渴望。

三年后（1980年），已经66岁的杜拉斯与小她40多岁的大学生安德烈·扬坠入爱河。无疑，从外表来看，这已经不是那个在湄公河畔，穿着安南服装的15岁少女，也不是《广岛之恋》中的那个迷人的法国女人，66年的心灵上的巨大起伏与不断酗酒已经让这个女人的脸的确正如她自称的“面容已经被深深的干枯的皱纹撕得四分五裂，皮肤也支离破碎”。她那双躲在宽阔的黑色镜框后面的眼睛还有神采吗？但是，她的心无疑依旧强烈地跳跃着，并随时准备迎接可以击倒一切的剧烈的爱情的到来。

杜拉斯的朋友米歇尔·芒索在记述这段罕见的爱情时写道：“大学生让她把自己带到任何地方，他爱上了一部小说，他遇到了一个女人，这个女人强迫他爱她，就像爱她的作品一样。完全爱她，在肉体上爱她……这个身躯在请求，在享受，几乎是在恳求：吻我吧……”无疑，杜拉斯打破了现实与小说的界限，她几乎把自己的一生投入到情感冒险之中，她不断地体验着内心的狂热，肉体的声音从她的灵魂深处撕心裂肺地传出——“爱要么是激情，要么就什么也不是。”

她的惊世骇俗式而不由反驳的论断，每一个真正热爱生活的人都会或多或少地为此而陷入忧虑或者喜悦的思考——我们又爱过吗？这个残酷的法国女人已经锐利地刺破了我们生活的虚伪，她几乎用一种高高在上的态度不屑地问我们：“你体验过真正的爱吗。”我们几乎已经忘记了“爱”的模样了，爱要么像一个美丽的甜品点缀在我们的生活中，它在我们孤独的时候给以慰藉，在快乐的时候提供容器。在经典的描述中，爱情是那些在漫长的生命历程中互相搀扶走过的身影，是所谓的生锈了般岁月的长久的“牵手”，是一个被亲情充斥，而没有欲望声音的平庸生活，是有着太多的精神上的思念，却排斥了肉体声音的想像的情节……爱，被加入了太多文化的成分，被注入了太多精神意义，爱变成一种间接行为，它需要通过这样或那样的媒介来完成，它似乎已经不是两个生命之间赤裸裸地交流了，它被繁琐所包围着。不断地被这些平淡稀释成一个平面化的词语，一个丧失了立体感与强劲热量的符号……而爱，其实更多的是一种本能，是一种毫无顾忌的生理反应。这一点，惠特曼似乎表达得更清楚，在《歌唱带电的肉体》中，他几乎是肆无忌惮地用他那底气充足的西部口音叫喊道：“而假如身体不是灵魂，那什么是灵魂呢？”而在《一个女人等着我》中，他则更直接地写道：“一个女人等着我，她拥有一切，什么也不缺／可是如果缺少了性，或者缺少了健壮男人的水分，就缺少了一切……如今我要拒不接近那些缺乏热情的妇女，／我要去跟那个等着我的人，跟那些热情的／可以满足我的女人们同住，／我看她们了解我，也不拒绝我，我看她们值得我爱，我要做那些女人的强壮的丈夫。”这个粗壮的美国式的内心独白，让我感到一种强烈的生命感撞击着我，爱情是一种力量的交流，是毫无阻碍的直白。

杜拉斯无意中已经渲染了“肉欲主义”，但是普通的纵欲者其实仅仅是一种更深层的无能，他们仅仅是让自己投入一种数量之中，甚至让自己产生了麻木。而真正的爱，或者说真正的肉欲主义者，应该是对于质上的无限追求，每一次身体的颤抖都直通向幸福的宫殿，那耀眼的晕旋——正如杜拉斯所说：“每次我有欲望，我就有爱情。”

杜拉斯所渴望的“叫声”，正是对于福柯观点的回应。这位哲学家认为自工业革命以来，性的欲望已经被工业机器所压迫殆尽，三百年来，我们始终处于无法高声尖叫的压抑之中。没有比奥克塔维奥·帕斯的论述更让人辛酸的了，这个墨西哥诗人说，在20世纪的各项伟大起义中，爱情是缺席的，爱情与性被政治所歪曲，它已经不是激情，而仅仅是一种权利。而到了马尔库塞那里，爱情与性甚至变成了一项消费品，快感成为工业机器的一部分。以致于弗洛姆要大声疾呼：“爱，是一种能力。”我们是否可以解放自己。我们的学者们不是正在鼓吹一种全新的文明“信息文明”正在到来，人类将被从机器中解脱出来，那么我们的性呢？结果我们失望地看到，性在信息文明的代表工具互联网上泛滥着。我们肆无忌惮地谈论着它，把潜藏的欲望变本加厉地诉说出来。但是，我们的对象只是显示器后虚幻的对象，我们在无情地欺骗自己。我们甚至让自己的本能陷入一种不真实，这是否意味着一种更深层次的无能呢？

天哪，我们正在眼睁睁地看着我们的身上最原始的激情的消失，我们变得如此麻木，或许可能无法逃脱杜拉斯的蔑视“我们什么也体验不到！”由于缺失，我为电影《玛戈皇后》中的场景激动不已。玛戈与他的情人在街头初次相遇的片段。两颗陌生的灵魂在黎明的街头相逢，真正的爱是不需要语言的，他们靠在巴黎街头的墙壁进行生命中最本质的交流。那墙壁一定冰冷吧，同时又是粗糙与生硬的吧。但是，玛戈那张如此沉醉的脸已经说明了一切，他们的爱是不需要那些间接的方式来传达的。而在苏格兰女王玛丽亚·斯图亚特遭遇她的情人斯博韦利时，这位平日狂傲的女王让自己陷入了无法自拔的疯狂之中，深刻洞悉人性的茨威格用饱含着激情的笔触来描写这个被情感所征服的女人，在不能自已的情欲面前，女王的身份消失了，她是一个赤裸裸的女人在等待着男人。而这位斯博韦利爵士似乎从来就不是一个精神层面丰富的家伙，他有的是他狂暴的欲望和一个雄性动物的征服欲。

100年前，埃米利·狄金森在一首名叫《我啜饮过生活的芳醇》中写道："我啜饮过生活的芳醇／付出了什么，告诉你吧／不多不少，整整一生／他们说，这是市价。／他们称了我的份量／锱铢必计，毫厘不爽，然后给了我我的生命所值／一滴，幸福的琼浆！"我宁愿相信，这一滴芳醇是杜拉斯所说的"欲望的声音"、"肉体的狂热"、"身体绝对服从欲望的感觉"，是惠特曼歌唱的"那带电的身体"，而这是我们之所以生活在世间的最重要原因，也只有它能够证明我们曾经作为人而生活过。

行动者海明威

1951年，当加西亚·马尔克斯在巴黎街头第一次见到欧内斯特·海明威时，这个28岁的新闻记者根本无法抑制自己的激动，他远远地扯着嗓门，用着拉丁美洲味道的西班牙语喊道："大师!"这个词几乎概括了几代青年对于这个用全部生命来历险的人的绝对崇拜的情感。海明威那张宽宽的脸绽放着孩子气的笑容，似乎永远倔强的胡子乱乱地堆在他的脸上，一张温暖却坚毅的面孔，那上面记满了酗酒、斗牛、打猎、追求女人的痕迹。它们几乎完美地混合在一起，让这副面孔充满了蛊惑人心的魅力。这是本世纪最著名的符号之一，它不断地出现在各种广告画面中，几乎就意味着那个单词——作家。

尽管不断有学者在质疑海明威的真实性，他们认为，海明威在用那支无与伦比的笔营造了一个虚假的世界。在这个世界里，这个人是在炮火中救助战友的英雄，是不怕死的斗牛士，是无畏的记者，一位酒精爱好者，当然最重要还有——一位在女性世界中无艰不摧的性感人物……传记作家肯尼斯S.林恩把这原因归结于海明威幼年所受的心理伤害，于是成年后的海明威为了躲避这种自我恐惧，"他只好写故事，以创造和虚构相同情况的方式来努力克服内心世界的混乱……他比任何人都更习惯于借助艺术来再造他的生活……"

但是，对于大多数年轻的心灵来讲，这种弗洛伊德式的分析简直是多余。不管是否是源于自我恐惧，海明威的确曾经出现在意大利前线，游荡于巴黎的夜幕下，在西班牙的斗牛场里呐喊，还有非洲丛林中的狩猎，他的身边不断变换着美丽的女人……在那些作品里，我们更多看到的是一位害怕生命在平凡中轻易流逝的男人，他努力在寻找生命中最核心的东西——本能的力量。冒险、酒精、性的刺激无疑通往生命核心的最直接的途径，在这种高强度的体验中，海明威让自己触摸到了生命。而我们则通过那些已经被压缩成平面的文字，同样感到了那种生命激情，我们在阅读中让自己激动得颤抖。海明威是文学史上最具生命真实感的作家，当一个人写出这样的句子："人生不是用来被击败的。人可以被毁灭，但不能被击败。"他怎么可能是虚假的呢？

比起后来的学者，我更愿意相信同代人菲茨杰拉德所描述的海明威："一个身材魁梧、浑身是力的农民。如水牛般健壮，是一个地道的运动员。他随时都可以过他笔下所描述的那种生活。如果他的身体条件不允许他过那种生活，那么他就决不会去描写那种生活。"

对于这个身材魁梧的、生活肮脏邋遢的农民来讲，本能的满足意味着生命的全部意义，这也是他的最动人之处。在《永别了，武器》中，海明威借弗雷德里克感慨道："我生下来不是为了去思想。我生下来就是为了吃。是的，上帝，就是为了同凯瑟琳一块吃饭，一块喝酒，一块睡觉。"比起那些苍白的思想者，行动的海明威更体现了黑格尔的论断："人的真正存在是他的行为……它的存在不仅仅是个符号，而是事情自身。行为就是这个行为，有什么样的行为，就有什么样的人。"我们热爱海明威那些简洁的句式，但我们更热爱的是海明威那些行动本身。

乏味的大学

47楼可能是中国目前最著名的学生宿舍楼了，孔庆东在10年之后，在一面泛黄的纸上描述了那时候的北大的故事。打动我们的是什么，是那些生命中最珍贵的趣味性。尽管，一位青年批评家在那里高姿态地说道："那些笑容背后是苦涩。"但是，在这里苦涩只是一种可有可无的陪衬，只有趣味才是最穿入我们心肺的。

趣味的前提是存在的事物的多样和丰富。10年前的北大存在的那些形形色色的人群，他们有着迥然的风格，并且执着地按照自己的生存状态存在。并且他们的环境还是宽松，他们没有太统一的目标去追逐什么，于是在悠闲之中，他们很自然地展示了自己最真实的一面。《北大往事》里描述了太多的这样的故事，那些今天看起来荒诞不经的故事散发出来的味道具有某种诡异的魅力，激发起我内心深处潜藏的不安分的欲望。我走在世纪末的北大里，呼吸着北京日渐污浊的空气，痛楚地看着我身旁那些和当年的孔庆东们一样年轻的生命已经不再"好玩"。一位师姐曾经感慨道："现在的校园不比从前，放眼一望，学子们个个山清水秀，走在一起分不出赵钱孙李，很像是批量生产出来的，花色品种变也变不到那里去……"大学越来越像工厂，流水线生产同样的产品，生产力在不断提高的同时，我们的生存空间却越来越小。分数、出国、赚钱，现在的学生的道路似乎被限制到如此狭窄。他们日益繁忙，却不知道为何繁忙，我们过多的把大学看成一个学习知识的地方，死亡的知识拥挤了我们充满活力的心灵。大学也越来越变成一个学习机构，我们在这里寻找到生存的技巧而不是如何成为一个完整的人，所以我们越来越被要求去适应这个社会，而不是保持自己。

在这种情况下，我们无法让自己有趣味。趣味需要的是自由，而这种自由和趣味又可以增加个人本身的抵御力。所以，当年那些纵情声色的宿舍里的脏小子如今也出落得楚楚动人了。更重要的是，他们在使人变形的社会里依旧最大限度地保持了自己的本色，这是作为一个人存在的根本。

大学本来应该成为这样发挥个人独特性的场所，在这里年轻但是充满激情活力的生命不会遭受太多的损害。读牛津剑桥大学的校园文章常令人心驰神往，那些未来的达观显贵此时都是恶作剧的高手，这些绅士们想方设法地取乐。“光干工作不玩耍，聪明的孩子也变傻”，剑桥大学的莘莘学子以对待科学研究同等认真的精神来玩耍，甚至是胡闹、放肆的程度。科研圣殿三一学院的门楼上，站着创建者亨利八世的雕像，左手托球，右手握节杖。50年代在一次学院的晚会上，闹疯了的学生大概为了抒发对亨利八世曾砍掉剑桥大学校长费雪脑袋一事的愤慨，想出了一个荒唐无比的恶作剧：竟然爬上了“伟大之门”把皇帝老子的节杖扔掉，换上一截破椅子的木腿。从此，满脸庄严的万岁爷便拿着破椅子的木腿站着，一站就是几十年。这种自由甚至疯狂的氛围其实是每一所推崇“独立健全人格”的大学的共识。但是这种气氛在目前的中国大学极度欠缺。“现在的校园气氛一点也不好玩，学生都挺傻的。”北京广播学院的一位学生在闲聊中说道。在他的记忆中，90年代以后的大学生越来越像中学生，除了脸上的稚气未脱，在思维上也呈现出幼稚的倾向。他所怀念的时光是90级以前的学生，那时候整个学校就像一个大家庭，尤其是在圣诞化妆晚会上，每个人像疯了一样地折腾，在人与人之间似乎根本不存在隔膜这一个词。而现在的学生什么都玩不起来，他最怀念的传统是每一届毕业生在离校之前，都要恶作剧地把校园内的一座土墙推倒，这几乎成了毕业班的一个传统，虽然不比剑桥，但也相当有趣。可是这种传统消失了。更为有趣的是燕京大学的一位早期的女学生回忆，如今她是一位北大学生的奶奶。这位当初聆听了冰心的课程的女才子回忆那时候燕大的一个伟大的传统是将新生骗到未名湖边，然后像一项仪式一样将他们扔入未名湖中。现在的未名湖已经不会再有这等趣事了，依旧残存的灵气似乎也来自那时候穿着长袍的燕大新生荡起的潋滟。

功利主义的盛行使得校园日益变得枯燥，物化的需求和各种压力冲淡了学生本来应该“务虚”的青春。没有理想，不会胡闹，不会浪漫，在这个最应该放肆的年纪，我们的心灵却自觉地禁锢起来。生命力的活跃是大于任何实用知识的掌握的，因为我们是在生活，而不仅仅是生存。或许我真的就该纵情声色之中，就如拜伦勋爵多年前在剑桥的荒唐一样。

浪漫主义毒素的酿造者

夏多布里昂是个值得在街头回忆的家伙。走在喧闹的中关村，每当即将陷入烦躁不安时，我都会想起他。这个文弱的法国青年粘滞着我的思维，并有效而舒适地让我陷入一种冥想。此时，喧闹与躁热有效地隐藏起来，我开始误以为自己行走在19世纪的巴黎街道上。

1788年，20岁的夏多布里昂独自生活在巴黎。对于这个体内躁动不安的年轻人来讲，这是个寂寞的秋天。他白天躲避进荷马的世界，而夜晚来临时，他的激情开始无处宣泄了。这个内心太狂热而实际又太腼腆的孩子只能在幻想中获得安慰。他想起了1606年的一位著名的法国元帅拜访一位20岁的美丽洗衣女郎的故事。于是，他顺着元帅曾经走过的路，穿过小桥，穿过菜市场，沿着圣德尼街直到熊街……但是，没有洗衣女郎等着他。

20年后，夏多布里昂在《墓畔回忆录》中这样评价这段幻想：“您也会赞赏我年轻时在巴黎的贞洁和节制的：在这座首都，我很容易胡作非为……我只跟一个216岁的妓女来往过……”216岁的老妓女，这个意向让夏多布里昂的形象如此柔弱与鲜明地突显出来——这是个永远沉浸在幻觉中的人。而按照文学史家勃兰兑斯的观点，这个热爱幻想并且似乎只会幻想的人，可能是新世纪文学的第一个表率人物，他把19世纪初的欧洲拖入一场浪漫与厌倦的情绪之中。

的确，那时的欧洲，夏多布里昂这个名字是神秘与才华的代名词，当拿破仑在用武力占领欧洲的领土时，他则利用浪漫与梦幻征服了欧洲人的心灵。雨果少年时的豪言准确地道明了这点：要么成为夏多布里昂，要么一无所成。

1764年，这个没落贵族的儿子诞生了。（同一年，拿破仑亦来到人世。）这是个对文字极度敏感的孩子。到了青春期，由于他学会了如何在诗、小说中寻找女人的意象，被姐姐认为是“善于把词句搅合在一起、炮制出春药和魔法的巫师”。在文字、欲望与幻想之间穿梭，后来成了这个总是陷入忧伤的少年一生的生活方式。

最初看来他是个没出息的家伙。因为厌恶纪律，他没有成为海军；因为惧怕克制的生活，他没能成为教士；他曾经短期地成为洋洋得意的中尉军官，但是1789年的法国大革命终止了他这个地位；为了逃避国内的动荡，23岁的夏多布里昂登上一条可怜的帆船，他要去新大陆寻找机会。这块依旧蒙昧的大陆，让他那原本就习惯想入非非的大脑寻到了寄托之处。深受卢梭影响的夏多布里昂迷恋于原始风情，并与一位当地姑娘产生了某种嘎然而止的恋情。回法国后，他开始酝酿小说《阿拉达》的写作。1800年，这本描写北美洲原始森林中发生的激情的薄薄的小说让夏多布里昂一扫年轻时的晦气，书中原始社会的简单，与部落姑娘单纯的激情，经由作者语言的雕琢，让读者如痴如狂。各个书店都挂着此书的招贴画，而其中的人物已被塑成了蜡人。面对公众的欢呼，这个一直渴望别人承认的36岁的人意识到，软弱无力的忧伤与没有阻碍的幻想也同样具有力量。

接着他又出版了同样色彩的《勒内》与宗教著作《基督教真谛》。这些著作无一不掺杂了浓郁的个人情感，不可遏制的激情通行无阻地畅行其中。对于笼罩在血腥的革命阴影下的战战兢兢的法国与欧洲人民来讲，伏尔泰式的理性显然无法抚慰脆弱的情感。而他们却可以躲入夏多布里昂营造的神秘空间之中，那里有葱郁的森林与美丽的姑娘，而宗教情感亦弥漫其间，还有什么能比这更让他们的心灵得到休息的呢？

“夜晚真是美妙。精灵抖动着它们的蓝法，那上面浸染了松树的芳香……”今天看来，这些语句矫揉造作。但在当时，它的确煽起了人们心中压抑了太久的温柔。但从开始，这种情感就表现出炽热而不稳定的特征，这隐藏于作者本人软弱易变的性格中。

勃兰兑斯看出了这种煽情主义的虚伪，他在《十九世纪文学主流》中不无刻薄地写道：“他出生得太晚，接受教育的环境又那样奇特，以致他对革命和对革命起了部分诱发作用的十八世纪哲学思想都不能信赖。他又没能出生得晚一点来熟悉十九世纪的科学，从中取得新的信仰和新的观点……”尽管，夏多布里昂注定成为新旧时代过渡时尴尬的旁观者，或者说是一个永远无法坚定与成熟的孩子。但这个从来不安于寂寞的人对于名声、爱情、异性的肉体实在过于饥渴，当他偶然间发现可以通过抒情来获得这一切时，他开始获得某种虚弱的信心。他通过《基督教真谛》来取悦教皇，通过写作来帮助拿破仑。当这一切收到回馈时，这个孩子开始自我膨胀起来，以致于希望人们将之与拿破仑并列，比如他会这样写道：“未来，人们将这样提及，执政官，诗人。”而当回馈消失时，他立刻陷入了无边的忧伤与痛苦。他厚颜无耻地追逐女人，毫不吝惜地挥撒用文字与情感制作的春药与魔法。就像他自己说的“我爱所有的女人”，也像莫洛亚在其传记中写道的，“在虔诚的正经的大作家下面，生活着一个嬉皮笑脸的、谈吐随便、神态放荡的夏多布里昂”。

1809年，夏多布里昂开始了《墓畔回忆录》的写作。这本不断中断、又不断开始、绵延了40年的回忆录成为了他最杰出的著作。做过了旅行者、士兵、文学家与活动家的夏多布里昂在回忆再次舒展开他的浪漫，他在1831年的一封信中这样评价老年生活："坟墓那边的未来是白发老人的青年时代，我要比利用第一个青年时代稍好一点利用这第二个青年时代。"所以，他一面写作回忆录，一面致信给一位英国姑娘："你所见到的是一个年迈的老好人，满头白发，只是还有一颗骑士的心。"回忆与爱情，成了他苍老却永不安分的心的庇护所。1848年，在巴黎公社的革命声中，夏多布里昂说完"我要去"，就再也不说话了。

莫洛亚在《夏多布里昂传》中，将之描述为一位情感上的浪漫主义与理智上的现实主义者的矛盾结合。然而，对于通过《墓畔回忆录》来认识夏多布里昂的后来者来讲，他的政治立场或是经历已经不再重要，他已经被浓缩成浪漫主义开创者的代名词。他的软弱、激情或是滥情、幻想、好名、不合时宜的性格特征，成了浪漫主义这个词语背后的真正注解。也因此，在接下来的时代中，浪漫主义在不断被一些追逐的同时，也饱受诟病。就像我因为幻想416年前的老妓女，而目光呆滞地走在中关村的街头上时。喜欢我的姑娘会说，这个孩子好喜欢幻想，他的内心世界一定很丰富，他是个充满趣味与思想的人；而讨厌我的姑娘却会得出相反的结论，这个家伙呆头呆脑的，走路也不看着点，有时间不好好背背GRE单词，发什么愣……

好了就到这里吧，我的倾向性已经相当明显了，借着叙述夏多布里昂，我逐渐将自己暴露无遗了。最后，我希望再次引用勃兰兑斯对于19世纪初浪漫主义的描述，这段话一针挑明了浪漫主义的根源："（在新旧秩序交替时，所有人都参与到争夺新秩序王冠的斗争中。）有些人由于这样或那样的原因感到自己和旧秩序联系在一起，有些性格比较细腻、脸皮比较薄，有些人爱梦想而不善于实干，这些人发现自己被排除在外。他们不是靠边站就是流亡国外，他们变得孤独起来，而且越是陷入冥想就越发变得以个人为中心，因而越发变得容易苦恼。最苦闷的人是那些脑子最发达的人。”

卡萨诺瓦——浪荡的精髓

由于不受羁绊，没有固定的目标，不必瞻前顾后，因而（卡萨诺瓦）可以特立独行，其步调不必与凡夫俗子保持一致。凡夫俗子身负道德包袱，带有伦理目标，要受到社会责任的束缚……

——斯蒂芬·茨威格《卡萨诺瓦》

我热爱夜晚的北京三里屯，我让自己淹没于绰约的灯光，喧嚣的人群，还有那些浓妆艳抹的姑娘。这时候，我陷入了一种放松与焦虑交替的矛盾情感中。我的欲望被这暧昧的光线与晃动的吊带裙引诱了出来，然而我缺乏付诸行动的勇气。我的心灵上已经承载了太多的谨慎与对未知的惧怕。即使，我暂时性放肆地想像了，我与擦肩而过的某条让人迷离的吊带裙发生了某种令人又惊又喜的关联。很快的，一种隐隐的恐惧就会驱走那暂时的快乐，我担心自己会进入吊带裙所设置的圈套，担心明天是否可以正常起床工作，担心我充满鲜花与光环的未来……我再一次面对诱惑退缩了。

我用理性与成熟来安慰自己。可是，这没有效果。我再次怯懦地躲入卡萨诺瓦（Cassanova）的世界，我要和这个18世纪的浪荡子一起闯荡欧洲，踏平那些姑娘与妇人的心。在同样的夜晚，卡萨诺瓦出现在豪华的歌剧院之中，恬不知耻地宣称自己是XX勋爵，然后厚颜无耻地开始以流利的法语与意大利语炫耀自己的一知半解的哲学与所虚构的贵族王宫。无疑他赢得了周围贵族的好奇与尊敬，然后，将顺利地进入社交圈，并易如反掌地选择一位贵妇与他共度良宵。

后来的历史学家与作家把这个出生于1725年，死于1798年的花花公子视作充斥于18世纪后半世纪的冒险精神的典型代表。在其流传于世的14卷的《我的生命史》中，我们看到一个试图抓住生命中稍纵即逝的快乐的人，如何周旋于赌场、醇酒、美妇，怎样被决斗、监狱与梅毒困顿，而最终又如何藐视这些成功与失败，而不断让自己再次投入生命的欢乐之中……青年茨威格曾经被卡萨诺瓦的著作激动。他以一种矛盾情感将之描述为一位冒险家，因为的他的野心是把世界当作轮盘赌；一位勇气可嘉的人，他的一切决定，都像是任意射出的枪弹，一时心血来潮，就想逃避单调的生活；一位雅致的二流哲学家，他时常把贺拉斯挂在嘴边，并与伏尔泰与孟德斯鸠通信；一位杰出的肉体情人，他尽一切可能取悦每一个不管美丑的女人，并宣称自己的快乐五分之四源于对方的快乐；一位彻底的人本主义者，“人的一生，幸福与否，走运与否，都只能享有一次，谁不热爱生活，谁就不配生活”。

茨威格将卡萨诺瓦的纯粹享乐主义趋向归结于其缺乏任何规范与道德束缚，讲得再彻底一些，这是一个毫无灵魂的家伙。在他神经丰富而发达的大脑中，没有任何神圣的精神之地。卡萨诺瓦就像一片漂浮于世俗海洋的叶子，随着波浪时上时下，却永远可以准确地把握住漂浮的快乐。

轻逸的力量，在阅读了卡尔维诺的《未来文学千年备忘录》之后，我终于理解了卡萨诺瓦的迷人所在。意大利作家卡尔维诺认为，轻逸是我们认知世界的最有效的途径，因为只有一个小说家具有轻逸的能力，他才可能把任何日常世俗之物视作不可企及的探索。那么对于卡尔维诺来讲，不管是在歌剧院中的趾高气扬，牌局上的惊人狂热，还有不论是宫廷贵妇还是街头卖花女郎一视同仁式的投入，都变成了一种生命快乐的极致追求。在卡萨诺瓦眼中，快乐是没有高雅与粗俗之分的，女人是没有漂亮与丑陋区别的，而生命本身是没有逆境与顺利的不同的，他可以在一切情境中忘情地攫取到欢乐。

在此，我顺便谈及“浪荡”一词的最初含义。在西班牙语中，浪荡子（1ibertino）最初的意思为“一个自由人的儿子”；而在法语里，17世纪时，这个词的意义与“慷慨的(1iberal)”和“大方的(1iberality)”相近，即慷慨和利他主义。卡萨诺瓦无疑体现了这种浪荡精神。茨威格说，卡萨诺瓦与唐璜的区别在于，前者永远将女人的快乐视作自己最大的快乐。不管对方美丑与否，卡萨诺瓦都毫无怨言地投入，让其获得快乐。而为了获得这种暂时的快乐，卡萨诺瓦可以藐视一切可能的风险。其回忆录中记述了太多这样的故事，他常常为了一声没有露面的女人的哀怨叹息，就放弃了去往伦敦的船票，然后毫不犹豫地进入一场冒险之中。而据茨威格推测，所有进入卡萨诺瓦世界的女人，都极度感激这位情人，因为他慷慨地付出了其获取欢乐的能力。

我们已经让自己陷入了不可自拔的沉重与自私之中，每次我在三里屯陷入冥想时都有这种不祥之感。我们的头脑中已有了太多的人为划分的区域，哪里是不可触及的，哪里是应该回避的……而这种划分的前提是，我们将生命本身功能化了。我们作茧自缚地设计了生命之路，预先规定了快乐的含义，成功的指标，还有生命的目标。在这样的束缚之下，我们会自觉地提醒自己，冒着危险接受诱惑是不值得的，只应该与身高170厘米的姑娘睡觉，偶尔放纵可以，但绝不能影响正常生活。而今天，浪荡这个词早已失去了最初的意义。在充满规范与束缚的今天，浪荡者转换成对于数量的追逐，而非对于生命无限可能性的探索，更失去了慷慨大方的美誉，变成了一种纯粹自私自利的行径。

最后，我把目光投向了网络世界。网络世界无疑具有卡尔维诺所追求的轻逸。一方面在这个空间中，万物是由简单而没有重量的0与1组成的，它们随时可以被打破与重组；另一方面，我们可以充分隐匿其间，无须任何责任与信誉。借此，我们的确获得了某种轻逸的力量，无法否认，在黑暗而神秘的网络空间中，游荡着一群卡萨诺瓦。他们变换着不同的名字，与不同的异性与同性进行着交流。然而，很快我们就发现了这群伪卡萨诺瓦们的虚弱之处。他们缺乏基本的勇气与真正的自由。他们躲在屏幕背后，他们惟一的关注点仅仅是形式单一的网络调情。而真正的卡萨诺瓦是四处出击的，是激情投入的，是可以通过丰富变化的手段来获得欢乐的。卡尔维诺在《未来文学千年备忘录》中还强调了一点，轻逸分两种，一种是像树叶一样的轻逸，而另一种则像飞翔的鸟。他所说的轻逸倾向于后一种。有了卡尔维诺的区分，我开始怀疑斯蒂芬·茨威格并没有理解卡萨诺瓦的真正伟大之处，卡萨诺瓦并非是没有灵魂的轻逸，他的一切行为都直指欢乐。他像一只鸟一样腾挪转闪，忽高忽低，但他在哪里都可以寻到更多的快乐，他的灵魂即是欢乐。而网络世界的卡萨诺瓦们则更倾向于一片叶子，他们没有核心，只是漫无目的地飘。

在粗浅地了解了卡萨诺瓦的生平之后，我最大的渴求是有人将其《我的生命史》译成中文。每当我在书店中，发现了标榜自由与放荡的网络文学时，我就无法抑制地想去嘲笑他们的无知。一点点网络上的猎奇就值得炫耀吗，不管你们是来自榕树下还是槐树下。一位卡萨诺瓦已经让这一切黯然失色了。

我在麦田守望

这部小说我已经听说很久了，据说是暴露了资产阶级社会中青少年的虚无、彷徨，精神上无比的苦闷的状态，对于我们这样的成长在社会主义的幸福生活中的青少年是陌生遥远的。结果直到最近译林出版社新版出来之后，我才第一次真正接触到这部全篇幅散发着浓郁的青春气息的读本。对于这部小说我几乎是从第一页开始就不可救药的爱上了它。我抱着这本薄薄的书从国林风书店读到我宿舍的床上，我的思维一直和那个满嘴脏话，喜欢倒戴着鸭舌帽，大冬天穿风衣的霍尔顿到处乱转。我陪他一起骂人，一起出入夜总会，一起想那些庸俗却漂亮的姑娘……

在十几万字里遨游，在纽约市区里闲逛是件极其有趣味的事情，尤其是伴随着霍尔顿这样一个实话实说的家伙。我的感情完全沉浸在阅读的快感里，我让自己的性情放纵且放肆。

我知道霍尔顿是美国50年代的一个小伙子，现在即使在的话也该做我的爷爷了，而且美国离我那么的遥远，我们之间本来是该有隔阂的。可是，我却老感到一阵阵强烈的共鸣，我觉得这家伙说的做的，都跟我想得没什么两样。反正我喜欢跟别人不一样，我不高兴的时候也喜欢说脏话，尽管是中文。我也如饥似渴地盼望姑娘，我也老觉得生活特没劲，还有我老是感到我周围的人特虚伪，我心里也渴望那么多美好的东西，比如理想，比如爱情，可是现实让我看不到这些好东西，我成天被包围在恶心混乱之中。我实在太敏感了，我感觉得到别人感觉不到的肮脏。我也常把希望寄托在明天，但是我不想去守着麦田，因为我是在城市长大的，我不熟悉农活，但我也希望“肩住闸门，放孩子们到光明宽阔的地方”。有时候，我真觉得自己是个可怜的怪家伙，浑身是由矛盾冲突构成的，我的矛盾总是在不断的激化，我的心态总是不明不白地陷入苦闷之中，我老是看不到光明和希望，我经常对自己的理想，对自己的未来，对自己曾经无限崇敬的信仰和自己身边的人产生一种信仰危机。

我的国家民族社会对我说“孩子你要这样”，我的父母老师同学对我说“你是该这样”，他们总是热情的给我指引着道路，他们总想安排一条他们以为好的道路让我顺着走下去，整天喋喋不休地对我说，“听我的，准没错，你看前面就是你需要的一切”。然后，我一下子就迷惑了，我需要的是什么，他们怎么知道我一定需要的那些东西。我老觉得自己像一个被上了弦的机械玩具，顺着自己不想走的方向一个劲地傻走。一旦我产生质疑，我问自己为什么这么走，或者我想停下来思考一下的时候，他们就催我，就劝我快走。我想反抗的时候，他们就说我是个坏孩子，把我当反面典型教育那些即将上路的小孩子。

我就觉得这一切实在是无聊，可我又不知道我该怎样去表达我意思，我该怎样向他们解释，因为他们根本就不愿听我说话，他们总是觉得我是个脑子坏了的孩子。然后，我就特郁闷，我只好通过别的方式来发泄我的不满，我开始用脏话来抒发我的情感，我找那些漂亮的女孩子，我和她们约会，尽管我鄙视她们。我出入那些喧嚣的场所，我老想满足了我自己也给你一个刺激。可是尽管这样，我老是无法让自己真正痛快起来，我的心里老有些东西放不下，那些是我这么些年来心里所存的最美好的希望，可是他们总是实现不了……我真不知道自己该怎么办才好，可我除了苦闷再也找不出别的方式，我终归还得走他们给我设计好的道路，我还是得变成一个好孩子，因为所有的人都是这个希望，而且我实在没有力量按着自己的方式生活，我太单薄了。

我最终还是屈服了，等我将来做了爸爸，我还得让我儿子屈服，到那时候我怀疑会像今天我爸爸那样不遗余力，我肯定，我不希望我儿子做个麦田的守望者，我要他上名牌学校，我要他读法律系，我要他从政或经商，那样才能挣大钱……

生命不息，作秀不止

未来每个人都能当15分钟名人。

——安迪·沃霍尔

1962年8月4日，玛丽莲·梦露自杀于家中。一位叫安迪·沃霍尔的青年艺术家意识到这是一个绝佳的机会。在此之前，他刚刚举办了由一张张Campell汤罐构成的奇怪画展。此时的他，正在探索一种奇怪的绘画方式，利用绢印来复制肖像。他已经复制了猫王与伊莉莎白·泰勒等明星，而梦露那张更富个性的脸将为他带来不朽的生命。

一位纽约作家这样评论道："沃霍尔创作的梦露系列绢印肖像画犹如流水线出产的福特汽车一样，每一辆车都与别的车相同但颜色不同……批量生产和独一无二会有何区别呢？例如电脑，抽象的程序是惟一的，但输出的结果却可以无穷地复制。也许就是由于这些因素才使保罗·比安奇尼坚持人为波普艺术代表了美国第一次真正突破欧洲传统。从而推测它是对抽象表现主义不可逆转的反叛……"

这段评论终于将安迪·沃霍尔推到了他渴望的明星地位。长期以来，这个内心脆弱、虚荣心膨胀的艺术青年一直在等待这样的评价，在等待成为杜鲁门·卡波特（美国60年代著名作家）式的有钱有名的大人物。早在60年代初，安迪就不断地对朋友说，将会出现一场新运动和一个新人物，同时暗示自己即是那个新人物。

历史把安迪·沃霍尔等制造的运动称作波普美术。而今天，Campell汤罐、重复的梦露肖像已经成为上个世纪最经典的记录之一，它与滚石乐队与柏克莱学生运动一样承载了美国的60年代。

而安迪·沃霍尔早已成为一个符号化的人物，他至少局部地表明了，人类文化在上个世纪60年代已经进行了显著的变革。我们长期尊重的艺术观念突然变得一钱不值了，新生代们叫嚣着革命，打倒过去，并在头脑并不清晰地情况下，选择了一种混乱、喧嚣、矛盾、无体系、本能，来视作新生命与新时代的标志。安迪·沃霍尔应运而生，利用歇斯底里式的天才来不断震惊时代。

这本平庸之作《安迪·沃霍尔传》，提供了一些我们依旧陌生的材料。安迪所代表的气质贯穿了60年代至今。安迪艺术手法的机械化、不可抑制的表演欲、成名欲，成了几十年来世界的主流。更富预见性的是，那位评论家所说的“安迪的艺术手法与电脑类似”。60年代，电脑依旧是罕见的产品；今天电脑已经普及，安迪的精神事实上亦已经渗透我们生活的每个角落。

在这个日益复杂与加速发展的世界中，我们更加恐惧被遗忘，内心早已失去了平静。因而安迪·沃霍尔著名的论调“未来每个人都能当15分钟名人”成为我们新的座右铭。不管是《楚门的世界》(Truman Show)，还是，名躁一时的网站Star.com 都是为满足普通人成为明星的欲望。而安迪意味着无序、偶然与复制的艺术乃至生活观念，在今天更加变本加厉，只是我们已经熟悉与麻木。

对于安迪·沃霍尔来讲，世界不过是一个录影棚，他在其中不知疲倦的作秀。因为先天性的身体缺陷，他将作秀视作能量的惟一出口。他在绘画、地下电影、杂志出版之间游荡，拼命地吮吸声名带来的快感。从中我们或许可以触及到我们的时代所蕴涵的真正改变，即终极意义的消失，而且是赤裸裸地消失，无需任何略表羞涩的掩饰。

有关俄狄浦斯

一本书，必须是凿破我们心中冰封的海洋的一把利斧。

——弗朗兹·卡夫卡

阴郁的卡夫卡在形容每一次写作过程时，用了一个比喻：仿佛摔倒在人来人往的剧院中央。在面对这本《生死朗读》时，我面临了卡夫卡式的窘迫。长期以来，我把写作视作生命一次顺畅的歌唱，我带着喜悦触摸键盘，急切地寻找着语句来表达想法。写作是我将世界辨别清晰的一种愉快手段。

但是，我该怎样表达阅读《生死朗读》所带来的惊栗呢？我惯常的分析方式遇到了不可逾越的障碍。15岁的少年与36岁的妇人之间的绵延数十年的暧昧情感，其中，我们遭遇了肉体的激情，目睹了离别与重逢，经受了生死的颤抖……而这一系列令人惊异的事件背后的驱动力竟然是一个简单的细节：朗读。

我是个迷恋成长的人。我总是对那些在正在发育成熟的灵魂产生莫大的好奇。我想了解，究竟是什么样的人与事会对一个少年的内心世界产生无法消除的影响。于是，几乎从这本书一开始，那个孤独的15岁少年米夏尔就粘住了我。因为疾病，远离了人群，他堕入了36岁的汉娜的生活。在这个成熟的女人的身上，米夏尔触摸到同龄人中没有的韵味——“她的身体很强壮，极富女人味，比我曾喜欢过的、博得我青睐的姑娘丰满”。紧接着，他们不容我喘息地睡了觉，在相当长的一段时间内，他们过着“朗读、淋浴、做爱、一起躺一会儿”的生活。

我承认在前66页，我被这种错乱而单纯的爱情生活挑逗得神魂颠倒。就像米夏尔对汉娜说的，他喜欢于连·索雷尔与德瑞纳夫人之间的关系更甚于与德拉木尔小姐的。这段俄狄浦斯式的恋情，沟起了潜藏于我记忆深处的断片，和那些小心翼翼拒绝触及的情感。我回忆起了《红与黑》中，于连在夜晚敲开德瑞纳夫人房门的声音；想起了《教室别恋》中，少年在楼梯上强吻女教师的场景；甚至模糊地看到了，马晓军在那个充满了革命气息的房间里，对于米兰的无法压抑的欲望……

成熟的女人们让正在发育的男孩子们寻找到一条通往经验世界的最简捷途径。不管是米夏尔还是于连，他们都通过成熟的异性而迅速成熟起来。或许由于在成长中，我没有体验过这一过程，在成熟后的今天对于这一过程产生了无比的迷恋之感。我得再次勇敢地承认，事实上，我的阅读高潮在前66页已经出现。在接下来的131页中，我一直在努力再次寻找到最初描述的段落。我的身份早已不是一个客观的阅读者，我已经被自己潜藏的情感推入这种紧张的寻找之中，我比作者更加焦急地等待米夏尔与汉娜之间的重逢。

深深的失望主宰了最终的130页。在这130页中，我目睹了米夏尔对汉娜情感的动摇，震惊地看到汉娜莫名的失踪，然后惊异地在法庭上发现了她，最终绝望地忍受了她的衰老与死亡。在第118页，作者揭露了或许是本书的核心所在“汉娜不会读书也不会写字”。有了这句话，读者就可以理解，汉娜为什么突然离开米夏尔，为什么背上牢狱之灾……这个突如其来的结果，给我带来足够的震惊，却没有戳中要害。

我总觉得，这种情节安排，对于作为侦探小说高手的作者本哈德·施林克来说，其实并不困难。离奇的情节不能作为一部杰作的表征。震撼灵魂的不是所谓的战后德国的社会背景，也不是出乎意料的情节安排，而是它传达出的少年与成熟女人之间的无法言喻的情感。

到了这里，我突然觉得卡夫卡式的痛苦正在离我远去。我发现一直在困扰我的情感变得单纯起来。这本小说其实并没有我最初想像得那样复杂，它曾经纠缠我的东西正在变得清晰起来。我始终在阅读的，不过是一个年轻男人的成长过程，他遭遇到一个有点莫名其妙但是富有成熟魅力的女人，他们之间发生了隐秘而幸福的联系，然后这个男孩子就再也没有从这种情感中摆脱出来。他一直生活在这个女人最初营造的气味与温柔中，甚至她的死亡也未能破坏这一切……

重建象牙塔

重建象牙塔

确实存在某种必须普及的知识，且还有某种谁也不能缺少的对信念和个性的培育。每个人显然只有当他本身不是着眼于其特殊职业，而是努力成为一个良好和高尚，受到教育的人和公民时，他才是一个好的手艺人、商人、士兵或经纪人。这种教育不应该是为维持生计和复杂的文明机构的实际功能做准备，而应该是理想主义的类型。

——威廉·冯·洪堡

学袍与市镇之争

13世纪末的英国小镇牛津笼罩在一种紧张的气氛之中。当地的居民越来越无法容忍那些穿着长袍、喜欢夸夸其谈同时又自以为是的学者们了，除了他们的生活放荡不羁，举止让人看不惯外，这些人确确实实抢夺了居民们的生存空间。这些好逸恶劳的人也同样看不起这些庸俗的小市民，他们不会知道苏格拉底在说什么，也不会介意自己的身心世界是否需要来自宇宙间的启迪与升华。即使对于同样的女人，在那些男性荷尔蒙过剩的牛津学生眼里，那些市民也是缺乏足够的鉴赏力的，因为他们不了解基本的美的特征。

终于，因为一个女人，这两边积压的怒火爆发了。穿着长袍的学者们被强悍得多的居民击溃。这些失败的学者之间本来就充满矛盾，这个事件加速了其中一部分师生迁到了另一个小镇——剑桥。

剑桥的师生似乎也并没有从中接受教训，狂狷的师生们对于教会、政权、世俗社会似乎都不太领情，剑桥的一位校长更凭借其在教会内的影响力把剑桥市长剔除出了教会。学袍(Grown）与市镇(Town）之争，即学院与世俗社会之间的争夺一直没有停息。1381年，剑桥市长甚至率领着市民，带着武器，气势汹汹地攻打剑桥大学。这一场小规模的中世纪式的局部战争让剑桥大学的档案付之一炬，剑桥的详细身世成了千年来的谜。

后来几百年间，牛津与剑桥高高的城墙隔开了大学与市镇，他们属于两个截然不同的空间，有着自己的法规。香港学者金耀基在一篇文章中写道“剑桥古老学院的又高又厚的大门象征主权的领属，也象征‘灵界’与‘俗界’的界限。站在街上，只能看见那突入天际的礼拜堂，其他就几乎给重重门墙铁栅半遮半掩地挡住了。但进入大学，眼界变得豁然开朗，宽敞的方庭，肃静的回廊……完全是另一种天地……在方庭之内，我们看到的世纪的移动，13世纪的，14世纪的，15、16世纪的……”

这种争夺从大学产生起就开始了，大学最初的意思就是，教育与学生的联合会，他们本能地拒绝教会或是世俗社会对他们的直接干扰。如同牛津、剑桥的血腥一样，其他古老的大学也同样身处教会与世俗之间，左右飘摇。1229年，市民与学生之间发生争吵之后，在巴黎主教的默许下，许多学生被国王派遣的士兵杀死。大学的教师立刻停课以示抗议，当发现无效后，大学师生自动捣毁学校，其中一部分师生渡过英吉利海峡，去投奔牛津大学。这场艰苦卓绝的抗议在1231年收到了效果。教皇格里高利颁布了一道训令，明确规定和确认了教师们利用停课坚持自己的意见的权利；同时教师必须制定规章，强迫其成员接受这些规章以自律。有了这道训令，世俗社会的司法官与教会权利都被削弱。

大学从最初的出现到近千年的不断转变，始终都无法完全具有“遗世而独立”的气质，它总是与社会有着千丝万缕的联系，甚至从某种程度来上来讲，它是为这个社会服务的。但这种服务却是目光远大的，它不应该立刻满足这个社会的即时需求，而是对于社会的远景做出承诺与研究，也只有从这个方面，大学才能为社会做出最大的贡献。所以它必须具有比世俗社会拥有绝对的理想主义色彩。

二

一位北大的博士对《三联生活周刊》的记者说：“综观世界各国的大学，没有一个国家会像中国大学拥有如此多的校办工厂。”这让我猛的想到了《日瓦戈医生》中的一句话：“一个崇高完美的理想会变得愈来愈粗俗，愈来愈物化，这种事物在历史上是屡见不鲜的。希腊就是这样变成罗马的……”这似乎正说明了目前中国大学的状况，只不过我们知道希腊可以变成罗马，却不知道我们的大学会变成一个什么样的场所。一个计算机程序员或者其他类似的手工业从业人员的培训中心？还是一个新的批量出口人才的公司？大学要面对经济建设的主战场，这是如今的中国大学校长的口头禅。在他们看来，大学和办工厂或开公司一样，要迅速成为一个新的经济生长点。他们不再关心这个社会，不再关心未来，更不关心这里的学生会成为什么样子，一切都是最急功近利的，最容易出效益的。丧失了理想主义的大学越来越成为社会中一个普通的服务机构，从理想主义气氛慢慢地滑落出的大学更是不知魂归何处。在一份高等教育通讯上，各位学者正在讨论中国大学应该如何更加紧密地与企业结合。正如学者张汝伦所说：“60年前，人们因为国难深重，偌大的校园放不下一张平静的书桌才冲出书斋，今天的大学真的又放不下一张平静的书桌，或已无需一张平静的书桌了吗？只要在大学校园里走一圈，不难得出答案：公司、商行、卡拉OK和超市乃至歌厅舞厅和酒楼，大学一概不缺，惟独缺乏它自己的理念。”面对如此严峻的现实，我们必须回到本源：大学在社会中充当何种作用。美国学者布鲁姆在目睹美国大学与社会的过度结合之后，发出哀叹：“大学必须抗拒那种事事为社会服务的倾向，作为众多利益集团中的一个，大学必须随时警惕自己的利益由于人们的要求而更加实用，更为适应现实、更受大众喜爱而受损害。”因为“大学必须蔑视公众舆论，因为在其自身内就有着自治的渊源，即按照自然去追求真理、发现真理……”

前浙江大学校长竺可桢曾说，“大学是社会之光，不应随波逐流”，“大学犹海上之灯塔，吾人不能于此地（抗战时期）降落道德之标准也。”竺校长说话的背景是1936年至1946间，浙江大学处于流亡状态中，而浙大则由文理、农、工三个学院16个系，增至七个学院27个系，在校师生由512名升到2172名。在四处漂泊之中，浙江大学成为中国最著名的大学之一。与此同时，由北大、清华、南开组成的西南联合大学也在不断地轰炸中，于昆明破旧的校园中继续顽强地学习。在这八年间，西南联大培养了中国后来的1／2的学部委员，产生了杨振宁、李政道这样一批学术大师。1986年在纪念《西南联大50周年文集》中，联大校友都对于那八年艰苦环境中仍旧屹立不倒的精神进行品味。冯友兰先生在《国立西南联合大学纪念碑文》中写道：“联合大学以其兼容并包之精神，转移社会一时风气，内树学术自由之规模，外来民主堡垒之称号……”联大在抗战期间的确也是中国青年的精神圣地，它对应中国大学的品质形成了巨大的影响。

到今天，西南联大精神依然是当代学者无法挥去的某种情结。学者谢泳在文章《西南联大知识分子群的形成与衰落》中认为，抗战后的国人普遍对西南联大的成功有高度评价，在国家面临危亡的历史时刻，那些教授身上表现出了吃苦耐劳、团结合作的精神。张申府教授在1946曾写道："这几年来（抗战），国人中表现得比较规矩、最公正、最有知识、最能感觉、最关怀国家、忍受的苦难也比较多、最不失为固穷的君子的，就是若干大学教授。"任之恭也同样回忆道："中国学者被认为是社会中的道德领袖，从某种程度上说，也是精神领袖……而且也是国家道德和精神价值的体现。"

今天的大学呢？他们总是在抱怨经济的压力过大，所以不得不放弃理想。但是，相比于联大的困境，今天又算得了什么。从本质上讲，是因为今天的大学缺少一种内在的精神气质，他们不重视自己的地位，对于社会缺少明显的责任感。在中国大学的主办者还有教职员看来，大学不是这个社会的灯塔，而更像一个工厂或者其他的办事机构，只不过产出的是一个个会工作的人罢了。

三

1992年，对于中国历史是一个重要的年份，除了它在政治与经济上的巨大变化外，对于高等教育，它也产生了深远的影响。这一年，北大的南墙拆除了。这个极富象征意义的举动被国内外媒体争相报道，因为它标志着中国大学的标志已经向社会完全展开了。北大的负责人对争论的解释是："我们不争论，先干了再说。"这句话令人辛酸，一所具有标志意义的大学，在做出如此重大的举措时，却说不争论。大学是一种历史的延伸，它代表着一种民族的核心，在她发生巨大的方向未知的转变时，竟然用这种论调。

中国的大学纷纷把注意力放在最热门的专业，而对于那些基础、见效缓慢的系科则失去了耐心。把市场机制照搬引入大学是愚蠢的，就如经济学与管理学在目前是可以给学生带来财富，所以就受到欢迎，但是不能为此就降低文史哲这样冷门科目的重要性。国外的大学处在一个更成熟的市场之中，但是他们对自身的作用则往往有着更成熟的看法。哈佛大学前文理学院院长亨利·罗索夫斯基说："学生对于教学的要求，应该得到满足，但这是更大的使命的一部分，我们的任务还在于保存和阐述文化。我们要将伟大的传统一代一代传下去。我们讲授的那些学科与方法也许目前并不需要，或者表面看来与当前关注的问题不甚相干，然而我们知道，真正重要的思想和目前流行的思想之间，往往没有多少关系。在哈佛大学，即使没有学生选学拉丁语，我们也有责任使该系继续存在下去。为什么呢，因为法语、西班牙语和意大利的古典文学著作是人类宝贵的遗产。失去它们对于现实生活的影响，就等于又回到欧洲中世纪去了。大学不能由成本会计师开办，也不能办成一个只跟着变化的市场转的商业性企业。那样对我们来说，是很糟糕的，而对我们力求为之服务的社会就更糟糕了。"西方的大学与社会之间的学袍与市镇之争，在中国似乎根本不能成为问题。几百年，牛津、剑桥这样的一流学府坚持着对于世俗社会的抵抗。但是，中国最著名的大学在南巡带来的一片春风中，毫不犹豫地把改革开放的步子迈出去了，因为北大忘记了自己并非是一个创造利润的机构，也不是一个面向市场的集体，它推崇的应该是精神的建设与守候。

始终没有形成独立校格的中国大学，在面对90年代的经济诱惑时，纷纷放弃本来就缺少的贵族气息，他们迅速调整自我适应市场。房地产、金融、股票、管理、财经、计算机成了一所大学最炽手可热的专业，它们占据了大学中主要的经费。

20世纪30年代，梅贻琦校长在与北京教育界的闲聊中，自嘲教育界之于政府，好比妓女之于嫖客，因为人家出钱，所以你要符合他们的要求。梅校长实在是不知足，那时的大学的尖锐和自主性令多少今天的学者感慨。1992年，除了在政治上与经济上给中国带来的冲击，中国的高等教育也迎来了一场暴风雨的洗刷，这其中掺杂了巨大的污泥。相比于梅校长的某种屈辱感，今天的中国高等教育则带着明显的快感。

牛津大学校长在1998年5月北京举办的“世界大学校长论坛”上说：“大学应该成为打扫这个日益发达的物质世界的重要力量……尽管大学与社会不可能完全分离，但是大学的作用之一就是用良知批判社会。”在这次会上，与中国大学有着相似的背景的台湾大学校长陈维昭的发言则说：“过去几十年台湾的迅速工业化和商业化已经使我们的大学校园带有一种明显的实用主义气息……如果不尽早采取措施，我担心大学所崇尚的人文主义理想和精神会丧失殆尽，大学会降格为一种庸俗的教育场所。”相对于这些大学忧虑，中国的大学校长则表现出极大的乐观。北京大学陈佳洱校长说，大学应该由边缘走向中心，成为社会经济的发动机。中国科技大学校务主任汤洪高说，大学要与社会主义市场经济和现代化建设接轨。北方交通大学校长王金华说，大学要“主动适应，主动服务”……在大学校长论坛的演讲合集上，相比较于西方著名大学校长的发言，中国大学校长的讲话对我们的大学理想有了一个清晰得令人心寒的表白——大学毫无原则地适应社会。

人格力量的教育在这个时代变得越来越枯萎，即使在我们大声疾呼“素质教育”，大叫如何进行创造性人才的同时，我们的大学依旧没有关注到学生的个人的发展，所谓素质教育创造性的培育，不过是把这些年轻人看作一样可以更快产出经济效益的工具。我们的教育家在不断呼唤，我们应该培养出比尔·盖茨这样的人物，因为他有创造性，他可以让自己的财富到达一千亿以上。在这些人所看中的不过是比尔·盖茨这样的金钱标志符号。真正的大学是培养学生健全的人格的。正如纽曼所说："大学不应满足于培养伟大的人物，尽管大学里有这样的人才。但是大学训练是达到一种伟大而又平凡的目的的伟大而又平凡的手段，它旨在提高社会的思想格调，提高公众的智力修养，纯洁国民的情趣，为大众的热情提供真正的原则，为大众的志向提供确定的目标，扩展时代的思想……这种教育使人对自己的意见和判断能有一种清醒的状态，推进政治权力的运用以及使个人生活之间的交往文雅化……"

就在我们的大学还未意识到大学真正的理想是什么，大学生的培养的方向是什么的时候，"人力资本论"又把学生打入工具行列。在这个时代，知识经济成为教育界最时髦的口号，而科教兴国再次使人们认识到这一点，我们的教育是为具体事物服务的，而不是为了学生或者教育本身而存在。

美国经济学家弗里茨·马克卢普在1959年，发表了有关理论的第一篇论文《人力投资——一个经济的观点》。在接下来的一系列论文与讲演中，这位后来的诺贝尔经济奖得主强调，传统的经济理论仅仅包含了生产资料和货币，而忽视了重要的生产要素——人的能力。如果忽视人的能力，经济增长无法得出合理的结论。在这个倾向于数字结论的经济学家眼里，人力与物力是平行关系，他在论文中写道："（教育）主要是一种投资活动，其目的在于获取本领，以便进一步得到满足，或增加个人作为一个生产者的未来收入。因此它的一部分是类似于普通耐用消费品的消费品，另一部分是生产物资。所以我主张将教育看作一项投资，将其结果看作资本的一种形式。"

但是，显然教育对利益的重要作用，在50年代之后被迅速地失去控制地强调，原因是科学技术在经济中越来越大的比重。加里·贝克尔在1964年的著作《人力资本》中估计，大学四年的投资，按一名男性毕业生的平均工龄来看，每年可得到大约13%的利益。这一估计与马克卢普的看法遥相呼应："大学毕业生同高中毕业生相比有更大的赚钱技能。"在这种情况下，大学迅速被异化成一个争取未来利益的场所，教育中关于人的要求因素被大大忽略。这也衍生出一个学历社会，专业证书成了被教育者的最重要的追求，几乎进入一种盲从阶段。MIT经济学家莱斯特·瑟罗在1972年著文认为："随着受过教育的劳动力的供应增加，人们发现必须提高教育水平以保护他们目前的收入。如果他们不提高，别人会提高，然后他们就会发现自己目前的工作不能再得到什么。教育成为一种好投资……是因为如果别人受到教育，而他们没有的话，他们就不可能保证未来的收入。实际上，教育成为保护人们'市场份额'的一项必要的保护性开支。"丹尼尔·贝尔等"后工业社会"的鼓吹者一样，他们都把大学视作科技的产生地，经济的原动力。丹尼尔·贝尔认为，大学等研究机构不但不会消失，而且会在社会中占据更加重要的地位，这是因为大学可以不断产生新的技术发明。而关于人的位置，这些经济学家、社会学家似乎缺乏关注。大学似乎是在训练一种人力，而不是人格。但是这种教育迅速暴露了他的致命弱点——对于人的精神世界的漠视，人文学科在大学没有得到足够重视。1984年，31位美国知名学者组成美国高校人文科学学习状况调查小组，经过几个月努力，完成《必须恢复文化遗产应有的地位——关于高等学校人文学科的报告》，报告认为："人文学科是一套知识体系，一种探索的途径，把严肃的真理、合理的判断和有意义的思想传达出来。它告诉我们国家的及其他世界的人们是如何设法对付生活中永恒不变的基本问题的。那就是，正义是什么，应该爱什么，应该保卫什么，什么是勇气，什么是高尚的，什么是卑鄙的，某些文化为什么繁荣，某些文化为什么衰落。"而美国联邦政府教育部门也认为，当前美国高等教育的主要问题之一是，过分强调教育的经济目的和经济作用，学生只是为了今后的职业的需求而上大学，课程过分专业化，低估了人文科学对于培养人的道德创造力和人际关系的能力的作用。

几乎与此同时，日本文部省在对1967年后20年中的教育反思，认识到这20年来的“教育荒废”。为了迅速赶超工业文明，从而忽略了青年学生的精神需求，使日本青年在接受教育之后却变得更加沉沦。而耸人听闻的奥姆真理教的成员中竟然有相当部分是日本各大学的尖子学生，他们接受奥姆真理教的影响，成为野心家与阴谋家，并试图制造大规模杀人。

真正的教育的终极目的从来都是对于人的完美性的追求。就像康德所说的：“人不应该被作为手段，不应被作为一部机器上的齿轮。人是有自我目的的，他是自主、自律、自觉、自立的，是由他自己来引导内心，是出于自身的理智并按自身的意义来行动的。”尽管这种理想在现代社会被不断扭曲，大学越来越被看作职业训练场所，但是对于那些真正具有良知，对于人类抱有深切忧患意识的教育家来讲，大学必须保持“对人的培养”这一根本性原则。如费希特所说的：“教育必须培养人的自我决定能力，而不是去培养人们去适应传统的世界。教育不是首先着眼于实用性的，不是首先去传授知识和技能的，而是要去‘唤醒’学生的力量，培养他们的自我性、主动性，抽象的归纳力和理解力，以使他们能在目前还无法预料的未来局势中自我作出有意义的选择。教育是全民族的事，要教育的是整个民族。”

中国的高等教育在此时被前所未有地进行扩充，它的任务是“科教兴国”与“拉动国民经济增长，扩大内需”。历史告诉我们，当教育过于执着地为别的目的，而非自身服务时，它的效果往往很糟糕。我们错误地估计了教育对于刺激经济的作用，真正的教育应该是发挥长远的作用，而非短期内的效益。

华中师范大学博士杜时忠在考察教育对经济的影响力时发现有关“人力资本”的学说至少存在三个主要缺陷：

一、教育投资论把国民仅仅看作生产的手段，是经济增长的工具，这从根本上是非人性的。

二、人力资本理论把教育制度的目标限定在为经济增长服务上，把重点放在职业培训上，这在实际上根本行不通。一方面，在急剧的社会变化和技术革新的条件下，准确地预测未来的人力需要不可能。第二方面，作为经济发展的一部分，要求学校培养大量的科学家和技术人员，却造成其中大量的学非所用，以致造成一个学历社会。

三、教育投资论鼓励人们，要想取得高收入，就要求高学历，结果带来没有任何好处的学历膨胀社会。

于是我们发现那些所谓的大学生，在没有理想的牵引下，他们似乎有点像爱因斯坦所说的“一只受过训练的狗”，这位伟大的人物说道：“青年人离开学校时，应是作为一个和谐发展的人，而不只是作为一位专家。否则，他连同他的专业知识就像一条受过训练的狗，而不像一个和谐发展的人。而要成为一个和谐发展的人，则需要培养全面的自我辨别力，这取决于自由而全面的教育。”

任何一所优秀的大学都应以培养学生这种不懈地对于生命本质的追求为自己的责任。这种精神的培养关乎到生命的全过程。人不仅仅是动物，生命从一段黑暗到另一段黑暗，这中间他们有幸走过一段光明的称作人的道路，因此，他们应该在这段光明之中，探究人的意义，寻到灵魂。而理想便是灵魂生活的寄托。

哲学家周国平曾说：“我喜欢美国剧作家奥尼尔的剧本《天边外》，其中你可以感受到，一方面幻想毫无价值，美毫无价值，在现实生活中，一个幻想家总是失败者，一个美的追求者总是处处碰壁的倒霉鬼；另一方面，对天边外的秘密的幻想，对美的憧憬，仍然是人生的最高价值，那种在实际生活中即使一败涂地还始终如一地保持幻想和憧憬的人，才是真正的幸运儿。”这种幻想观念其实是每一个学生都应该拥有的。

我想起了哈佛校长陆登庭在北大讲演时所说的一句话，它激起了长久的掌声：“大学帮助学生寻求实用和令人满意的职业是必要的。然而，更重要的是，大学教育的杰出性是无法用美元和人民币来衡量的。最好的教育不仅使我们在自己的专业中提高生产力，而是使我们善于观察、勤于思考、勇于探索，塑造健全完善的人。它帮助我们的科学家欣赏艺术，艺术家欣赏科学，它帮助我们看到用其他方法无法掌握的不同学科之间的联系，它使我们作为个人和我们社区的成员的生活更加丰富多彩。”

看，这个激动人心的地方

“大学不是诗人的生地，但一所大学如果不能激起年轻人的一些诗心的回荡，一些对人类问题的思索，那么，这所大学之缺少感染力是无可置疑的。”

——纽曼

一

13世纪，当一群年轻的僧侣集中在中世纪的修道院中研究“一根针尖上是否可以站立着七位天使时”，他们不知道他们的行为会给整个人类文明带来怎样深远的影响。这种把聪明的年轻人聚集在一起，传授学习神学知识的方式却造就了大学的最初形态，它是黑暗漫长的中世纪里最伟大的遗产。美国的《生活》杂志把“大学”视为这一千年中最伟大的事件之一，因为“它创造了一个延续整个世界文明的场所，也培养了大量全面了解这个世界的智者”。

在这9个世纪里，尽管大学的模式不断变迁：从最初的意大利的博罗纳大学创立，12世纪的巴黎大学的兴起，到14世纪的牛津、剑桥的古典主义模式，或洪堡19世纪在柏林大学的改革，再或20世纪，美国哈佛、耶鲁大学的如日中天……但是在贯穿历史的主动脉里，大学始终是人类主要精神资源传递与创造者。在18世纪英国红衣主教纽曼《大学的理想》中，大学是我们重温苏格拉底的智慧与但丁的风采的地方，是一个培养性格知识完美的绅士的地方；在19世纪早期德国人洪堡的实践中，大学是发现创造现代科学、探索人类未知领域的地方；在19世纪后期英国人亨利·约翰那里，大学是一个聚集了热情的年轻人，对世界进行讨论的地方；在20世纪初美国人佛莱斯纳的《大学》中，大学是一个有机体，是社会的表征，是批判的把持一些永久性的观念的地方……简而言之，大学是一个提供理想主义精神的场所，它可以表现在：1. 对于伟大的文明的传统的继承；2. 对于未知领域的探索研究；3. 对于个人品质的完善。这种理想使得大学成为激动人心的，让年轻的灵魂在伟大的领域游荡的场所。正如纽曼所说："大学不是诗人的生地，但一所大学如果不能激起年轻人的一些诗心的回荡，一些对人类问题的思索，那么，这所大学之缺少感染力是无可置疑的。"也由于这种理想的支持，从中世纪起，大学就具备了一种孤芳自赏式的独立风格，它试图用精神气质来引导社会。

二

灰尘下的历史是如此地光芒四射，这让活在今天的我们感受到一种无法抑制的悲哀。当大学理念已经引导了西方数百年的发展之后，我们的大学却依旧没有成型。中国的大学除了在研究教学实力上落后之外，更重要的是，大学并非是一个让我们感到激动人心的场所。因为，我们的大学普遍缺乏这种理想主义精神。那么，我们在这里得到的是什么？

经过摧残人性的高考试题，你侥幸得到了那张视为生命目标的录取通知书。一张半价的火车票把你带进了大学校园；四年之后，你离开了这里，在这段最为青春的岁月里，你得到了什么？150个学分，摩擦臀部的板凳，陈旧的教材，一个还算漂亮的女朋友，没完没了的自习，刚好可以去美国的GRE分数，计算机或者律师证书，当然还有一张证明你在这里生活过四年的学位证书，它帮助你找到一份工作……

这一切让人沮丧，但确实是一个事实。在90年代的中国，大学是一个愚蠢自在地消磨时光的地方，或是一个背烂英语单词或者学会其他实用技能的地方，它无法激发起青年的热情。你可以试着去和一个所谓的大学生交谈，在经过最初的自我介绍之后，你很可能会陷入某种僵局。你不知道该和他谈些什么，社会，思想或者文化，这些主题似乎都离他们很远。除了一些他们天天打交道的专业课程上的术语与实用技能，他们所知甚少。大学像一个巨大的专门知识工厂，在一条巨大的流水线上，年轻的心被整齐地打造好，让他们适应这个社会中的某一项工作。即使当整个教育界在高呼，素质教育，或者培养综合人才，大学依旧是没有前途的。因为，目前的一切形式都忽略了一个基本前提：大学教育是塑造灵魂的教育，大学必须鼓励年轻人的灵魂可以自由探索、游荡。他们必须在这里毫无拘束地观察世界，并赋予他们一种内在的崇高精神，让他们可以完整地独立在这个世界上。因此，大学自身必须具备独立精神，特别的魅力。

美国心理学家威廉·詹姆斯在《培养大学生的社会价值》中有极好的论述："大学虽然不能给你这个或那个实用技能，但它会为你的全部智能提供比技能更重要的因素。它们教诲你，使你变得知书达礼；它们成为你精神上的良师益友……"

这句话用来解释上大学的目的再合适不过了。"大学让你成为一个更完善的人。"西方人文主义的这种教育观点在中国有了极其有趣的阐释：中学是"死哭（Shcool）"，而大学则是"由你玩世界(University)"。这种插科打诨或许正暗示了大学的目的：更广阔地观察这个世界，像一个完整的人那样思考。这一点正如英国思想家怀特海早在一个世纪前就激动人心写道的："在中学阶段，学生伏案学习；在大学里，他应该站起来，四面瞭望。"

三

1916年，当蔡元培在北大提出"大学是用来追求高深学问的所在，而非为了做官"，并提出兼容并包的原则时，北大被注入一个全新的灵魂。在接下来几年中，这种灵魂使北大成为整个新风的开创者，使北大在动荡之中，却始终是常为新的，常与黑暗的势力做斗争，甚至还可以骄傲地宣称脱离当时腐败的政府……而当清华校长梅贻琦上任时，清华还是一所二流大学，正是梅校长所提出的理论：1. 培养健全人才，而非专门人才；2. 教授治校；3. 学术自由，使清华迅速成为中国最著名的高校之一。清华一时成为新学风的中心。而北大清华在这段时间内的学术成果与人才培养更是惊人，大学的教授与学生成为社会光明的象征。在回忆当时北大清华的文章中，学生更是普遍把大学视作他们生命的重生，因为这里的思想让他们激动，这里成为他们永恒的精神故乡。

学者杨东平认为，20世纪20年代的北大与30年代的清华最接近现代的大学模式。因为他们灌输的是理想与精神气质，理解世界的方式，而非一种职业技能。因此，大学应独立于政治，更不能屈服于社会，因为这两者，都会毫不留情地剥掉学院理想主义，把大学变为培养工具人才的场所。很可惜，我们的大学都未能幸免于难。由于缺乏独立的精神，中国大学在这几十年间的学术成就与人才培养都显现出惊人地可怜。北大南墙的推倒，清华开办驾驶学校，这两所曾经最具特色的大学在这种情况下，怎么可能传输给它的学生以伟大的传统，或者开创精神，因为喧嚣的校园已经不再孕育这种理想主义气质了。

四

1915年2月20日，留学美国的胡适在因为看到美国著名大学对于社会的影响，而在日记中写道："吾他日能见中国有一国家大学可比此邦之哈佛，英国之牛津、剑桥，德之柏林，法之巴黎，吾死瞑目矣……"第二天，他在日记里继续写道："国无海军，不足耻也；国无陆军，不足耻也；国无大学，无公共藏书楼……乃可耻尔……"

谁能说胡适的感慨已经过时，而在这个人类的精神愈见混乱迷惘的时代，大学更是应该成为社会精神资源的中心。但是，大学决不是一间工厂，也不可能仅仅依靠简单的计划或者什么指标使中国大学取得真正进步。因此，我们必须回到一个基本的常识：大学是什么？我们如何遵照它的客观需要？或许首先，我们必须帮助它重新获得独立的精神风貌，使理想重新成为大学的核心，只有这样，大学才可能再次成为一个激动人心的场所，激发年轻人动感的灵魂。

培养我们的俱乐部精神

一

哲学家威廉·詹姆斯在哈佛的讲演中曾说，哈佛让人骄傲的是它给它的学生灌输了一种俱乐部精神……在真实的哈佛中，俱乐部是学生生活中的重要组成部分，学生把自己划分到不同的组织中，按照一位美国作家的说法是：“这里有运动员的哈佛；有眼睛盯着研究生院的学者的哈佛；有吊儿郎当、无所事事后来在华尔街销售债券的人的哈佛；有来自豪门大户、条件优越的年轻人的哈佛……还有反叛者的哈佛。”在这些不同的俱乐部中，尽管仍旧会有很多的胡闹的行为，但同志间的相互促进，无疑可以帮助这些年轻人迅速摆脱幼稚的言行，更重要的是哈佛通过这种努力，让这些热情的年轻人具有某种高尚的理想，并让这种理想伴随他一生。

詹姆斯的骄傲是有道理的，这位哈佛的精神导师之一从来都是期望哈佛的学生像一个成年人那样成熟地思考，并且热烈地探讨问题。大学是一个培养“绅士”的地方，成熟的心智与激情的思考相结合是理想的大学。这也是一所大学最激动人心的地方之一，对这个世界有着热切地渴望精神的年轻人聚集在一起，毫无成见地对明天的社会进行构想，并激动地表达自己的意见。在这里，他们不用担心实际困难的困扰，不用被世俗的意见所左右，大学是一块丰饶的实验田，学生在这里培育明天的希望。

哈佛历史上最伟大的校长C．W．埃利奥特认为，应该把每一个进入大学的学生都视作成熟的人。因此，他极度推崇学生按照自己的意愿自由发展，“使每个人按自己的所好去思索和行动”。为了这种目标，这位校长知道应该给他的学生创造最大的时间上与活动空间上的自由。因此他创立了划时代的“选课制”，所有的课程都是平等的，开放的，而学分又规定得非常之少，剩下的大部分时间交给学生自己。同时，他让各年纪学生都混住在校园内，以便自由交流。对于优秀的哈佛学生来讲，这种制度无疑“是一个良好的空气调节阀”，鼓励智慧以最佳的状态释放。

为此，大学本身也要习惯被那些学生攻击。1902级的学生约翰·里德曾写道：“人们在谈论世界，谈论大胆新奇的设想，谈论离经叛道的思想；异端邪说一直是哈佛的一种精神。”在被1906级学生李普曼誉为“有点像活着的上帝”的埃利奥特眼中，哈佛的教育目的是探索实验和自由思想。而威廉·詹姆斯干脆说：“这些不服管的学生是我们最大的骄傲。”

于是，我们看到哈佛这样的大学内，学生社团是以一种怎样成熟而卓越的形态而存在。辩论社是哈佛最受推崇的社团之一，因为哈佛深信一个适合辩论的人说明他的头脑敏捷；而哈佛《深红》日报，几乎是世界范围内最权威的学生刊物，世界各大报欲想了解高等教育的动态，往往喜欢引用《深红》。该杂志一年年地在哈佛传承下去，如果你想进入核心的编辑层次，除了天赋外，还必须有足够的耐心打入这个集体。而对于报纸，参与者无一不全身心投入，因为《深红》的编辑离校后往往直奔《纽约时报》这样的权威新闻机构。一位《华尔街日报》的前任总编辑回忆道，他在哈佛《深红》的经历是，第一年是三点一线，睡觉、上课、《深红》，以后的两年就是睡觉、《深红》。

哈佛的文理学院院长亨利·罗索夫斯基曾经这样评论它："《深红》是本科生出版的一份日报，它的影响相当大，国内外报刊常把它用作了解学校的主要新闻来源……它吸引了一批出色的学生，办报成了他们在校期间的主要活动，他们花在办报上的时间比用在课堂或其他娱乐方面的还要多……在我当院长的11年内，它的专栏文章难得说我几句好话，他们几乎反对我的一切行动……"

在《李普曼传》中，作家罗纳德·斯蒂尔描述了李普曼在这所学校的俱乐部中的成长。1906年，这位后来空前卓越的专栏作家进入了哈佛大学，他和一些朋友做诗写剧本，办政治刊物，并且常常辩论到深夜。他们围坐在壁炉旁，诵诗饮酒，议论教授，探讨生活的意义。李普曼曾经给女朋友的信中写道："这简直是一个狂热的时刻，每天我们探讨形而上学、社会主义、艺术理论、叔本华等等直至清晨……"

尽管在当时社会主义被视作社会异端，但在1908年，李普曼与他的同学组建了"社会主义俱乐部"，煞有介事地宣称要"考虑所有旨在根本重建社会的改良方案"。除了讨论，他们向校方提出挑战，要求学校停止剥削校工，他们甚至还越出校方，为市政府拟定了一个社会主义纲领。这些青年显然被自己的热忱与抱负所激动，李普曼在校刊上撰文说："如果有人在凌晨一时鸟瞰坎布里奇，发现五、六群情绪激动的哈佛学生在街头巷尾大喊大叫的话，那么就应该告诉他，那天晚上社会主义俱乐部开会了。"

中国人似乎总是误解，以为哈佛闻名的是他的工商管理学院，哈佛的精神是体现在产生了多少位富豪多少位美国总统上。其实，真正的哈佛的精神是体现在威廉·詹姆斯所说的俱乐部精神中，体现在年轻的李普曼们所进行的勇敢的尝试上，是那些叛逆却并不幼稚的学生身上。也正是这种精神促使了哈佛的领先地位，或许在另一方面也造就了这些成功人士。美国的另一所名校伯克利也同样因为鼓励学生的思考行动精神而著名。在整个喧嚣的20世纪60年代，这里是全世界学生的圣地，尽管盛大的学生运动带来的危害性值得商榷。但是，无疑伯克利的无数学生组织是出于某种理想主义的目的而掀起这场行动的。李远哲教授在台湾接受记者采访时这样谈到伯克利。在80年代中的一次伯克利大学开学典礼上，代表教授讲话的是一位历史学家。他谈到伯克利大学的校园精神时，一再地推崇伯克利大学学生敢于提出与当代不同意见的话。李远哲为此感慨，一个教授赞誉学生勇于站在社会前端，这在中国是不可见的。

二

1917年的沙滩红楼，几位北大学生极其相投，常常聚在一起聊天，讨论时局。在他们的教授所主办的《新青年》杂志的感召下，这几个青年决定利用所学做一点事情，也参与到这场启蒙运动之中。其中傅斯年提到，何不办一本杂志？他觉得“学生应该有自动的生活，办有组织的事件，然后所学所想，不至枉费了；而且杂志是有趣味的，有意与自动生活的……”随后，他们找到当时的文科学长陈独秀，并最终得到肯定：“只要你们有办的决心，和长久支持的志愿，经济方面可以由学校负担。”接着校方拨款2000元用于《新潮》杂志的创办，这在当时实在是一笔巨款，而李大钊则专门从图书馆中腾出一间房子作为《新潮》的编辑部。而《新潮》杂志果然不负众望，它实行三条原则——创新的精神、科学的主义、革新的文词，个性相当鲜明。而由于主办者学生比教授更加年轻气盛，在一般民众看来，《新潮》似乎比《新青年》更加猛烈，引起青年更多的共鸣。而《新潮》第一期就重印三次，销量达到一万两千册，之后也经常在一万五千册左右。后来，陈小峰甚至靠着卖过期的《新潮》杂志，创办了影响一时的北新书店。而胡适在多年之后甚至认为，《新潮》对于五四运动产生的影响无出其右。而《新潮》杂志的成员几乎都成了中国现代史上重要人物，傅斯年、罗家伦、顾颉刚、毛子水、何思源、俞平伯、叶圣陶、冯友兰、朱自清……

除了新潮社外，此时的北大还有“演讲团”、“剧社”、“新闻学会”等学生团体，他们在整个五四启蒙的过程中，将学生式的热情与学院的思考带向民间。胡适在五四运动过后，也希望学生社团可以更加完善，他提出了“学问的生活、团体的生活、服务社会的生活”，希望学生以更好的组织性凝聚在一起，探讨学问，并尽可能地教育民众。蔡元培时代的北大的光辉，除去那些动人的“兼容并包”的传说外，这些有热情有理性的学生社团也是重要表现之一。只有在真正的试图健全的培养学生的大学之中，学生团体才可以得到健康的成长。但是，很可惜，中国动荡的时局，无法让大学保持延续性，而学生社团即使曾经如此辉煌，也终究是昙花一现。我们所羡慕的哈佛的俱乐部精神，正是在哈佛大学300年不间断的历史，始终维护大学自治、学术自由的基础上，才可能出现，这两点保持了大学精神的延续性，也保证了教育理想的延续。

三

中国的大学教育在这个注重知识创造效益的时代，重又回到大众的焦点。211工程更是雄心勃勃地把北大、清华推入世界一流名校的行列。即使，我们不比较有关学术论文、科研成功、基础建设、诺贝尔奖金获得者这样的硬性指标，仅仅把目光投向学生生活，就会发现其中的差距是多么地遥远。

北大、清华在这一年的七月举办了划艇赛，这是牛津与剑桥的传统比赛项目。这个富有某种象征意义的比赛，暗示了中国大学急于进入世界行列的心态。或许，再一年，这两校会举办橄榄球比赛，这样就可以离哈佛与耶鲁更亲近些。如果这项比赛能够进行下去，这当然是有意义的事，因为体育生活本应是大学中重要的组成。但是，我们必须意识到，我们与世界名校在校园生活上的真正差异，是我们缺少让学生自由思考的时间与空间，不能给他们的思想以探讨和实践的机会。只有思想，才是一所大学的社团中最宝贵的东西，尽管他可能无法吸引很多的人，但是它必须在那里存在着。

北大的山鹰社的登山水平无疑在世界大学的范围内都是傲人的，清华的音乐团体的成绩同样令人瞩目，这两所学校甚至还慷慨地请进了国家级运动员。但是，这种活动的喧嚣无法掩饰住大学的苍白，缺乏思想的学生活动，让大学校园缺乏灵魂。

由于没有灵魂的指引，中国的大学社团呈现出极度幼稚化的倾向。在中国各个大学中，最出名的团体是“爱心社”，这个社团的队伍极其庞大，他们最喜欢的活动是在冬天里扫雪，在黑板上贴上一张宣传画“请帮老师擦黑板”，或在楼道里摆上一瓶公用的墨水瓶……诸如此类的小儿科行为却成为学校表彰的对象。我并非反对他们的存在，只是怀疑这样的行为，如何成为大学的主流，大学不是幼儿园。而其他的学生组织更是缺乏组织性，他们并非聚集同志，为了某种目标而存在。从某种程度上来讲，校园的社团的组织者，甚至是为了某种功利目的，按照一位同学的说话“是为了捞取一点政治资本，好找工作，好入党。”在每年毕业生的自我推荐表上，的确有相当人堂而皇之地写上某社团负责人，尽管他可能什么也没做。

而被视作官方组织的学生会成了校园内最大的摆设。根据西方大学的演进历史，学生会的存在是为了在教师与校方之间，争取学生的权益，它带有强烈的民间色彩。但是，显然中国大学的学生会普遍是学校的附庸，他们无条件地传达校方的意见。在某大学进行的一次学生调查表明，八成以上的学生对学生会感到陌生。在某著名大学内，尽管每届的学生会竞选，都在校园内大张旗鼓，也尽管传说每位候选人的拉票费用过万。但是，显然的喧闹与学生无关。不管哪一位上台，总是用同样的方式搪塞学生的需求，千方百计为校方辩解。而在某些严肃的学生眼中“碰上好学生会成员，不过是放一放电影，培养大家放松心情的享乐主义机构”。至于学生刊物，在大学内是普遍缺席的。学生会的刊物几乎无法猝读，大多数是政策上的解释，除了枯燥不算，更经常大言不惭地颠倒黑白。而至于一些学生自己的刊物，则往往只能局限在风花雪月的地步，再好一点的，顶多是学术上的同行交流。至于能够震动学生心灵，具有思想上洗涤感的东西根本是不可能存在的。中国的大学是无法容忍一份《深红》存在的，而即使昙花一现的一些东西，也会因为缺乏严格的组织习惯，而无法继续。北大的钱理群教授在纪念百年校庆的文章中甚至说，现在的北大把一些敢于独立思考的学生视作不安定的因素。在这种情况下，试图表达思想的刊物的生存当然很成问题。

龙应台称台湾的大学生是幼稚园级别的，因为他们缺乏独立的思考能力。而我们的大学又何尝不是呢？同样经过了一个“两耳不闻天下事，一心只读教科书”的中学年代，而大学又不鼓励他们自由的思考与实际的行动。青年李普曼等在当年哈佛的举动，对于中国学生是不可想像的。于是，中国的大学生自然而然地心灵萎缩。于是，这代中国大学生呈现出极其可怕的一面。一方面因为缺少思考能力，思想与行动上显现出幼稚化倾向；另一方面由于消费主义的冲击，大学又不能给予心灵上的引导，学生变得极其世俗化。这是一种怎样奇怪的混合，他们无法拥有健康的未来——除了缺乏行动的能力，更是缺乏理想主义气息。而大学的目的是什么？是让受教育者对未来有着美好的理想，并有能力去实现它。我们的校园显然没有给他们这些机会。

威廉·詹姆斯在《真实的哈佛》中说：“（我们来到哈佛）是因为

她的课程丰富多彩、不拘一格；是因为她哺育了如此丰富多样的生命力的理想，并给这些理想的价值实现开辟了广阔的天地……”中国大学什么时候才能拥有威廉·詹姆斯的哈佛式的俱乐部精神？

重回经典

“一个从来没有读过西方世界里任何伟大的书的人怎能称得上是受过教育的呢？”

——赫钦斯　前芝加哥大学校长

寻找生命的本来意义

1990年的某一天，《纽约》杂志电影专栏作家大卫·丹比突然意识到自己成为一个只读新闻、时事书籍以及各种杂文的人了。他对此有点气愤，他开始怀疑他的行为是否离生命的本来意义越来越遥远。于是，在接下来的一年里，他回到了60年代读书的哥伦比亚大学，重新研读了在西方历史中占有重要地位的经典著作。从最早的荷马史诗到亚里士多德，再到卢梭、尼采乃至现代的西蒙·波伏娃和伍尔芙。这是哥伦比亚大学的“核心课程”，“它显示了校方对于西方传统的极度推崇，它的目的再明确不过了——不管这些18岁的学生以后干什么，做什么工作，他们都不该没有这一传统的筑防。这些书是一些最直接的涉及什么是人以及人可以是什么的书。它们应该成为每个人教养的一部分”。

48岁的大卫·丹比用“激动人心”来形容这一年的经历，并把这一年的读书心得汇成了一本《伟大的书——我与西方不朽作家的历险记》。这个已经定型的中年男人似乎又重新找到了某种生命的意义，这种意义来源于那些伟大的传统。他在几千年以来，西方世界最伟大的心灵之间漫步，并试图寻找人生最本质问题的答案。

大卫·丹比的经验，让我在晚间的自习教室里坐立不安，有多少次，我觉得自己似乎被拉回到那个遥远的年代，和那些遥远的人进行某种神秘而深刻的沟通。甚至感觉到自己被脱得精光，赤裸裸地呈现在某些基本却伟大的信念面前。不管是西方还是东方，作为人类，我们肯定存在有一种普遍的情感，它触及我灵魂深处的某种需求。

这种需求在日益喧嚣的今天非常突出。像大多数学生一样，阅读是我生活中的一个组成部分。在这个资讯泛滥的年代，我们总怕错过什么，于是不停地和那些流行的、有用的文字打交道。我希望自己的头脑充实，可以去面对各种挑战，可以获得一个美好的未来。我在这种繁忙几乎是惯性的追逐中，却疏远了自己的心灵。对于未来，对于自己的生活，我会觉得迷惘，或者突然在某一个时刻，对于自己活着的意义产生严重的质疑。我想，这一切似乎与我缺乏这方面的教育有关。从小学到中学，我忙于如何成为一个大学生。而进了大学，我又在忙着应付各种课程，或者让自己成为一个有用的人材。我的课程里缺乏所谓关于人生意义的讨论，我们的人生意义先是被强行地与空洞的目的联系在一起，当这种大而空的话变成一种谁都明了的滑稽之后，我们就变得茫然无措甚至玩世不恭。

在大学教育中，我们的灵魂是被忽视的，大学缺乏基本的人文精神。直率的何清涟曾说，高等教育已经沦为一种技术教育和工具教育，一些针对就业开展的训练。它根本忽视了综合教育，尤其是忽视了人文的教育……而人文教育意味着什么，斯坦福大学校长有着极美妙的阐述："人文科学是我们这个时代最深刻的需要，它赋予社会、世界以方向、目的和意义。"

阅读伟大的书

如何获得我们这种最深刻的需要呢？前芝加哥大学校长赫钦斯是一位以此著名的教育家。这位雄心勃勃的大学校长目睹了20世纪30年代，众多美国大学开设五花八门以适应社会需求的课程而气愤不已。他认为教育不应该去适应瞬息万变的社会，而是要努力寻找一种永恒的价值观念。因此，从1929年起，他开始在芝加哥大学推行名著教育计划。并在1952年，编著了《西方名著丛书》，收录了从荷马到弗洛伊德的443部经典著作，被誉为"人类心灵的一大成就"。赫斯钦固执地认为，大学课程之间，应当有一种基本观念的共同基础。学生应该学习那些具有永恒精神的西方伟大著作，它们代表了人类的理智精神，是人类的最高遗产。赫斯钦曾说："一个从来没有读过西方世界里任何伟大的书的人怎能称得上是受过教育的呢？"

尽管收到了巨大的效果，但是在现代科技的高速压力下，永恒主义教育还是遭到了挫败。克拉克·克尔在1963年的名著《大学的功用》中毫不留情地批判了大学教育的这种"自以为是"，他极力倡导大学应该成为新科技的服务中心。但是，经过混乱的60年代的洗刷，这种忽视人文精神的教育迅速暴露出了它的弊病。芝加哥大学教授艾伦·布鲁姆在轰动一时的著作《走向封闭的美国精神》中大声地质疑着当代美国学院中的各种流行思潮，他认为若要摆脱当代混乱的思想状态，必须回到源头，让学生重新阅读从苏格拉底到卢梭等人的著作，他们必须从中寻找到生命的价值和意义所在。他带有明显的情感色彩写道："在人们重温柏拉图和莎士比亚的著作时，他们将比其他任何时候生活得更加充实，更加美满，因为阅读经典将使人置身于无限蕴藏的本质之中。"

中国学者吴宓也同样坚信这一点，他在30年代的清华大学开设了一门课《文学与人生》。他对自己课程的目的是：不只是传授知识，而更是一种严肃的精神活动。他试图用他那些人类历史上的永恒的经典著作来滋润学生的心灵。他说："在人生中，重要的不是行为，也不是结果，而是如此行为的男女的精神和态度。"他注重"作家对于人生和宇宙的整体观念，而非他对特定人、事的判断"。吴宓在当时的新人文主义思潮的影响下，坚信"治学的目的在于自身精神的完善，好的学者不只是某个领域的专家，甚至不只是文史哲的通才，而是具备人生见识的智者"。

我们还会读书吗

吴宓的努力在今天看来已经成了千古绝唱。没有哪个大学会有这样的耐心来传授这样见效缓慢的课程。更重要的是，没有哪个大学的学生会愿意接受这样的教育，他们必须匆忙地应付各种接踵而来的文化快餐的训练。在1998年《南方日报》于广州的数家著名高校进行读书调查，调查的范围，包括广州的中山大学、华南理工大学、华南师范大学、华南农业大学、广州外语外贸大学、广东工业大学等，共发放了1000份问卷，回收了819份，其中男、女生比例各半，91%的受访对象是本科生，其余是研究生和专科生。50%的被访者在"你读得最多的书"这栏中，填的是"教材"。44%的被访者最爱读的是文学作品，而69%的被访者在最不爱读的著作中，回答是哲学。对文学的普遍热爱，令95%的人在"对你影响最大的一本书"中，填的都是文学作品。11.4%的学生，也是比例最大的一群，对他们影响最大的书是《平凡的世界》，11%的学生认为是《红楼梦》。

而这两本书，我想对于大部分选择来讲，只是因为他们容易找到，而非真正喜欢。而这两本书的选择更暴露了他们狭窄的阅读取向。由于整个社会功利性的需求，使得大学摒弃了基本的内在需求，而去努力寻找一种外在的证明，他们可能会沉湎于一个漂亮的

TOEFL成绩或者一张驾照，而不愿去读一本古希腊的哲学。在过于追求实用的同时，他们也让自己丧失了人的很多特性，他们缺乏精神上的浸染，更缺乏足够的趣味性。我常为这些受过十几年教育的人脸红，他们在人格上呈现出巨大的苍白，他们缺乏纵深的历史感，也没有对于人类丰富情感的好奇心和把握力，他们局限在一种肤浅的生存状态。他们作为人的存在是缺乏血肉和灵魂的。

除了阅读经典，我们似乎找不出更好的补救办法。既然鲁迅已经说过了"尽量多读外国书，少读中国书"，那么我们或许真的应该认真的拾人牙慧，认真地阅读那些影响生命的西方的大书。而余英时教授则建议补上一些中国的传统名著如《庄子》等。不管怎么样，作为一所大学，她必须中止不停地制造快餐与垃圾的短视行为，而作为一个试图拥有健全人格的学生，你必须了解生命的丰富比学会一口流利的英语更重要。

洪堡的理想主义

在一般德国人心目中，威廉·冯·洪堡的名声或许无法企及他的弟弟亚历山大·冯·洪堡，这位伟大的探险家，曾经到过遥远的南美洲进行考察，是一个划时代的地理学家与自然科学家，同时他给死板的德国精神中注入了一种生命的本真活力。但是，如果把时间放在更深远的人类历史中，放入一个更广阔的人类精神的范畴内，这位看起来更加温柔的哥哥则扮演了更加重要的角色，他几乎制定了19世纪后人类精神生活的半个框架——无与伦比地构建了现代大学模式。

尤其在中国，由于蔡元培校长对于柏林大学经验的成功借鉴，使得威廉·冯·洪堡的教育思想被广泛引用，尽管据考证，蔡元培从未读过洪堡的著作。但是，如果仅仅凭借蔡校长在柏林大学的考察，就可以使得北大发展得如此成型，至少从一个侧面说明柏林大学模式的优越性。而美国著名教育学家弗莱克斯纳在经典著作《大学之理念》中，把柏林大学视作大学之楷模。“将研究引入大学，开创研究型大学”、“对科学的探索”、“坚持学术自由原则”是贴在洪堡身上最伟大的标签。但是，我们却忽略了洪堡身上一个重要的特征，它同样深远地影响了大学的发展。洪堡是一个强烈的理想主义者与卓越的人文主义者，人文理想实际上贯穿了他的整个教育思想。因为一个仅仅在位16个月的教育大臣，如果不具备浓重的理想主义色彩，是无法在一个依旧专制的普鲁士时代，开创一个生动的教育局面的，更无法被后人亲切地称作“心灵大臣”、“精神大臣”。

一位洪堡的传记作家，把歌德一席勒一洪堡视作德国古典文学时期的金字塔的三足鼎立的底座。尽管该作家承认，在创作能力，在深度，在推动力上，洪堡与这两位无法相比，但是洪堡却是最成功地把这些古典主义理想传播开来的人物。洪堡曾经以驻外使节的身份长期居住在罗马，并对希腊文化产生了浓厚的兴趣。他认为希腊文化可以培养人的美好品性，为此他出色地掌握了希腊语。他曾经在一篇文章中写道：“它（希腊）所处的高级程度是不可能在其他民族那里再现的，这种程度就是高贵的、伟大的、真正值得不受约束的思想在灵魂中占有统治地位，以及这种思想在教育的可观性和人体运动的优雅性中生动地得到体现。”他每天创作一首十四行诗，与歌德、席勒等人长久地探讨着伟大的埃斯库罗斯，在生命的最后他又成为一个出色的语言学家，被乔姆斯基称作“语言学的开创者”。

1808年，一个偶然的机会让这个在政治上总是不得意的人有机会实现他的理想，他被当局出于无奈的情况下，任命为普鲁士教育大臣。16个月的任期中，洪堡坚信教育不应该是为维持生计和复杂的文明机构的实际功能作准备，而应该是理想主义类型的教育。这个典型的启蒙运动的支持者几乎重组了普鲁士教育，凭借的基本点是——相信人的价值，这种价值来自他的个性及其永恒的坚定性。因此他创建了高级人文中学，规定了普通教育课程的广泛性。为此他写道：“确实存在某种必须普及的知识，且还有某种谁也不能缺少的对信念和个性的培育。每个人显然只有当他本身不是着眼于其特殊职业，而是努力成为一个良好和高尚、受到教育的人和公民时，他才是一个好的手艺人、商人、士兵或经纪人。这种教育不应该是为维持生计和复杂的文明机构的实际功能做准备，而应该是理想主义的类型。”

在1809年，他把这种理想倾注到组建柏林大学上。在这里，他认为大学应该造就统一的、受到全面教育的德国人，为此大学必须拥有自己的理想，自己的价值观念，这一点不能受到国家的干涉，也只有在这个程度上，大学才能发挥他最重要的功效。他以一个出色的古典作家的优雅笔调这样阐述道："国家决计不能把它的大学当作高级中学或特殊学校对待，决计不能把它的高等学府当作技术或科学代表团来使用。整体上来说决不能向它索取任何直接和完全与它有关的东西，而必须树立这样的信念……在高等科学教育机构这个最高层次上，人们所做的一切工作都是直接为了民族道德文化而开展的。有关部门这种机构的概念是建立在这样一来的基础上的，即这种机构的目的是在最深刻和最广泛的意义上科学地展开工作，并把科学作为一种并非有目的的，但从本身来说却是符合目的而准备好的精神和道德教育材料。"洪堡极其强调科学研究在大学教育中的重要性，因为"如果教师不发展知识，如何教授"。但是，洪堡对于科学态度更多的也是一种纯精神的方式。他推崇"科学的精神"，主张为学术而学术，反对直接的利用价值，因为这会伤害到对于真理的直接追逐。对于这种精神，他几乎上升到一种宗教情怀："一旦人们停止对科学进行真正的探索，或认为，科学是不需要从精神的深处创造出来，而是可以通过收集把它广泛罗列出来的话，则一切都是无可挽回的，且将永远丧失殆尽。这种丧失是针对科学而言的，如果这种状态长期持续下去，科学将逃遁，以至它本身把这一用语如同空壳那样留下了。这种丧失也是针对国家而言的，因为只有来自于内心，且可以根植于内心的科学才能改变人的性格，而国家就如同人类那样很少关心知识和谈论，而是关心性格和行为。"

在此基础上，他提出了著名的洪堡五原则：

一、科学是某种还没有完全得出结论的东西，还没有被完全发现，没有被完全找到的东西，它取决于真理和知识的永无休止地探索过程，取决于研究、创造性以及自我行动原则上的不断反思。

二、科学是一个整体，每个专业都是对生活现实的反思，对世界的反思，对人行为准则的反思。惟有通过研究、综合与反思，科学才能与苍白的手工业区分开。

三、科学首先有它的自我表现目的，至于它的实用性，其重要意义也仅仅是第二位。当然，对于真理进行的这种目标自由式的探索，恰恰能导致可能是最重要的实用知识，并服务于社会。

四、科学是与高等学校联系在一起的，惟有通过学术研究科学交流以及对整体世界的反思，才能培养出最优秀的人才。大学要学的不是材料本身，而是对材料的理解。惟有这样，才能形成他独立的判断力以及他的个性，然后，他才能达到自由技艺和力量的境界。

五、高校的生存条件是孤寂和自由，这就是坐冷板凳和学术自由，国家必须保护科学的自由，在科学中永无权威可言。

对此，甚至连皇帝威廉三世说："大学是科学工作无所不包的广阔天地，科学无权威，科学自由。"

这个传奇性的人物，在德国几乎肩负了卢梭与狄德罗的双重任务，他精辟得无可比拟地阐述了科学精神的价值。据此，我们才能理解为何这个温文尔雅的人能在16个月改变整个世界文明的形态。支撑这16个月成功改革的是洪堡从青年起就树立起的理想主义情怀，一种从精神上启蒙德国民众的观念。正如其传记作家彼得·贝拉格所说："(教育改革）不是突然冒出来的，而是早在计划之前就已做好准备，教育改革不是洪堡的绝招，不是他的灵感或惊人之举。他是把早已形成的思想、把一般的趋势加以具体化来实现改革的；这种改革不是变魔术，而是收获……"

遗失的想象力

一

“清华园有趣的人物真多。但其中最有趣的，要算陈寅恪先生了。你们中谁有好奇心的，可以在秋末冬初的一天，先找一找功课表上‘唐诗校释’或‘佛经翻译文学’等科目的钟点，然后站在三院教室前的过道上等一等。上课铃响后，你们将看见一位里面穿着皮袍，外面罩以蓝布大褂青布马褂，头上戴着一顶两旁有遮耳的皮帽，腿上着棉裤，足下登着棉鞋，右手抱着一个蓝布大包袱，走路一高一下，相貌稀奇古怪的纯粹国货式的老先生从对面走行来，这就是陈寅恪先生。”

这是1934年出版的《清华暑期周刊·教授印象记》的有关陈寅恪的一段趣味盎然的文字。此时的清华，有关教授的故事在校园内广为流传，在某种程度上，那些学问大家的自身性格魅力要比课程本身更加引人注目。这似乎也是当时大学获取巨大进步的一个侧面表现——校园传奇的流行证明了校园学术气氛的自由与师生发达的想象力。几十年后，这些当年老清华、老北大、老南开、老浙大的故事经过历史自然的洗涤后，散发出更令人神往的味道。我们惊异于原来大学是可以这么好玩，在校园里的师生原来可以如此特立独行地生活，师生之间除了上课之外，还可以在生活中进入广泛地交流。“富有想象力地传授知识”，这正是英国教育学家怀特海所认为大学教育的最大作用。

这位喜欢和他的学生罗素一起辩论的人在《教育的目的》中写道：“大学存在的理由在于：它联合青年人和老年人共同对学问进行富有想像的研究，以保持知识和火热的生活之间的关系。大学传授知识，但它是富有想象力地传授知识……一所大学若做不到这一点，它就没有理由存在下去。充满活力的气氛产生于富有想象力的思考和知识的改造。”

此时的怀特海正在哈佛大学任教，而哈佛无疑正具有他所推崇的“想象力”。我们在李普曼的遭遇中深切地感知到。1908年正在哈佛读二年级的李普曼因为不断在校刊上发表出色的文章而受到注意。这年秋天的一个早晨，19岁的李普曼听到有人敲他的房门，他打开门发现一位银须白发的老人站在他面前。这是哈佛最著名的导师——哲学家威廉·詹姆斯，他非常欣赏李普曼在校刊上的文章，想用这种特别的方式来祝贺这个前途远大的年轻人。这个被全体哈佛人敬仰的老人说道：“我想我还是顺路来看看，告诉你我是多么欣赏你写的关于温德尔的文章。”从此之后，大学二年级学生李普曼成了詹姆斯家里的固定客人。每周四上午11点，他和这对夫妇一起喝茶。他们趣味横生的谈话涉及了政治、社会、伦理宗教等各个领域。和这样的智者谈话让李普曼获得了极大的鼓励与精神上的收益，他在给父亲的信中写道：“这（与詹姆斯的谈话）是我在哈佛的生活中最了不起的事情。”

傅斯年与罗家伦也有类似的经验。1918年，胡适早已因为“文学革命的种种主张”名满天下，而在北大，他对中国哲学史的新解也赢得了学生的尊重。傅斯年与罗家伦是胡适家中的常客，他们常常在一起讨论问题。刚开始时，由于不熟悉，两个学生还“客客气气地向胡教授请教”，到后来，隔阂感消除了，这些师生之间的讨论就变成所谓“最肆无忌惮”的了。这段经历给当时的傅斯年等人带来了相当大的影响，后来他们创办《新潮》杂志也是受此启发，他们和胡适保持了终身的友谊。而傅斯年在出任台湾大学校长时，始终保持着与学生之间的密切联系，他常常到学生宿舍聊天，而校长室更是开放的，学生随时可以去找他。这令人想起北大的马寅初校长，对学生讲话时，最常用的自称是“兄弟”，这个著名的经济学家，似乎从来都把自己与学生看作平等的交流对象，甚至可以一起喝酒骂人。

谢泳在一篇谈及西南联大的文章中，引述过金岳霖的得意门生王浩的一段回忆。王浩把那段时间称作“谁也不怕谁的日子”。因为“教师之间，学生之间，师生之间，不论年纪和地位，可以说谁也不怕谁，当然因为每个人的品格和常识不同，相互间也会有不快……做人与做学问的风气是好的。例如在课堂上，有些学生直言不讳地指出老师的错误，教师却因此对这个学生更加欣赏。……教师与学生相处，亲如朋友，有时师生一起学习材料……”

二

在这些老大学的故事中，师生之间的奇妙而亲切的关系除了让人感动，更让人感慨。清华校长梅贻琦的名言“大学者，有大师之谓也”。暗藏的意思是，除了大师的学术影响了大学的研究水平，其个人魅力更给大学带来可能更加重要的无形气质，他们决定了一个学校的学风。如果我们把目光投向大学的发展的历史之中，就会发现怀特海所谓的“联合青年人与老年人对学问进行富有想像的研究”有着多么持久辉煌的传统。

最初的大学出现在中世纪的欧洲时，它是仿照手工艺人协会“基尔特（gilds）”的方式组成的老师与学生的团体，它的目的是相互帮助与保护。而世界第一所大学波隆那大学的诞生除了与波隆那在欧洲的卓越地位有关，还与一位叫欧内乌斯的伟大的法学教师的出现有关。欧内乌斯不但是一位出色的的法学家，同时他更是一个能够吸引年轻人的魅力四射的才华横溢者，他的讲课对学生产生了一种持久的吸引力，也因此波隆那大学是以法学而著称。

如果把时间再上推一千年，我们会发现这种精神源于苏格拉底。这个喜欢在希腊城到处闲逛的穿长袍的老年人，是希腊那些好学的青年的精神导师。在色诺芬的《回忆苏格拉底》中，我们看到这个学识渊博，同时又保持着孩子般透明心灵的老人，是如何被青年爱戴。结果，他被宣判死刑的原因包括“毒害青少年”。

当柏林的现代大学建立后，科学研究被提到了至少与教学同等重要的位置。但这并不意味着，科研的位置高于教学。尽管，洪堡对于教师科研能力的要求甚至高于教学，但是这不意味着大学教师就应该丧失掉那种对学生的影响力。在柏林大学，尽管有些出色的科研教授不善于讲课，但是他们本身对于科学的探索精神对学生产生了重大的影响。因为人的精神世界的热忱与感召力是不一定通过漂亮的言语表达的，它可以通过别的方式。柏林大学的史学巨擘兰克正是这样的教授之一，他的学生、后来的史学家基则布勒喜在老师去世后写道：“他把我们这些最亲近的弟子召到自己家中，聚集在他的身旁，所以我们有机会就近观察这位不断创新的思想家的工作房。他广博的知识，多方面的教养，迅速抓住要点的本领和批判的天才引起我们对他的敬佩。当他成功地揭穿一个虚假的传说时，或者以按照实际情况恢复事物的本来面目时，他常常会欣然大笑。正当他的名声开始传播于各个较大的学术团体时，我和他结成了亲密的相识，并觉得自己紧紧被他吸引。当时他正处在精力充沛的壮年时期，他的一举一动充满着活力与热忱。”

三

怀特海认为，大学是教育机构，也是研究机构，但这都不是最重要的作用。如果是仅仅为了这两种作用，大学在15世纪谷登堡发明印刷术后，就可以关门了——新技术提供了学习的手段。因此“富有想象力地传授知识”成为大学延续的关键因素。而事实上，使知识广泛传播的印刷术出现后，大学反而获得更大程度的发展。

那么今天呢，研究越来越成为大学的中心任务，大学教育越来越像一个批发知识的场所，越来越缺乏趣味性与想象力。德国人布贝尔在看到战后世界的大学迅速工厂化倾斜时，呼吁道“教师不仅是传道授业解惑”，这样导致学生成为学习的奴隶，苏格拉底式的对话才是教育的真谛。他在《关于教育的谈话》中认为，师生之间的平等交流自由接触，才是最优良的方式。他甚至重新定义教育为“通过某一人格选择世界，并在他身上产生作用的过程”。显然，教师成了选择世界的领路人。同为存在主义流派的雅斯贝尔斯热烈地呼应着这种对话式的教育方式，“只有这种教育才能唤醒学生的内在潜力……而大学生总是潜心地寻找这种理想并时刻准备接受它，但是当他们从教师那里得不到任何有益的启示，他们便会感到理想的缥缈和希望的破灭以致无所适从。”在这些深刻的忧虑着人被社会与技术异化的哲学家那里，热情、思想自由的教师成了拯救年幼心灵并把他带入健康状态的最佳人选。

对于知识经济的欢呼，正如丹尼尔·贝尔所预言的，大学成为社会经济的轴心，大学的研究机构被上升到绝对统治地位，因为它需要不断提供社会需求的新技术发明。于是，在这个世纪末，我们发现不管从东方还是到西方，以技术研究见长的理工科大学逐渐替代以人文价值传递为主的综合性大学。斯坦福、MIT、英国皇家工艺学院在英美的跃升、牛津大学的衰落正是其结果。而世界大学的发展趋势似乎也正在越来越严重地忽略“教育”本身的意义，我们的大学过多地为经济而服务，而忽视了教育的主题。纽曼在《大学的理想》中认为，传授知识而不是发展知识，是大学的核心任务。他甚至夸张地说：“大学如果是为了研究而存在，我真不明白，要这些学生干什么?”尽管纽曼的理念似乎已被现实冲击得有点可笑，但是，他对于教育本身的要求无疑是正确的，他也同样推崇于牛津、剑桥的学院制度，年迈睿智的教授与青年学子共聚一堂的切磋学识。20世纪中上叶的哈佛校长罗威尔也是这种“想象力的教育”观念的支持者，如同埃利奥特的选课制一样，他的从英国引进的“院屋制”也是哈佛历史上最具创造性的举措。当时的哈佛在河畔建立了七个乔治亚式的院屋，每个院屋规定分给350至400个二至四年级的学生居住。院屋中虽然没有正式的教学，但却是一个不拘形式老幼谈天说地的好地方。在每个院屋内的建筑都极其精致雅观，罗威尔认为，这种方式可以构造一种无形的心智上与文化上的交流。

显然，“想象力”正在全世界范围内的大学里面遗失，大学面临着这样的危险——要么被“研究制度”所摧毁，要么就是被网络革命所摧毁。当然，在那些传统依旧强烈的大学，尤其是著名的大学内，正在进行着一场保持这种“想象力”的斗争，乐观派与悲观派都在为自己呐喊。

“30年后，现在的大学校园将沦为一片废墟……”美国资深经济学家彼得·德鲁克在1997年的《福布斯》杂志上耸人听闻地写道。这位知识社会的最先倡导者之一，把大学视为未来网络空间中的一个庞大笨重而且不合时宜的中世纪产物，它已经完成了它的历史角色。而未来，通信科技将扮演大学曾经的角色。

他在《后资本主义社会中》认为，人类社会在这一千年内经过了三次革命性的变化。第一次发生在13世纪，当时的欧洲的城市开始兴起，哥特式建筑成为城市的标志，教会成为文化的载体，亚里士多德成为智慧的源泉。也在此时，城市大学开始产生，意大利的波多和法国的巴黎大学成为其中的先驱。此时的大学主要教授神学，为教会服务。

第二次变革产生于18世纪前后。1776年，瓦特改进了一种新型蒸汽机，贵族亚当·斯密则发表了《国富论》，这两种最伟大的东西奠定了现代西方世界的领先地位，也重塑了欧洲文明。而远在大西洋彼岸的美国人则开始在潘恩的《常识》的鼓舞下，试图摆脱欧洲的统治。我们所熟悉的资本主义、产业革命、共产主义全部产生于之后这40年。而1897年，德国人威廉·冯·洪堡创办了现代大学的模式——柏林大学。柏林大学推崇的研究精神，极大促进了科技在19世纪的充分发展，确保了西方的领先地位。

而今天，我们又处在另一个时代的转折点。这个时代的特点是，社会的核心是知识。在短短的50年内，晶体管、集成电路、通信设施努力把世界带入了一个崭新的文明特质中，全球化、环保主义、互联网、IMF……

彼得·德鲁克对于大学沦为“残垣断壁”的背后依据是，大学只是一个传授知识与技能的地方，在未来我们所需要的“知识工人”是可以通过通信科技而获得的。这种网络教育的支持者往往来自政府部门，因为这种教育可以给他们提供更多数量的人力资源。而反对者则是那些坚信大学肩负着更重要任务的人文学者与教育界人士。

在1998年，犹他州州长米歇尔O.莱维特创办了一所虚拟大学——西部州立大学。但是，当他参加该州立大学新任校长J.伯纳德·梅琴的就职典礼时就明显地受到了嘲讽。这位新校长严厉地警告州政府，没有哪门在线课程能够提供他的大学所能提供的那种教育，而且投资远距离教育技术会降低传统意义上学校对支出的需求。

这位校长说："技术的应用可以转化成传授某些教育的重要部分，但是它只能是一种适合于掌握工作技能的教育。虚拟大学的固有属性限制了大学教育在更广泛、更多方面的互动，课堂上的自发争论、讨论和观点交流，对思想的发展极为重要，对于诗歌必须让教授和学生一起来听、来翻译和讨论。"

这位前任密歇根大学的教务长对与技术显然没有太多好感，"认为技术的使用会消除对教育进行连续性的、重要的改革，这是不真实的。……我们不要屈从于诱惑，而迫使大学教育降低到其最低水平，我所描述的教育类型不是最廉价的，却是最好的"。

新技术的信仰者，也同样不屑于这些所谓"守旧派"的声音，他们认为在每一项新技术出现时，其传统的既得利益者就要发出怀疑与抗议。就像犹他州的州长发言人所说："这已不是我们第一次听到这种来自高等教育机构的恐惧、怀疑的反应。"可是，这位自作聪明的发言人却忽视了这些愈演愈烈的抗议之中蕴藏的是，科技手段对于教育的负面作用的疑虑。1998年6月，华盛顿大学约850名教员写信给州长加里·洛克，抗议教育投资越来越倾斜于计算机教学。他们称之为"可怕的"、"灾难性的"，会使计算机这种工具性的东西取代教师的人格化教育。当然，华盛顿州长认为，教师的这种反应过于激烈。

请允许我引用牛津大学校长C．鲁卡斯在世界大学校长论坛的发言作为结尾："现代通信技术，使得大学失去了对知识的垄断，那么下一步大学将面临另一威胁，也就是大学将失去确保学生获取有用知识的指导能力。而我认为这一能力是确保一个社会稳定健康的基本功能。"

通才教育——心灵拒绝切分

在短短的四年中，他必须了解，在以往他所知晓的那个小小的世界之外还存在着更为广阔的天地，亲自领略它的乐趣，充分汲取知识的营养，以支撑自己去征服那片注定要穿越的知识荒漠……

——艾伦·布鲁姆　芝加哥大学教授

一

我无法忘记，我第一次进入大学时的奇特，北大南门那两排黑压压的树给我扑面而来的压抑感。那是一个有着小雨的天气，在通往南门的那条主干道上，我看到一片红旗招展，上面写着各个系的名字。我看到一群和我一样茫然多于兴奋的孩子，他们来自全国各个角落，正在有点慌乱地寻找属于自己的队伍。

我置身在喧闹的人群中，有一种莫名的恍惚感，这种恍惚感甚至在整整一周之后还没有消除，它让我睡在六个人一间的拥挤宿舍里有点不适应，它让我看到未名湖时充满了失望——这么小……然后，我就被人流带到了教室，令人厌恶的课程不由分说地拥挤到我面前。整整一两个月，我被一种无法说清的沮丧感包围着，看着我周围的同学每天定时去上自习，钻研四级的考试，显然他们已经把中学生活带到了这里，我们的课程表里除了数学就是物理。我不知道自己该做什么，是否现在的生活就已经是我向往已久的大学了。这里似乎并没有孕育着某种伟大的情感，也没给我带来特别的兴奋。

直到有一天，我看到了怀特海的那句著名的话："在中学里，他伏案学习；在大学里，他应该站起来，四面嘹望。"我仿佛从沉睡中惊醒，感觉到一种前所未有的内在力量在胸中涌动。我意识到，我必须突破中学阶段给我带来的狭窄视野，我应该从更多的层面与角度来理解这个世界，大学绝不是一个"后中学时代"，它意味着对于世界的更广阔的理解，对于传统与未来的深入，对于人类一种普遍情感的追求。

正如芝加哥大学教授艾伦·布鲁姆所说："在短短的四年中，他必须了解，在以往他所知晓的那个小小的世界之外还存在着更为广阔的天地，亲自领略它的乐趣，充分汲取知识的营养，以支撑自己去征服那片注定要穿越的知识荒漠。只要他想获得任何高水准的生活，他就必须如此。如果他的选择不仅仅限于当时流行的或限于职业发展所提供的内容，而是关注那些能够使他自身全面发展的选择，那么大学生活是令人神往迷醉的。它们是使文明开花的惟一途径。"

二

布鲁姆认为达到这个美妙的目的方式就是通才教育。通才教育（General Education）亦称自由教育（Liberty Education），主张"一个大学生，不仅应有专门的知识，尤其应接受普通教育，普通教育的目标是培养具有共同理想的公民"。

哈佛大学教授亨利·罗索夫斯基对于通才教育目标的理解依据几个标准：1. 学生具有批判性思考的能力；2. 对认识和理解的宇宙、社会以及我们自身的方法具有一种判断鉴别能力；3. 不应该是一个狭隘无知的人，能够用开阔的眼光看待自己的生活经历；4. 懂得思考伦理学与道德问题；5. 在某些知识领域拥有较高的成就。

这种传统可以上溯到红衣主教亨利·纽曼那里。他在那本不可超越的著作《大学的理想》（The ldeal Of University）中写道："大学训练是达到一种伟大而又平凡的目的的伟大而又平凡的手段，它旨在提高社会的思想格调，提高公众的智力修养，纯洁国民的情趣，为大众热情提供真正的原则……"所以纽曼主张的大学教育应该利用一切知识训练智慧，反对专业划分过细，主张在大学中受过教育的人应该表现对于世界有一种普遍的了解。因此，纽曼坚信，大学进行的是自由教育（Liberty Education），学生在这里接受非实用技能的训练。

三个世纪以来，由于现代科学观念的出现，以及专业技术在人类生活中充当的越来越重要的角色，纽曼的观念不断受到冲击。在20世纪60年代，克拉克·克尔已经开始无情地嘲笑纽曼式的大学是一座村落，而现代的大学则应该是一座智力城，它迅速地训练社会需要的人才，专业精神成了其中的要素。但是，克尔的理论在经过喧嚣的六十年代学生革命之后，开始让人质疑了。于是包括布鲁姆教授，以及哈佛大学前校长勃克等在内的教育界人士开始呼吁重视"通才教育"。这其中至少包含两个重要因素：

一、面对人类的精神世界越来越迷惘的时刻，大学必须培养对世界有整体理解的人，他们对于人类的传统，如自由、民主等有着广泛的理解，他们为社会提供一种相对永恒的东西。

二、跨学科越来越多，学生在进入专业研究之前，必须具有广阔的知识视野，只有这种坚实的基础才可能造就出真正具有创新意识的人才。

因此，在西方的著名大学内，广泛推行着核心课程，主张每个学生至少对于人文学科、自然科学、社会科学都有着广泛的理解，并且在进入研究院之前，本科生的专业要求较低，一般在前两年不分专业。

三

相比之下，中国的学生过早就经历了专业的折磨。从高中起，大多数学校已经开始实行文理分科，在思想成熟之前，我们的视野就被局限在狭窄的一块上。在进入大学之前，大多数学生不了解自己，也不知道自己的未来目标是什么。在经过父母与老师的“帮助”下，他们选择了一个莫名其妙的专业。

从1952年起，中国大学的课程已经被严密地切分开了，对于本科生来讲，他们习以为常地看待专业之间的层层壁垒，也习惯性的拒绝进入另一个领域。在大学里，文科生与理科生被显而易见地区分着，即使在纯文科或纯理科之内，也很容易察觉到那条深深的鸿沟。对于中国的本科生来讲，核心课程是个不存在的名词。除了英语，本科生之间就缺乏任何共同的科目了。并且，由于专业课程过重，他们也很难自由地进入别的领域，更重要的是，他们从来就缺乏这种意识，也从来没有人引导过他们。

于是四年之后，在大学宿舍的墙壁上写满了遗憾乃至愤怒的话。一方面，狭窄的专业训练使得毕业生对于社会显现出不适应感，另一方面，他们从来就没有被灌输入一种独立的情感，一种判断事物的能力。于是，这些号称天之骄子的大学生就显现出两种可怕的趋向，一方面他们在狭隘的专业知识上有着特别的深度，一方面他们对于这个世界是茫然无知的幼稚。于是进入研究院的学生，出现了“硕士不硕，博士不博”，无法深入研究，而进入社会的学生则立刻表现出一种随波逐流的庸俗化倾向。

中国的入学率远远低于世界平均水平，这决定了我们的教育是英才型的，在这个庞大的人口中，只有一小部分青年进入大学。但我们却固执地把他们教育成一些或许还不算熟练的技术工人，这对于这个国家的物质与精神都是一种巨大的伤害。解放前的大学之所以获得了如此瞩目的成就，与广泛实施的通才教育是无法区分的。北大、清华、浙大、南开这样的大学无一不以发展通才为重要方向。

四

“普通教育意味着一个人在职业培训以外的全面发展，包括他的生活目标和文明化，情感反应和纯净化，根据我们时代最优秀的知识，对事物本质理解的成熟化。”华盛顿大学教授霍华德·李·诺斯特兰1946年写道。这也是一所实行通才教育的大学所追求的目标，这也决定一所大学可以达到的品质。在经过巨大的割裂之后，那些懵懂的年轻人需要全面地了解这个世界，希望他们在经过四年之后，能够对自己、对这个世界有着某种把握，以便确立他们的未来。

跋：那些忧伤的年轻人

我所探求的不是一个日期，而是一个象征，一个转折点，一个我们被歪曲的道德历史进程中的隐秘时刻。

——莫里斯·迪克斯坦《伊甸园之门》

这是一个轻松、急速、冒险的时代，在这个时代中度过青春岁月是愉快的；可是走出这个时代却使人感到欣慰，就像从一间人挤得太多、讲话声太嘈杂的房间里走出来到冬日街道上的阳光中一样。

——迈克尔·考利《流放者归来》

4年以后，我仍然清晰地记忆着李皖给我带来的震惊。“这一年，高晓松27岁，但已经开始回忆。”1997年的秋天，我斜躺在北京大学28楼202宿舍里，这句话从《读书》杂志粗糙的纸张中跳出来，柔情似水却准确有力地抓住了我涣散的神情。“这么早就回忆了”，李皖在感慨的同时，开始寻找隐藏在一代人“怀旧”的面具后的秘密。

这是一个逃课的上午，屋内微冷，校园的树叶变得金黄，并逐渐飘落。这一年，我21岁，三年级学生，满脸的迷惘与偶尔的愤怒，四处表现着对于当时北大的不满。压抑，是我当时最喜欢的措辞，它被随时用来形容我的青春与校园生活。自从1995年进入北大，一种致命的平庸与现世感就死死地围困着我。周围的同学要么疯狂地学习，努力成为国内外的研究生；要么就终日无所事事，通过玩电脑游戏消磨时光；还有一少部分乐此不疲地加入以舞厅与录像厅（或许还有学生会）为核心的社交场所……也在1995年，微软发布了Windows 95，并被扯进了一场似乎无法结束的反垄断官司；而一家叫网景的公司创造了股票市场奇迹，那个有着娃娃脸的叫马克·安德森的年轻人，当天就成为了亿万富翁，“.com”狂飙运动开始了；七大工业国还在这一年通过了兴建“信息高速公路”的协议，决定共同促进“信息社会”的早日来临……到了1997年，多利羊出场，戴安娜随风逝去，连《泰坦尼克号》这样的片子都大获成功……

当然，我并未意识到这些事件预示着的社会变革，张朝阳、丁磊神话还要过几年才出现。为了躲避不满与愤怒，我让自己沉浸在幻想里，幻想中最常见的场景就是“这么早就回忆了”的80年代校园。高中时看到的《女大学生宿舍》奠定了幻想的基础，这部蹩脚与幼稚的电影有效地挑逗起少年人心中“担当社会责任”的激情，它部分准确地把握了80年代初期中国大学内四处洋溢的求知与变革热情。一位83级的学生孔庆东用他的亲身体验将我的幻想推向极致。在他如金庸笔法的描述下，80年代校园成了一个奇情的江湖。形形色色的年轻人充斥其中，不断涌入的新思潮搅拌在一起：哲学上的存在主义、诗歌中的现代派、艺术上的实验行为，还有荷尔蒙刺激下的青春式自命不凡毫无顾忌地融合在一起……这是一个青春绽放的年代，生命中的狂喜被眼花缭乱的变幻从内心深处激发出来——他们在热爱顾城与北岛不久，就迅速宣称打倒他们；他们刚刚读了20页的《存在与虚无》，就又要排队去购买尼采；中央美院的孩子们为了表现自己的艺术热情，开着大轿车来到北大食堂前，把一桶桶涂料往身上倒……诗歌与哲学是那个时代的通行证，就像86级学生李方回忆的，他流浪到内蒙古大学，饥饿逼迫他踹开一间宿舍的门，然后大声嚷道，我是北京来的诗人，我要吃肉，然后他就被热情招待。北大的三角地经常会贴着“以论文会友”的广告，据说它像几百年前的“比武招亲”一样受欢迎……1998年出版的《北大往事》将这种神话导向巅峰。多年以后，那些当初的年轻人满怀喜悦与忧伤地将自己的少年意气与琐碎倾倒出来，结果那些忧郁的碎片再次让他们陶醉之后，也征服了我这样的后来者。

回到1997年秋天的那本《读书》，李皖在粗糙的纸面上继续以高晓松为例探寻着"60年代人气质”。许晖最初提出了这一命题，这个浸透忧伤的年轻人固执地认为，出生于60年代人是过渡的一代，他们赶上了一个激荡时代的尾巴。前一代有沉重的历史碎片咀嚼，而后一代即70年代人则毫无历史负担。漫游的气质，这是李皖认定的60年代人主要的共通点，他们的童年是在没人管的田野中的闲荡；而他们最重要的青春期是在80年代中后期的大学校园中度过的，彼时的校园才子、才女如云，好一个白衣飘飘的年代；而毕业后他们遭遇了社会巨变，经济与技术变革否定了闲荡的气质，让他们无所适从……

我正是在这样一个极度缺乏浪漫气质的时代进入校园的。在我热烈地猜想着80年代校园时，李皖告诉我高晓松的音乐令我沉醉的原因。一方面它是小布尔乔亚情调的，另一方面它是豪情灼人的。啊，我几乎要惊呼起来了，这已经精确地道明了贯穿于80年代的校园与60年代年轻人间的气质。

无疑，我在第三段手舞足蹈描述的是80年代校园中豪情壮志的一面，它属于80年代前半期。对于中国社会来讲，几十年的压抑情绪是在那短短几年中以不可阻挡之势爆发出来的，一种单纯的理想主义鼓舞着人们投身于新时代。对于此时进入大学的青年来说，他们是中国最受瞩目的群体，在集体抒情中度过的童年更让他们赋予自我一种惊人的使命感。他们愿意认为自己身处中国第二次启蒙运动之中，此时的北大正是蔡元培精神的延续。

我承认在最初的大学生活中，我将年轻人的躁动与承担历史使命的激情混为一谈。20岁的年纪，把叛逆与喧嚣视作青春的惟一亮色。我时常假想着20年代的北大。我不理解蔡元培与胡适为何反感学生罢课，我只是觉得那么多青年聚集在街上，群情振奋就一定是对的，而且很富戏剧感。所以，我喜欢80年代闹哄哄的校园生活。我清晰地记得我是如此着迷于北大的嘘声与大讲堂门口的拥挤与混乱。我将这两者都视作80年代校园精神的延续，并为它们的最终消失而惋惜不已。

90年代的校园是令人失望的。越来越强势、越来越标准化的应试教育让入学的年轻人越来越同质与乏味，我们生于70年代。我们已经不可能再有那些集体忧伤与歌唱的兴趣，同时，我们可怜的个人主义却没有机会真正成长起来，甚至滑向了极度自私的一面。小布尔乔亚情调成了我这样的年轻人最后的救命稻草。尽管内心深处可能更加渴望波澜壮阔的场面，但是现实却最多让我选择琴弦与姑娘作为区分我与庸众的标志。高晓松的怀旧所代表的80年代末大学校园的风花雪月精妙地切入了我的内心，令我回避了洋溢在90年代的实利主义。

相当长的一段时间里，我让自己堕入许晖、李皖、高晓松这些80年代学生营造的忧伤氛围中。我像他们一样喜欢回忆自己尚不丰富的人生，并以此为傲。但最终我发现自己实在无可追忆，这种追忆也很容易演变为自怜自艾。在离开学校之前，我开始阅读《伊甸园之门》与《流放者归来》。

前者是李皖所代表的80年代大学生的“圣经”。莫非他们在乱轰轰的60年代美国的记述中，看到了自己青春的时光？鲍勃·迪伦是他们的崔健；艾伦·金斯堡是他们的北岛；美国青年热爱嬉皮士打扮，他们则穿起了牛仔裤、留起了披肩发；美国青年们在旧金山、在伍德斯托克上为生命自由与音乐而狂喜，他们则沉醉于罗大佑与齐秦，在大街上、在琴弦上寂寞成长；美国姑娘们习惯于用避孕药，而他们则开始翻阅琼瑶与《曼娜回忆录》；美国青年们人手一册马尔库塞与麦克卢汉，他们则言必称萨特与弗洛伊德；圆明园的画家村就是他们的格林威治村……这两个时代都蕴涵了青春的喧闹，但是60年代的美国更意味着“青年文化”的成熟，年轻人不再仅仅是成熟道路上的一个过程、一个亚文化群体，他们是独立社会组成。但是，80年代的中国青年却没有传达出这种声音，他们要么让自己依附于历史理想，要么陷入自我的狭隘情感。更重要的是，他们尚未有时间与条件构造出自己的知识结构，让激情变为思想，让情感富有韧性。

喧闹的60年代美国，实际上也在宣称自己文化的真正成熟。那个年代，欧洲国家已经不能再宣称美国毫无文化与艺术了。J. D. 塞林格、凯鲁亚克、卡波特这样的小说家已经成为欧美批评界共同关注的对象，特里林、苏珊·桑塔格这样的批评家已成为公认的学术明星，而即使像安迪·沃霍那样的波普艺术家显然也已是新的时尚，更不用提好莱坞电影这样的大众文化了……当然，你可以说这种强势文化背后是美国强大的经济能力。但我们同样无法忽略美国的文学艺术人士在其中的不懈努力。

我更觉得中国的80年代青年相似于1890年的美国。这是美国文化开始崛起的过程。在此之前，爱默森早在1850年起就不断呼吁“美国精神的觉醒”，美国人不能总是依靠阅读英国小说、在欧洲文化的压抑下成长。尽管有沃尔特·惠特曼、爱伦·坡、麦尔维尔的努力，但是美国文化依旧在沉睡着。19世纪90年代，是美国第一次试图大规模引进欧洲文化标准的时期，比如亨利·詹姆斯，一代美国青年如德莱塞等也在不懈努力。此时的美国正在面临城市化的过程，“生活的全面商品化”是当时的趋势。当时的美国公众更喜欢赫斯特的煽情新闻而非文学艺术……我认为80年代的中国与之相似并非因为这些细节，而是80年代所蕴涵的强烈“过渡”色彩。生于60年代、成熟于80年代的那一代，他们的青年时期处在一个引入外来文化的最初阶段，他们惊喜于那些思想，却没有时间吸收。但正是这大量有待清理的思想，为后来发展提供了奠基，他们才是真正的“迷惘的一代”。

终于，我们来到了迈克尔·考利所描绘的20世纪20年代美国。在我有限的阅读历史中，还有什么比《流放者归来——20年代的文学流浪生涯》更能表现一个年轻人的忧伤与快乐呢？在我寻找青春力量的过程中，这本书比起《北大往事》、《伊甸园之门》、还有那本最新出版的《“六十年代”气质》更为公正与积极地描述了青春的气质。

这群被格鲁特·斯泰因称作“迷惘的一代”的年轻人出生于上个世纪初，在田野与大地成长，上大学时他们幼时的乡村童年开始消失；他们中有的热爱文学，于是住进了廉价的格林威治村，在那里编辑《扫帚》、《转盘》这样的小杂志；然后一次世界大战来了，他们被扔到了欧洲，在那里花着别的国家的钱，学会调情、酗酒与不负责任，看到了死亡随时与自己擦身而过……在去欧洲之前，他们看到30个美国知识分子写的《美国文明》，不断有人告诉他们，美国一无是处，是缺乏“50个最有才智的人”的英国。《美国文明》的主编哈罗德·斯特恩自问自答道，美国年轻人该怎么办？到欧洲去，到欧洲去。

战后，他们开始流放自己，巴黎，那里是文学与艺术的中心。他们拼命地学习福楼拜、学习普鲁斯特。他们有年轻的记者海明威、有忧伤的菲茨杰拉德、有激进的帕索斯、有喜欢热闹的迈克尔·考利，还有一大批有二三流才智但无比热情的美国青年，他们喝苦艾酒、在咖啡馆里争论，他们都努力地写作，努力地学习欧洲蕴涵的意境。

他们当然是一小部分，国内的青年们正在爵士乐中快乐无比，汽车是新的追逐对象，通讯领域正在发生由一家叫AT&T公司领导的革命，广播、电影开始普及，那些不怎么样的文学青年变成了广告撰稿人，无意中推动着新商业革命。然后，这些巴黎浪子们回国了。他们发现自己、自己的小说一下子变成了时代的代言人。《伟大的盖茨比》——那些受过良好教育的工商青年精英们的最爱，爵士时代的伟大小说；谁不在学习《太阳照样升起》中男主人公坚硬、干脆的讲话方式；帕索斯更加雄心勃勃，他干脆开始记录起一个时代——《美国》三部曲；即使那个被海明威不屑的迈克尔·考利不也成为了《新共和》杂志的书评编辑了吗？他后来写作的《流放者归来》，鼓舞了几代文学青年的成长。

“迷惘的一代”的作家们在30岁左右就成了国际知名人士。1930年，美国人甚至第一次得到了诺贝尔文学奖。尽管辛克莱·刘易斯在《大街》里的表现不尽人意，他的年纪也大了一些，也尽管他的获奖更多是由于美国经济、政治地位的崛起。但是，谁又能否认，此时由“迷惘的一代”们创造的美国文化已经开始摆脱幼稚了呢？一方面，他们要感谢“到欧洲去，到欧洲去”的伟大号召，另一方面他们也应该感谢19世纪90年代那批人为他们做出的牺牲。文学批评家拉泽尔·奇夫认为，20年代“迷惘的一代”作家之所以被人发现与接受，是因为他们引起的巨大社会震动的后果在很大程度上已经由19世纪90年代那些作家代为受过了。那些今天已经被人遗忘的名字与青年，成为了海明威的垫脚石，前者比后者更加迷惘。

许晖讲的没有错，他们的确是过渡的一代，新出的那本《“六十年代”气质》中无处不在的忧伤与被牺牲感不断地强调着这一点。但谁又不身处过渡之中呢？而对于中国来讲，海明威那一代何时才会出现呢？从1890年到1920年，整整30年间，那一代青年同样是过渡，在等待辉煌。

距离1997年的秋天已将近4年了。我对于80年代大学校园的憧憬情感在1998年的《北大往事》后开始褪色。所以，《“六十年代”气质》这样的书令我感慨，却不再感动。我渴望这些已过而立之年的青年们，除了回忆与唏嘘之外，能让人看到一些更富建设性的作品。他们像考利一样编辑过《我们》、《今天》等形形色色的杂志，他们也在贫穷与喧嚣还有醉酒中庆祝自己的青春与写作，而现在我渴望看到他们的《太阳照样升起》与《流放者归来》。

这样的渴望显得残忍与粗暴。毕竟，他们缺乏时间与机遇。他们也没能“到欧洲去”、“到美国去”，去那些国家的中国青年更多学习的是技术而非写作。

对于沉浸于20年代美国情绪中的我来说，我很愿意把自己想像成迈克尔·考利。生于60年代的青年不喜欢技术与商业，认为它们毁灭了我们的心灵。但我更愿意将20年代美国作家的成功分给当时美国的技术与商业革命。正是福特的努力、正是留声机与广播这样的发明让美国人生活得更富裕，资讯更发达，他们开始有时间与精力阅读了。像菲茨杰拉德、海明威的作品都是先成为时尚，然后才成为经典的。

那么今天的我呢？一个生于1976年的青年，就像我最初写到的，在我进入大学这一年，以互联网为主的新技术革命正在席卷全球，从1995年到今天，技术革命对普通中国人的影响比起从前的政治更为巨大。当我在鄙薄了90年代中期平庸的校园之后，我必须承认，那些在新技术影响下、于1998年后入学的青年的确有了更多的选择机会。他们也并非像我过去认为的那样没有头脑、没有感情，新资讯革命让他们的知识层次更丰富，也更加独立、强调个人主义。而新技术革命所带来的全球化现象，则让他们真的与巴黎、纽约生活在一起。他们或许快乐多于忧伤，但到目前为止我还不能说不忧伤就是缺乏人文关怀。

好了，我已经在青春的时空中穿梭了一个世纪了，并且不无自恋地让自己回到了1997年时，那个脸上长满粉刺的青年时代。我不断地提及历史，又不断地否认过去。我知道我无法看清楚未来，但是我越来越清晰地听到召唤的声音。这声音令我的情绪再次激昂，它提醒我不管身在何处，我都必须不懈地学习。尽管，我不知道自己是否会像1890年代那批美国青年那样最终被淹没，还是像菲茨杰拉德一样留下痕迹。但有一点很清楚，我必须不断地吸收世界上最杰出的思想文化，它比自我回忆更有建设性，即使是过渡的一代，我也希望这种过渡更加坚实。

图书在版编目(CIP)数据

那些忧伤的年轻人／许知远著.－海口：海南出版社，2007.1
ISBN 978－7－80645－992－8

Ⅰ.那… Ⅱ.许… Ⅲ.随笔－作品集－中国－当代…
Ⅳ.I267.1
中国版本图书馆 CIP 数据核字（2001）第 07567 号

那些忧伤的年轻人

著　　者　许知远
责任编辑　野　夫
特约编辑　张晓星
出　　版　海南出版社
发　　行　海南出版社
地　　址　海口市金盘开发区建设三横路 2 号
经　　销　全国新华书店
印　　刷　北京高岭印刷有限公司
开　　本　640 毫米×960 毫米　1/16 开
字　　数　165 千字
印　　张　18
版　　次　2007 年 1 月北京第 2 版第 1 次印刷
ISBN978－7－80645－992－8/Z · 68
定　　价　25.00 元